Anja Marschall

Weihnachtsfest mit einem Engel

Weitere Titel der Autorin:
Tage voller Weihnachtszauber

Über die Autorin:
Anja Marschall, geb. 1962 in Hamburg, arbeitete als Erzieherin, Pressereferentin, Journalistin, EU-Projektleiterin, Apfelpflückerin in Israel, Zimmermädchen in einem Londoner Luxushotel und Kioskverkäuferin an den Hamburger Landungsbrücken. Sie lebt und schreibt in Schleswig-Holstein.

ANJA
MARSCHALL

Weihnachtsfest mit einem Engel

Roman

lübbe

Dieser Titel ist auch als E-Book erschienen

Die Bastei Lübbe AG verfolgt eine nachhaltige Buchproduktion. Wir verwenden Papiere aus nachhaltiger Forstwirtschaft und verzichten darauf, Bücher einzeln in Folie zu verpacken. Wir stellen unsere Bücher in Deutschland und Europa (EU) her und arbeiten mit den Druckereien kontinuierlich an einer positiven Ökobilanz.

MIX
Papier | Fördert gute Waldnutzung
FSC® C014496

Originalausgabe

Dieser Roman wurde vermittelt durch die
Literaturagentur Lesen & Hören, Berlin

Textredaktion: Wortfischen, Sylvia Gredig
Titelillustration: © iStockphoto: lisegagne | Timmary | by-studio | Anna Putina
Umschlaggestaltung: Maria Seidel, atelier-seidel.de
Satz: Dörlemann Satz, Lemförde
Gesetzt aus der Goudy
Druck und Verarbeitung: GGP GmbH, Pößneck
Printed in Germany
ISBN 978-3-404-18861-1

2 4 5 3 1

Sie finden uns im Internet unter luebbe.de
Bitte beachten Sie auch: lesejury.de

Kapitel 1

In der Stadt gab es Leute, die konnten sich noch daran erinnern, dass früher zu Weihnachten viel öfter Schnee gelegen hatte. Doch das war lange her. Stattdessen hatte man sich darin geübt, selbst im Nieselgrau ein wenig Weihnachtsstimmung aufkommen zu lassen. Man hängte großzügig beleuchtete Girlanden über die Einkaufsstraßen und Lichterketten an die Häuser, die Schaufenster der Läden waren mit Watteschnee dekoriert, und im Supermarkt gab es Spekulatius im Angebot.

Nur noch zwei Tage trennten die Menschen vom Heiligen Abend. Und es gab noch viel zu tun.

Auch im örtlichen Krankenhaus am Rande der Stadt bereitete man sich auf diese besondere Zeit vor. Die Hausmeister hatten einen großen Adventskranz in der Eingangshalle aufgehängt, an dem bereits alle vier Elektrokerzen rhythmisch vor sich hin flackerten. Und neben der Portiersloge stand ein Teller mit Keksen und Mandarinen, von dem jeder sich bedienen durfte. Die Dame im Kiosk trug ein lustiges Rentiergeweih, das immer bimmelte, wenn sie den Kopf bewegte, und der Chefarzt hatte die Belegschaft für sechzehn Uhr zu einem kleinen Umtrunk gebeten.

Im zweiten Stock lag indes eine ältere Dame in Zimmer 209. Man hatte sie am Tag zuvor eingeliefert. Ihr Name war Maria

Lindhorst, und sie wohnte im *Seniorenheim Möwenstrand*, nicht weit entfernt von der Klinik und nur eine halbe Stunde von der Hamburger City entfernt.

Soeben öffnete Maria Lindhorst die Augen.

Das diffuse graue Morgenlicht von draußen mischte sich mit der summenden Nachtleuchte über ihrem Kopf. Etwas piepte neben ihrem Bett. Ein anderes Etwas klemmte an ihrem Mittelfinger. Es hatte ein Kabel, das zu einem Gerät auf einem Ständer führte. Gelblich weiße Bettwäsche.

Das Nachthemd kannte sie nicht. Wer hatte sie ausgezogen? Wie war sie hierhergekommen? Sie erinnerte sich nur noch daran, dass ihr beim Spazierengehen übel geworden war. Dann Schwärze.

Gegenüber ihrem Bett entdeckte Maria ein hölzernes Kreuz. Darunter hing ein gerahmter Sinnspruch, den sie ohne ihre Brille nicht lesen konnte. Vom Flur hörte sie Geschirrklappern und Stimmen. Außer ihrem Bett gab es kein weiteres im Zimmer. Sie war allein.

Allein? Nein, nicht ganz.

Auf einem Stuhl am Fenster lümmelte eine Gestalt. Erst glaubte Maria, sie täusche sich, aber dem war nicht so. Dort saß tatsächlich ein Mann. Marias Blick ging von seiner Lockenpracht auf dem Kopf zu den blauen Augen und einem struppigen Vollbart hin zum weißen Nachthemd, welches ihm bis knapp über seine Knie reichte. Darunter lugten zwei haarige Beine hervor, die er übereinandergeschlagen hatte. Die Füße zierten zwei aufwendig gesteppte weiße Cowboystiefel mit Metallkappe an den Spitzen. Fragend sah Maria den Mann an, der sie seinerseits neugierig anschaute, während in seiner Hand ein mit Strasssteinchen verziertes Handy lag, das eher in die zarten Finger einer alternden Filmdiva gepasst hätte.

»Haben Sie sich im Zimmer geirrt?«, fragte sie den Fremden vorsichtig, dessen Anwesenheit sie sich nicht erklären konnte. Vielleicht war er ein Patient, der sich verlaufen hatte oder nur verschnaufen wollte.

Der Mann beugte sich ein wenig vor, wobei er sie noch prüfender musterte. »Es geht Ihnen *wie?*«, fragte er mit sonorer Stimme, ohne auf Marias Frage einzugehen.

»Nun, ich glaube, mir geht es so weit ganz gut, obwohl ich mir nicht erklären kann …«

»Schade«, murmelte er, lehnte sich zurück und sah auf das Display des Handys.

»Warum denn *schade*? Wäre es Ihnen etwa lieber, wenn es mir schlecht ginge?«

»Na ja, dann müsste ich nicht so lange warten.«

»Warten?« Maria fragte sich, worauf. Doch wohl kaum darauf, dass ihr Bett frei würde. Der Mann schlug jetzt die nackten Beine in den Cowboystiefeln andersherum übereinander, wobei er sorgsam darauf achtete, dass der Saum des Kleides nicht hochrutschte.

Langsam begann der Fremde, Maria zu beunruhigen. Vielleicht war er irgendwo weggelaufen und versteckte sich in ihrem Zimmer vor den Pflegern. Oder schlimmer noch: vor der Polizei. Ihr Blick huschte zur Tür. Das Klappern von Geschirr kam näher. Hoffentlich kam jemand herein, um das Frühstück zu bringen. Doch die Tür blieb geschlossen. Unauffällig tasteten Marias Finger nach der Klingel, die in Krankenhausbetten doch für Notfälle immer in der Nähe lag. Dabei ließ sie den Mann nicht aus den Augen.

»Weiter links«, murmelte der, ohne den Blick von dem Glitzerding in seiner Hand zu heben.

Maria zuckte zusammen. »Wie bitte?«

»Die Bimmel liegt weiter links.«

Ihre Finger krabbelten über das Betttuch nach links. Tatsächlich, da war der Alarmknopf. »Danke«, sagte sie mit trockenem Mund. Schnell drückte sie auf den Schalter. »Kennen wir uns?« Man musste mit Verrückten reden, hatte sie mal irgendwo gehört.

Er schüttelte den Kopf.

»Und warum sind Sie dann in meinem Zimmer?«

»Hab ich doch schon gesagt. Ich warte.«

»Ja, richtig, das sagten Sie.« Kurz schloss Maria ihre Augen. So kam sie nicht weiter.

Vor der Zimmertür waren Stimmen zu hören. Maria schöpfte Hoffnung. Endlich ging die Tür auf.

Jedoch stand keine Krankenschwester im Türrahmen, sondern Anna, die Pflegerin aus dem *Seniorenheim Möwenstrand*. Sie war viel netter als all die anderen Schwestern, denn Anna machte keine dummen Worte, wie: »Das können wir aber besser, nicht wahr, Frau Lindhorst?« Sätze dieser Art musste Maria sich zumeist beim wöchentlichen Töpfern anhören, wenn nach einer endlos langen Stunde ihr Tonklumpen noch immer nach einem Tonklumpen aussah statt wie eine Tasse oder ein hübscher Schwan.

»Da sind Sie ja!«, rief Anna und kam herein. Sie schloss die Tür hinter sich. »Ich habe mir Sorgen um Sie gemacht, Frau Lindhorst. Wie geht es Ihnen?« Anna stellte die Reisetasche in ihrer Hand auf das Fußende des Bettes. »Ich habe ein paar Sachen aus Ihrem Zimmer mitgebracht.«

Sie öffnete den Verschluss und holte das silbergerahmte Bild von Ben, Frieda und Max heraus, das Maria sonst auf ihrer Anrichte im Seniorenheim stehen hatte. Anna arrangierte es jetzt auf dem Nachttisch neben Marias Bett.

»Was ist passiert, Anna? Ich kann mich gar nicht mehr erinnern.« Während Maria das sagte, nickte sie mit dem Kopf zum Fenster, um die junge Frau auf den eigenartigen Kerl im Nachthemd aufmerksam zu machen.

»Sie hatten einen Schwächeanfall beim Strandspaziergang. Wissen Sie noch?«

»Nun ja«, sagte Maria und nickte noch einmal zum Fenster hinüber. »Da waren Leute, die kamen, um zu helfen.«

Anna nahm von der Anwesenheit des Mannes keine Notiz. Und der schien sich, trotz des lächerlichen Hemdes, auch nicht vor Anna zu schämen, was Maria wiederum wunderte. Immerhin war Schwester Anna jung und hübsch.

»Es ist aber nichts Ernstes, meinte der Arzt eben«, fuhr Anna fort und packte weiter aus. »Sie müssen nur einen Tag zur Beobachtung hierbleiben. Ich habe Ihnen trotzdem frische Kleidung mitgebracht.«

Aus dem Augenwinkel sah Maria, wie der Kopf des Mannes hochschnellte. »Nichts Ernstes? Beobachtung? Das kann nicht stimmen«, grummelte er und begann, hektisch auf seinem Handy herumzutippen.

Maria fixierte noch einmal die junge Frau an ihrem Bett, wobei sie jetzt sehr energisch mit dem Kopf hinüber zu dem wirr vor sich hinmurmelnden Kerl nickte. »Wer ist das?«, raunte sie Anna zu. »Ich kenne ihn nicht.«

Anna folgte Marias Blick zum Fenster hinüber.

»Ich glaube, der hat sich verlaufen. Jedenfalls wartet er auf etwas. Will mir aber nicht sagen, auf was«, erklärte sie Anna leise.

Anna schaute zum Fenster. »Wer?«

»Na, der da.« Maria zeigte mit dem Finger zum Stuhl.

Zufrieden stellte Maria fest, dass nun auch Anna besorgt zu sein schien. Sie schaute zwischen Stuhl und Maria hin und her. Dann stellte sie die halb ausgepackte Tasche auf den Boden und setzte sich auf die Bettkante zu Maria, deren

Hand sie in ihre nahm. »Alles gut, Frau Lindhorst. Das wird schon wieder.«

»Was meinen Sie damit?« Maria zog ihre Hand fort und zeigte noch einmal zu dem Irren hinüber, der weiter vor sich hin grummelte. »Sehen Sie ihn nicht? Da sitzt er doch!« Den Mann schien es nicht zu stören, dass die beiden Frauen über ihn sprachen.

Fürsorglich neigte Anna den Kopf zur Seite und lächelte. »Sie sind hingefallen. Erinnern Sie sich?«

»Ja, aber darum geht es doch nicht. Da ist ein Mann in meinem Zimmer.« Besorgt schaute sie Anna an, die nicht zu verstehen schien. Dann zog sie Anna am Revers ihrer Jacke dicht zu sich heran. »Und er trägt nur ein Nachthemd«, raunte sie in Annas Ohr.

Aus dem Augenwinkel sah Maria, wie der Kerl begann, das Handy in seiner Hand zu schütteln, als hoffe er, irgendetwas würde herausfallen. »Himmelherrgottsakramentnocheinmal!«, schimpfte er dabei.

Anna indes seufzte. »Vielleicht haben Sie sich den Kopf gestoßen, liebe Frau Lindhorst. So etwas passiert.«

Jetzt klang sie doch wie die anderen Pflegerinnen im Seniorenheim.

»Wir sollten es dem Arzt sagen«, schlug Anna aufgesetzt munter vor.

»Wird nicht helfen«, mischte sich der Fremde seinerseits ein.

Maria drehte sich zu ihm. »Warum hilft es nicht?« Sie spürte, wie Anna hinter ihr zusammenzuckte und nun ihrerseits zum Alarmknopf am Bett griff.

»Weil sie mich nicht sehen kann … und der Arzt auch nicht.«

»Nicht sehen? Warum?« Die Angst in Maria kroch höher.

Anna musste doch bemerkt haben, dass außer ihnen noch jemand hier war!

Der Mann lachte nur.

Maria fuhr zu Anna herum. »Sie sehen ihn wirklich nicht? Nicht einmal ein bisschen?«

Anna schüttelte den Kopf. »Es tut mir leid, aber da ist niemand.«

»Sag ich doch«, murmelte der Typ.

Maria setzte sich abrupt auf. »Aber warum sehe *ich* Sie?«, fuhr Maria den Mann in schrillem Ton an.

»Weil Sie jeden Moment sterben werden.«

Das saß! Maria fiel in ihr Kissen zurück. Ihr wurde schwindelig. Sie spürte, wie ihr Herz zu rasen begann und die Ohren zu rauschen, als stünde sie bei schwerem Nordweststurm an der Küste.

Interessiert sah der Mann von seinem Handy auf.

Wie im Nebel spürte Maria Annas Hand, die ihre streichelte. Sie hörte Annas Stimme wie durch Watte. Eine Krankenschwester kam ins Zimmer geeilt, verschwand wieder, nur um kurz darauf mit einem Arzt an der Seite an Marias Bett zu treten.

Maria hörte, wie Anna ihn fragte, welche Medikamente man verabreicht hätte. Der Arzt horchte Marias Herz ab, während sie unaufhörlich zu dem Kerl im Nachthemd hinüberstarrte.

Ein kurzer Lichtschein in ihren Augen. Dann prüfte jemand ihren Blutdruck. 170 zu 110. Puls 99. Zu viel.

Der Verrückte hatte recht: Niemand sah ihn. Nur sie!

Maria hörte, wie Anna mit dem Arzt flüsterte. Sie wollte wissen, ob Maria dehydriert sein könnte.

Der Kerl auf dem Stuhl hob den Kopf. »Dehydriert? Unsinn.« Er stand auf und trat zu den anderen an Marias Bett.

Die Hände auf den Rücken gelegt, wie ein Herr Professor, beobachtete er die Patientin, als sei sie eine alte Wurstscheibe, von deren Haltbarkeitsdatum er annahm, dass es längst überschritten sei. »Schmerzen im Brustkorb?«, wollte er im typischen Medizinerton wissen. »Wenigstens Schluckbeschwerden? Oder Lähmungen?«

Flehentlich blickte Maria zu dem richtigen Arzt, der auf der anderen Bettseite stand und gerade auf ihr Krankenblatt schaute. Dabei entdeckte sie zwei steile Falten auf seiner Stirn.

»Engegefühl? Brennt das Herz?«, wollte der Verrückte neben ihr wissen. Maria starrte ihn an, wobei sie den Mund zusammenkniff. Sie würde nicht antworten. »Ist Ihnen wenigstens übel?« Er beugte sich zu ihr herunter, um sie genauer zu begutachten. Maria drückte sich tiefer in ihr Kissen. »Fahl, eindeutig fahl. Und Angstschweiß haben Sie auch.« Zufrieden nickte er. »Na, dann können wir ja gleich los.«

Ängstlich schaute Maria ihn an, wie er sich zurück auf den Stuhl setzte. Für eine Fata Morgana fand sie ihn eindeutig zu überzeugend.

»Hat sie sich aufgeregt?«, wollte der Arzt, ein attraktiver Mittvierziger mit ersten grauen Strähnen im Haar, von Anna wissen.

»Und ob«, hätte Maria gerne gerufen und auf den Kerl am Fenster gezeigt. Immerhin drohte der ihr mit dem Tod!

Etwas aber sagte ihr, dass es besser war, den Mann mit dem Glitzerhandy nicht noch einmal zu erwähnen. Erschöpft schloss Maria die Augen. Sie musste wieder klar im Kopf werden. Sie würde einfach so lange die Augen zukneifen, bis der Kerl verschwunden war. Das war nur eine Frage der Geduld. Maria hörte, wie Anna leise etwas von reizunabhängiger Sinneswahrnehmung sagte und wissen wollte, ob der Blutdruck die Ursache eines hirnorganischen Psychosyndroms sein könne. Immerhin sei die Verwirrtheit ganz plötzlich aufgetreten.

Doch Marias Blutdruck schien dafür nicht hoch genug zu sein. Man wolle es mit einem leichten Beruhigungsmittel versuchen.

Ein Frühstück wäre Maria allerdings lieber gewesen. Dann aber hätte sie die Augen öffnen müssen, und das war das Letzte, was sie in diesem Moment tun wollte.

Vielleicht hatte Anna recht, und der Sturz war doch heftiger gewesen, als sie anfangs gedacht hatte. Allerdings spürte sie keine Schmerzen. Nirgendwo in ihrem Körper. Dennoch sah sie etwas, was offenbar für niemand anderen zu sehen war. Leise seufzte Maria. Ob sie tüdelig wurde?

Nach kurzer Beratung entschied der Arzt, die Patientin solle sicherheitshalber noch ein paar Tage zur Beobachtung bleiben. Zumindest seien die Befunde bei der Einlieferung ohne Ergebnis gewesen, was ein gutes Zeichen war. »Für eine Achtzigjährige sind Sie erstaunlich gut in Form, Frau Lindhorst«, erklärte der Arzt.

Vom Fenster hörte Maria ein unwilliges Schnaufen. »Gut in Form? Dass ich nicht lache. Glauben Sie ihm kein Wort. Alles Pfuscher, wenn Sie mich fragen. Bin ja schließlich nicht ohne Grund hier.«

Maria kniff die Augen fester zu.

Ob sie nun das Weihnachtsfest im Krankenhaus verbrachte oder im Seniorenheim, konnte ihr eigentlich egal sein. Einzig, dass hier ein unsichtbarer Verrückter saß, ließ ihr das *Seniorenheim Möwenstrand* erträglicher erscheinen.

Sie dachte an Ben. Er hatte gestern angerufen, um ihr mitzuteilen, dass es mit dem Weihnachtsbesuch in diesem Jahr leider nichts werden würde. Denn er und seine Verlobte

Yvette wollten mit den Kindern gleich nach Heiligabend in den Skiurlaub fahren. Last-minute-Angebot, unschlagbar. Max und Frieda freuten sich aber schon darauf, die Oma im neuen Jahr besuchen zu können, sobald man wieder zurück sei.

Maria erinnerte sich, dass sie bei der Bank gewesen war, um Geld abzuheben, welches sie zu den Geschenken für die Kinder hatte legen wollen. Auf dem Heimweg hatte sie spontan beschlossen, einen kleinen Umweg am Elbstrand entlang zu machen. Und dann war sie einfach umgefallen.

Jemand verließ das Krankenzimmer. Voll Hoffnung öffnete Maria ihr rechtes Auge einen Spaltbreit, nur um zu sehen, ob der Stuhl am Fenster endlich leer war. Doch der Verrückte saß noch immer dort. Aufmerksam musterte er sie. Schnell kniff sie das Auge wieder zu.

»Machen Sie sich keine Sorgen, Frau Lindhorst«, hörte Maria Annas weiche, warme Stimme neben sich. »Vielleicht müssen Sie ja gar nicht bleiben, bis das Fest vorbei ist. Ich rede noch einmal mit dem Arzt. Es wäre doch gelacht, wenn Sie Weihnachten nicht mit uns zu Hause feiern könnten.«

»Nun machen Sie der armen Frau doch keine unnötigen Hoffnungen«, sagte der Kerl am Fenster. »Dieses Fest fällt für sie aus. Und alle zukünftigen auch. Daran gibt es nichts zu rütteln.«

Maria riss die Augen auf und fuhr hoch. »Halten Sie endlich die Klappe!«, brüllte sie Richtung Fenster.

Die junge Frau neben dem Bett erstarrte. Sofort tat Maria ihr Ausbruch leid.

»Was ist denn nur los mit Ihnen, Frau Lindhorst?«

Reiß dich zusammen, mahnte Maria sich. Wenn ich so weitermache, stecken die mich noch in die geschlossene Abteilung. Schnell nahm Maria die Hand ihrer Lieblingspflegerin. »Nichts, Kleines, es ist nichts. Ich bin nur schrecklich durcheinander. Kann mich an den Strandspaziergang ja noch erinnern, aber danach ist alles schwarz.« Maria versuchte, aufmunternd zu lächeln, obwohl sie sich ganz und gar nicht wohl in ihrer Haut fühlte. »Aber sicherlich haben Sie recht, Anna, ich muss mit dem Kopf aufgeschlagen sein.«

Jetzt, wo das Gespräch wieder in vernünftige und logische Bahnen kam, schien Anna sich wohler zu fühlen.

»Das wird alles wieder, Anna. Bestimmt«, bekräftigte Maria noch mal.

Sie sah der jungen Frau dabei zu, wie diese, mit noch immer gerunzelter Stirn, die Tasche weiter auspackte. Wäsche, Strümpfe, Zahnputzzeug und einige Zeitschriften.

Da drehte Anna sich um. In der Hand hielt sie Marias Portemonnaie, das im Schrank gelegen hatte. »Frau Lindhorst! Sollte man das nicht besser in einen Safe tun?«

Maria zuckte mit den Schultern. »Ich weiß nicht, ob es hier so etwas gibt. Ist ja kein Hotel.«

Anna trat an den Nachtschrank. »Gut, dann tue ich das Geld in die Schublade. – Dass Sie noch immer mit Bargeld bezahlen …« Sie schüttelte den Kopf. »Es gibt doch Kreditkarten.«

Maria wollte nicht mit Anna streiten. In dieser Hinsicht war sie nun einmal altmodisch. »Wie nett, dass Sie mir die Sachen gebracht haben, jetzt, wo ich doch noch hierbleiben muss«, sagte sie stattdessen. »Es wäre wirklich nicht nötig gewesen.«

»Sehe ich auch so«, kam es vom Fenster.

Maria zwang sich, nicht darauf zu reagieren, sondern den Blick weiter auf Anna zu richten, und ihr Lächeln um keinen Deut weniger dankbar wirken zu lassen, als die junge Frau es verdient hatte. »Wie gesagt, es wäre doch nicht nötig gewesen«, wiederholte sie.

Die Schwester kam zurück und reichte Maria eine weiße Tablette mitsamt einem Becher Wasser. Brav nahm Maria das Mittel, welches sie beruhigen sollte. Doch etwas sagte ihr, dass davon der Verrückte am Fenster nicht verschwinden würde. Währenddessen legte Anna die restlichen Sachen in den schmalen Schrank gegenüber von Marias Bett.

»Ich hole Sie vom Krankenhaus ab, sobald der Arzt es erlaubt, liebe Frau Lindhorst.« Maria nickte ergeben.

Da fiel Maria etwas Wichtiges ein. Abholen? Hatte der Kerl am Fenster nicht gesagt, dass *er* sie abholen wolle, sobald sie tot war? Wohin sollte es denn gehen? Nach oben oder nach …

Sie bekam einen Schreck, denn die Bravste war sie ja früher nicht gewesen. Der alten Schmittke hatte sie vor vielen Jahren absichtlich die Wäsche von der Leine gerissen und in den Matsch fallen lassen, weil die ihr den Müll vor die Tür gekippt hatte. Und dem Freddi hatte sie nicht erzählt, dass sein Freund Hans ihr damals in der Schule einen Kuss gegeben hatte, der viel besser war als der von Freddi. Das war irgendwann in den Fünfzigern gewesen. Aber, fragte sie sich, verjährte Gemeinheit im Himmel? Maria wusste es nicht.

»Ich will dann mal wieder los.« Anna erhob sich.

Maria erschrak. »Jetzt schon?« Sie wollte nicht mit dem da allein im Zimmer sein. »Bleiben Sie doch noch ein wenig, liebe Anna. Vielleicht bis zum Mittagessen?« Treuherzig schaute sie die junge Frau an.

Die lachte. »Das geht leider nicht, Frau Lindhorst. Mein Dienst fängt gleich an.« Sie machte den Reißverschluss ihrer Jacke zu. »Bevor ich gehe, rede ich aber noch mit dem

Arzt, damit Sie schnellstmöglich nach Hause kommen können.«

Nur ungern ließ Maria Anna gehen.

Nach Hause, dachte Maria und schaute zur jetzt geschlossenen Tür hinüber. Wie schön das klang. Doch leider war das Seniorenheim für Maria alles andere als ihr Zuhause. Sie fühlte sich unter all den Alten seit dem ersten Tag fremd. Wie in einem Wartesaal. Und nun sollte sie das wenige, was sie dort hatte, auch noch verlieren?

Wütend schaute sie den schrägen Vogel vor dem Fenster an.

Sie sollte also sterben. Jedenfalls hatte sie den Kerl da drüben so verstanden.

Würde jetzt ein Blitz einschlagen und sie töten, damit der Typ sie mitnehmen konnte?

Sie wartete, aber nichts passierte.

Hm, dachte sie, wie lange es wohl noch dauern mochte. Irgendwann jedenfalls würde es so weit sein. Das war klar. Die Jüngste war sie nun wirklich nicht mehr. Da sollte man wohl jederzeit mit dem Tod rechnen, oder nicht? Bisher hatte sie wenig Gelegenheit gehabt, darüber nachzudenken, zumal sie Gedanken dieser Art schon immer unnütz fand. Der Tod kam eh, wann es ihm passte. Mit ständigem Nachdenken darüber konnte ihn niemand verhindern.

Maria blickte zu dem Mann am Fenster, der noch immer auf das Display seines Handys schaute. »Sie sind also der Tod, richtig?« Irgendwie hatte sie ihn sich anders vorgestellt. Aber was wusste sie schon. Sie war ja noch nie gestorben.

Er stöhnte auf. »Jetzt geht das wieder los.«

»Was?«

»Das Handeln. Alle wollen handeln. Noch ein Tag, bitte, bitte!«, äffte er. »Meine Frau, ich kann doch meine Frau nicht allein lassen. – Der Deal, erst noch den Deal machen, dann sterben, ja? – Warum heute? Warum nicht morgen?« Er warf die Hände der Zimmerdecke entgegen. »Himmel, wie ich es hasse.«

»Ich will aber gar nicht handeln. Ich bin alt. Irgendwann kommt nun einmal auch meine Zeit. Und heute ist genauso gut wie morgen, glaube ich.«

Der Mann schaute sie interessiert an. »Echt? Sie haben nichts dagegen? Sie wehren sich nicht? Kein Jammern? Keine Tritte gegen mein Schienbein? Keine Bestechungsversuche? Keine Tränen?«

Maria dachte an ihre Tochter Lea. Sie im Himmel wiedersehen zu können, das wäre wunderbar. Wie oft hatte sie sich genau das gewünscht. Andererseits, überlegte Maria, waren da auch noch Leas Kinder Max und Frieda sowie Leas Mann Ben.

Ach, wie gerne würde sie die drei noch einmal sehen, bevor ... Wie alt waren die Kinder jetzt eigentlich? Sieben und vier. Genau. Max war im letzten Sommer zur Schule gekommen. Und Frieda, das Nesthäkchen, sah aus wie ihre verstorbene Mutter. Ihre Lea in klein. Maria seufzte.

Im Sommer hatte Maria nach Bayern fahren wollen, aber Ben und Yvette hatten gemeint, dass die lange Reise zu anstrengend für die Oma sei. Man würde mit den Kindern zu ihr in den Norden kommen. Maria hatte gewartet. Doch statt eines Besuchs bekam sie eine Postkarte aus Portugal. Und jetzt sollte es wegen des Skiurlaubs zum Fest auch nicht klappen.

Da fiel Maria ein, dass sie dieses Mal so oder so kein Weihnachten mehr feiern würde, sollte der schräge Vogel am Fenster die Wahrheit sagen. Das aber bedeutete auch, dass sie Ben und die Kinder nie wieder sehen würde.

Noch einmal seufzte sie. »Wann geht es los?«

Der Mann am Fenster zuckte mit den Achseln. »Das ist es ja, ich weiß es nicht.«

»Aber Sie wissen hoffentlich, ob ich nach oben oder nach unten komme, oder?«

»Was ihr Menschen immer denkt!« Er schüttelte verzagt den Kopf. Dabei strich er sich über den Bart.

In richtiger Kleidung und mit einem Besuch beim Friseur könnte er ganz passabel aussehen, dachte Maria für einen kurzen Moment.

»Es gibt keine Hölle«, erklärte er. »Wenn es sie gäbe, wäre ich sicherlich dort. Aber so viel Glück hatte ich leider nicht.«

Mit offenem Mund starrte Maria ihn an. »Sie wären lieber in die Hölle gegangen?«

»Natürlich, wenn es die Hölle gäbe, gäbe es dort bestimmt Whisky und man dürfte Poker spielen, ohne Ärger zu bekommen.« Er grinste süffisant. »Und andere Sachen dürfte man auch machen, von denen ich einer Dame aber nichts erzählen werde.«

»In Ihrem Alter?«, rutschte es ihr heraus, ohne recht zu wissen, wie alt er eigentlich sein könnte.

»Was soll das heißen?« Er sah an sich hinab. »Ich würde sagen, ich bin noch recht gut beieinander.« Mit beleidigtem Blick drückte er sein Kreuz durch und zog den Bauch ein, dabei rutschte das Hemd ein wenig über die Knie, was er sofort korrigierte. »Dass ich diesen Fummel tragen muss …«, er warf einen wütenden Blick gen Himmel, »das liegt nicht an mir. Es ist eine Art Uniform. Jeder Engel in der Abholung trägt das, haben sie mir gesagt.« Er zupfte am Saum des weißen Kleides, als könne er es so länger machen.

»Ist vielleicht etwas kurz geraten, oder? Gehen die nicht normalerweise bis zum Boden?«

Er grummelte wütend, dass ihm dies sehr wohl bewusst sei. »Wetten, dass da wieder dieser Gabriel hintersteckt«, vermutete er. »Der konnte mich noch nie leiden. Ich bekäme erst ein anständiges Outfit, wenn ich es mir verdient hätte, hat er gesagt. Das ist jetzt mindestens hundert Ewigkeiten her.«

»Verdient?«

Er nickte. »Ja, die haben mich nämlich strafversetzt. Zur Abholung! Sagte ich doch schon.« Er wedelte mit dem Glitzerhandy zu Maria herüber. »Und nun muss ich in diesem Fähnchen und mit so einem lächerlichen Telefonding in der Hand rumlaufen. Das ist doch demütigend! Absolut peinlich. Ich meine, auch ein Engel hat seine Würde.« Er stand auf und begann, im Raum auf und ab zu gehen. »Wissen Sie, wie das ist, wenn man zu jemandem geht, ihm sagt, er sei tot, und dann lacht der einen aus? Ja! Sie haben richtig gehört. Die lachen über mich! Nehmen mich nicht ernst. Wie soll ich da meine Arbeit ordnungsgemäß verrichten?« Er schlug mit der Faust gegen seine Brust. »Das schmerzt hier, kann ich Ihnen sagen.« Er blickte zum Himmel hinauf, wobei er die Hand jetzt zur Faust ballte und hochhielt. »Ich wette, das hast du absichtlich gemacht, Gabriel!«

Maria unterdrückte ein Grinsen. Einen richtigen Engel hatte auch sie sich anders vorgestellt.

»Ich meine, ich würde mich auch nicht ernst nehmen, wenn ich nicht schon längst tot wäre. Peinlich, sage ich nur.«

»Warum?«

Verwirrt sah er sie an. »Warum mir das hier peinlich ist?«

»Nein, warum Sie strafversetzt wurden?«

Er grummelte etwas in seinen Bart.

»Wie bitte?«

»Ich sagte«, und es klang eindeutig verärgert, »dass mich jemand verpfiffen hat.«

»Warum?«

»Himmel«, rief er aus, »nun fragen Sie doch nicht immer *warum*!« Maria öffnete bereits den Mund, um genau das ein weiteres Mal zu tun, als er ihr ins Wort fiel. »Ich habe mit den anderen ein bisschen Karten gespielt. – So, nun wissen Sie es.«

Maria legte den Kopf schief. »Ich nehme an, es war kein Mau-Mau.«

»Genau.« Er grinste unter seinem Vollbart. »Nennen wir es Unartiges-Engel-Mau-Mau.«

Fragend hob Maria eine Augenbraue.

»Na ja«, erklärte er weiter, »Poker ist im Himmel nicht erlaubt. Und dieser hinterhältige Gabriel hat mich beim Chef verpetzt.« Dann grinste er. »Aber die letzte Runde habe ich gewonnen.« Stolz blickte er auf seine Stiefel hinunter. »Passen wie angegossen.«

»Sie reden vom *Erzengel* Gabriel?«

Spontan verdüsterte sich sein Blick. »Der Typ wird eindeutig überbewertet, wenn Sie mich fragen. Ich meine, was macht der denn den ganzen lieben langen Tag?« Er starrte aus dem Fenster, hinaus in das Grau über der Stadt. »Aber ich hätte es schlechter treffen können, wissen Sie. Die hätten mich nämlich auch zur Registratur versetzen können!«

»Also war der … Chef nicht allzu böse mit Ihnen, oder?«

Der Mann drehte sich zu Maria um, die noch immer nicht sicher war, wen sie da vor sich hatte. Plötzlich brach die Sonne durch die regenschwere Wolkendecke. Ihre Strahlen schoben sich in das Krankenzimmer im zweiten Stock und umhüllten den Mann im Kleidchen wie ein Heiligenschein!

Maria hielt die Luft an. Für einen kurzen Moment sah sie tatsächlich einen Engel dort stehen! Einen richtigen Engel.

»Ich sage Ihnen, Registratur, *das* ist die wahre Hölle! Stempel und Stempelkissen, Listen und Aktenschränke. Kein Licht! Nur Staub! Das ist eine Hölle der ganz unangenehmen Art.«

Ebenso plötzlich, wie die Sonnenstrahlen den Mann eingehüllt hatten, verschwanden sie wieder, als hätte man es sich da oben anders überlegt.

»Sie sind also ein Engel«, flüsterte Maria und vermutete, dass er keiner der Wichtigen seiner Profession sein könne. Keiner jener Engel, von denen man im Gottesdienst hörte oder die es als Schutzheilige zu etwas gebracht hatten, aber … irgendwie … vor ihr stand ein Engel. Sie lächelte. »Wie heißen Sie eigentlich?«

»Georg.«

»Georg? Wie der heilige Georg, der Drachentöter?«

»Nee, mit dem habe ich nichts zu tun, ich bin eher der Typ George Clooney.«

»Sie vergleichen sich mit *George* Clooney, dem Schauspieler?« Maria schüttelte ungläubig den Kopf.

Er nickte. »Frauen finden diesen Clooney sexyer als den Drachentöter, das können Sie mir glauben.«

»Hm, ähnlich sehen Sie ihm aber nicht«, gab Maria zu bedenken.

»Darum geht es doch überhaupt nicht.« Missmutig schaute er wieder einmal aufs Display. Das Gespräch schien dem Engel nicht zu gefallen.

Maria beobachtete ihn eine Weile, wie er so über das Handy gebeugt dasaß. »Nun hören Sie doch endlich auf, das Telefon anzustarren«, rief sie verärgert zu ihm hinüber. »Das mag heutzutage ja üblich sein, aber es ist höchst unhöflich.«

Georg, alias Clooney, trat mit wütendem Blick an ihr Bett. Erschreckt zuckte Maria zurück. Hatte sie ihn verärgert? Würde es jetzt losgehen?

»Hören Sie mal gut zu, Lady.« Er beugte sich zu ihr herunter, woraufhin sie sich tiefer in das Kissen in ihrem Rücken drückte. »Es liegt nicht an mir, dass wir noch hier sind, klar?«

»Woran dann?« Ihre Stimme klang eigentümlich kratzig.

Er riss das Handy vor ihr Gesicht. »Daran!«, rief er. »Die müssen mich anrufen und mir sagen, wohin ich Sie bringen soll.«

»Sie warten also auf einen Anruf von …«

»Genau!« Georg zeigte mit dem Finger zur Zimmerdecke. »Ohne Bimmeln kein Transport.«

Maria wusste nicht, ob sie sich freuen sollte, noch ein wenig Zeit auf Erden zu haben, oder ob es ihr lieber wäre, dass dieser verrückte Albtraum endlich endete.

Sollte sie allerdings noch Zeit haben, dann wäre es fein, wenn es bis zum Mittagessen dauerte, überlegte sie. Sie hatte nämlich Hunger, immerhin war das Frühstück ja für sie ausgefallen. Und mit knurrendem Magen in den Himmel auffahren, nur um dann eine ganze Ewigkeit Hunger zu haben, erschien ihr keine gute Idee.

Sie faltete die Hände und fixierte das Kreuz an der Wand, welches plötzlich eine neue Bedeutung für sie zu haben schien. »Gut, dann warten wir. Ich habe Zeit.«

Kapitel 2

Die Pille wirkte mit der Zeit. Ihr Herz raste nicht mehr so, und auch im Kopf machte sich eine gewisse Ruhe breit. Und so strichen die Minuten dahin, bis aus ihnen Stunden wurden. Das Mittagessen war besser, als sie es erwartet hatte. Wenigstens musste sie ihre letzte Reise nicht mit leerem Magen antreten.

Als das Tablett mit dem Geschirr abgeräumt wurde, schnarchte der Engel auf seinem Stuhl seit über einer Stunde sonor vor sich hin. Noch immer hatte sein Handy nicht geklingelt. Langsam begann Maria zu hoffen, dass die Sache mit der Abholung vielleicht nur ein Missverständnis sein könnte. Vielleicht hatte ja jemand in der Registratur einen Fehler gemacht. Menschen machten Fehler. Engel auch? Sie war sich da nicht sicher.

Seit Georg eingeschlafen war, dachte Maria über ihre vielleicht letzten Minuten nach. Und während sie so nachdachte, fiel ihr Blick immer wieder zum silbergerahmten Foto auf ihrem Nachttisch. Sie hatte ihre Enkel viel zu lange nicht mehr gesehen. Ob die Kinder sich noch an sie erinnerten? Vermissen würden sie die Oma aus Hamburg bestimmt nicht, wenn sie erst einmal … Vielleicht würden sie das Geld vermissen, welches Oma schickte. Aber ansonsten?

Familie sollte mehr sein, als Überweisungsformulare auszufüllen, dachte Maria traurig. Wie anders war es doch zu ihrer eigenen Zeit gewesen. Die ersten Jahre nach dem Krieg waren mager gewesen. Zu Weihnachten hatten sie alles Mögliche in die mickrigen Tannenzweige gehängt, Sterne aus Stanniolpapier, Talgkerzen und selbst gemachte Geschenke in altes Zeitungspapier eingewickelt. Das Papier wurde anschließend zum Anzünden des Ofens genutzt. Zusammen mit den Tanten und den Großeltern hatten sie dann am Heiligabend in der zugigen Stube gehockt und Lieder gesungen, gelacht und eine frisch geschlachtete Gans gegessen.

Und später dann, als es allen wieder besser ging und die Bäuche dicker wurden, da schlugen sie und ihr Vater im nahen Wald jedes Jahr eine prächtige Tanne, die Maria dann im Wohnzimmer für die Familie mit Glitzerkugeln und Lametta schmückte. Als Maria dann selbst eine kleine Familie hatte und mit Töchterchen Lea und Ehemann Hans in einer hübschen Wohnung am Hamburger Fischmarkt lebte, hielt sie es wie all die Jahre zuvor auch: Die ganze Familie wurde eingeladen, und am Heiligabend gab es Gänsebraten mit Rotkohl. Vor allem Onkel Heinz hatte es der kleinen Lea angetan. Mit den spannenden Geschichten von all seinen Reisen auf den großen Schiffen, die er als Kapitän befehligte, hatte er jeden Winkel der Welt bereist. Klein-Lea hatte ihn dabei mit großen Augen angesehen und beschlossen, sie wolle später auch zur See fahren. Manchmal aber konnte der Onkel nicht zum Fest kommen, weil er irgendwo auf dem Pazifik herumschipperte. Dann stellte Lea eine Kerze für ihn ins Fenster, damit er den Weg nach Hause fand. Selbst, als der Onkel irgendwo auf See geblieben war, wurde die Kerze zum Fest angezündet, denn auch als Engel sollte er sie finden.

Später studierte Lea und heiratete den schüchternen Ben, dessen erster Besuch bei seinen künftigen Schwiegereltern in die Weihnachtszeit gefallen war. Ben, der Mathematiker, der etwas linkisch neben seinem künftigen Schwiegervater auf dem Sofa saß und stotternd um Leas Hand angehalten hatte. Altmodisch, aber total romantisch, fand Lea, während sie und Maria an der Wohnzimmertür horchten. So glücklich war ihre Lea damals gewesen.

Dann kamen die Kinder zur Welt, und selbstverständlich wurde jedes Weihnachten mit der ganzen Familie zusammen gefeiert. Leas Tod aber veränderte alles.

Ein dunkler Schatten hatte sich seitdem auf alles gelegt, wie Staub auf die Seele. Doch nicht nur auf Marias Leben, sondern auch auf Bens und das der Kinder. Zu allem Überfluss aber schien es Maria, als wolle ihr Schwiegersohn plötzlich mit all den Dingen, die ihn früher glücklich gemacht hatten, nichts mehr zu tun haben. Er flüchtete sich in ein anderes Leben im weit entfernten Süddeutschland. Armer Ben.

Er hatte ihr gesagt, dass er alles tun würde, um den Kindern wieder eine Familie zu bescheren. Und dann kam Yvette.

Maria war Bens neuer Lebensgefährtin nur zweimal begegnet. Beim letzten Mal hatten sie sich gestritten. Seitdem kam Ben nur noch allein nach Hamburg.

Vielleicht hätte ich mich mehr zusammenreißen müssen, überlegte Maria. Immerhin war es doch seine Zukunft, in die sie sich eingemischt hatte. Ein unverzeihlicher Fehler, der nun dafür sorgte, dass sie von dieser Welt gehen musste, ohne ihre Familie noch einmal sehen zu können.

Ihr Blick glitt zum schnarchenden Engel hinüber, der das lächerliche Glitzerhandy fest in der Hand hielt.

Maria überlegte, während die Uhr über der Tür unbeeindruckt die Sekunden forttickte. Ein verwegener Gedanke huschte durch ihren Kopf. Und dieser Gedanke gefiel ihr, je länger sie darüber nachdachte.

Vielleicht hatte sie ja noch Zeit. Vielleicht blieben ihr noch ein paar Stunden. Mehr bräuchte sie gar nicht, um zu erledigen, was zu erledigen war. Sie starrte das Kreuz an der Wand an. Und der Chef würde doch bestimmt nichts dagegen haben, überlegte sie.

Ja, sie wollte es wenigstens versuchen! Was hatte sie schon zu verlieren?

Vorsichtig fummelte sie das Ding an ihrem Finger ab. Dann drehte sie sich langsam zur Seite, um die beiden Apparate neben ihrem Bett genau zu betrachten. On/off. Kein Problem. Sie schaltete erst den Piep-Automaten am Bett und dann den Kasten am Ständer aus. Sie wartete, ob irgendwo ein Alarm ausgelöst würde. Als nichts passierte, riss sie sich die Klebepflaster von der Brust. Sie horchte auf verdächtige Geräusche vom Flur. Dann schlug sie die Decke auf, ließ die Beine über den Rand des Bettes baumeln und holte tief Luft.

Verwegen, eindeutig verwegen, dachte sie. Und sie spürte, wie die Vorfreude ihre Lebensgeister wachrüttelte.

Auf nackten Füßen schlich sie zum Schrank. Ohne den Blick vom schnarchenden Engel zu lassen, öffnete sie leise die Tür, griff nach ihren Kleidern. Im Badezimmer zog sie sich eilig an. Vor dem Spiegel setzte sie noch ihren Hut auf. Kritisch betrachtete sie ihr blasses Gesicht. Sie war noch nicht wieder auf dem Damm. So viel stand fest.

Im Zug aber würde sie sich ausruhen. Acht Stunden bis München waren lang genug, um sich zu erholen. Ja, sie würde sich sogar die Fahrt in der ersten Klasse gönnen. Auch dieser Gedanke gefiel ihr.

So leise wie möglich schlüpfte sie aus dem Badezimmer, hielt inne, schlich noch einmal zurück zum Nachtschrank, wo sie das Foto und ihr Portemonnaie an sich nahm und in der Tasche verstaute, tapste dann auf Zehenspitzen zur Tür hinüber, die in den Flur führte. Sollte sie dem Engel noch eine Nachricht schreiben, damit er sich keine Sorgen um sie machte? Nein, entschied sie, dieser Georg machte nicht den Eindruck, als würde er sich um irgendjemanden Sorgen machen, außer sich selbst.

Kurz darauf stand Maria Lindhorst vor dem Krankenhaus im Nieselregen und winkte sich ein Taxi heran.

»Zum Hauptbahnhof, bitte.«

Kapitel 3

Die ganze Welt schien sich zwei Tage vor Weihnachten am Hauptbahnhof zu treffen. Jedenfalls war es ein derartiges Gedrängel und Geschubse, dass Maria ganz schwummerig wurde. Die Luft, erfüllt von schnarrenden Ansagen, die aus Lautsprechern über ihrem Kopf herausfielen, jedoch völlig unverständlich waren. Ringsherum Stimmen und Sprachen aller Art, Leute, die sich ein Hallo zuriefen oder ein Tschüss. Einfahrende und ausfahrende Züge, garstig quietschende Räder irgendwelcher Rollkoffer und hastig in ihren Rücken geworfene Entschuldigungen, wenn jemand sich allzu grob an ihr vorbeidrängte, um sie zu überholen.

Natürlich war die Schlange im DB-Laden so lang, dass es sinnlos war, sich anzustellen. Maria ging zu einem dieser toten Fahrkartenautomaten. Ratlos schaute sie das Ding an.

»Brauchen Sie Hilfe?«

Ein junges Mädchen von kaum mehr als fünfzehn Jahren stand plötzlich neben ihr. Sie trug eine gesteppte Winterjacke mit Fellkragen und wirkte auf Maria wie eines dieser wohlerzogenen Mädchen, die man früher mit *Fräulein* ansprach. Maria lächelte dankbar.

»Oh ja, bitte! Könnten Sie mir erklären, wie ich aus der Maschine eine Fahrkarte für die erste Klasse nach München bekomme?«

»Klar doch. Zahlen Sie mit Karte oder cash?« Das Mädchen,

auf dessen langem blonden Haar eine weihnachtsrote Strickmütze mit Schneeflocken saß, machte sich an dem Gerät zu schaffen. Flink gingen ihre Finger über die Glasscheibe mit den Buchstaben darauf.

Angetan beobachtete Maria sie dabei. Die Jugend war nicht annähernd so schlimm, wie die Alten immer dachten. Und dieses Mädchen vor ihr war ein ganz besonders nettes Exemplar der übernächsten Generation.

»Welchen Zug möchten Sie nehmen?«

»Den nächsten, der abfährt.« Ein Tipp auf dieses Feld, ein Tipp auf das Feld.

»Hin und Rück?«

Maria zögerte einen Moment. »Ich denke, nur hin. Mehr ist nicht nötig«, sagte sie leise.

»Möchten Sie lieber am Gang oder am Fenster sitzen? Abteil oder Großraum?«

»Abteil. Und Fenster, wenn Sie haben.«

»Einhundertfünfundachtzig Euro neunzig. Sitzplatzreservierung inklusive.«

Maria kramte zwei Einhunderteuroscheine aus ihrem Portemonnaie. Kreditkarten mochte sie nicht, weil sie sich die Geheimnummer von den Dingern einfach nicht merken konnte. Und so fanden sich neben den beiden Hundertern für Frieda und Max noch einige andere Scheine sowie etwas Kleingeld in der Börse. Sie wollte dem Mädchen gerade die grünen Hunderter reichen, als ihr klar wurde, wo sie sich befand. Man hatte ja schon so viele schlimme Geschichten gehört.

»Das haben Sie ganz wunderbar gemacht«, sagte Maria und schob das Mädchen sacht zur Seite, um selbst die Geldscheine in den dafür vorgesehenen Schlitz zu schieben. »Ohne Sie wäre ich aufgeschmissen gewesen.« Der Apparat fraß den ersten Schein. Dann den zweiten. »Mein Name ist übrigens Maria Lindhorst. Ich bin auf dem Weg zu meinen Enkeln. Und wie heißen Sie?« Es ratterte in dem Automaten. Dann plumpste die Fahrkarte in das beleuchtete Ausgabefach sowie das Wechselgeld.

Das Mädchen zögerte einen kurzen Moment. »Saskia?«, sagte sie, schien sich selbst aber nicht sicher zu sein.

Maria wusste, dass die Kleine log. Doch das war in Ordnung. Man musste ja nicht jeder herumstehenden Oma erzählen, wie man wirklich hieß. Sorgsam steckte Maria die Fahrkarte in ihr Portemonnaie und holte einen Fünfeuroschein heraus, den sie dem Mädchen als Trinkgeld reichte.

Die aber schüttelte den Kopf. »Geht aufs Haus.«

»Sicher? Aber ihr jungen Leute könnt doch Geld immer gut gebrauchen.« Sie hielt ihr den Schein noch einmal hin.

»Ich habe es gern getan.«

»Sie sind wirklich sehr nett.« Zufrieden schob Maria Portemonnaie und Fahrkarte in ihre Reisetasche. »Ich finde übrigens, dass Jule besser zu Ihnen passt.«

Erschrocken sah das Mädchen sie an. »Woher wissen Sie …«

Maria nickte zum Handgelenk der Kleinen. Auf einem silbernen Armband stand der Name Jule. »Wenn das nicht der Name deines Hundes ist oder der deiner Freundin, dann schätze ich, könntest du so heißen.«

Eilig legte das Mädchen ihre Hand auf das Band. »Ist aber nicht mein richtiger Name.« Dann drehte sie sich um und lief davon.

»Entschuldige!«, rief Maria ihr nach. »Ich wollte nicht unhöflich sein.« Doch das Mädchen war schon in der Menge verschwunden.

Kopfschüttelnd tippelte Maria mit der Reisetasche in der Hand weiter.

Von hier oben, auf der Empore, sah die imposante Halle mit ihren weit geschwungenen Eisenträgern sehr elegant aus.

Die Gleise und die langen Bahnsteige mit den wartenden Zügen und den kleinen Leuten hingegen wirkten wie Spielzeug. Ein Blick auf ihre Armbanduhr sagte Maria, dass sie noch eine halbe Stunde Zeit hatte, bevor ihre Reise beginnen würde. Kurz dachte sie an den eigenartigen Engel in ihrem Krankenzimmer. Ob der schon bemerkt hatte, dass sie weggelaufen war? Vielleicht war er ihr sogar gefolgt!

Sie fuhr herum. Ihr Blick hastete über die Köpfe der Leute am Bahnsteig und hier oben auf der Empore. Erleichtert stellte sie fest, dass sie nirgends einen Mann im weißen Nachthemd in der Menge entdecken konnte. Vielleicht gelang ihr dieser kleine Coup ja.

Marias Zug fuhr von Gleis 8 los. Langsam stieg sie die Treppe zum Bahnsteig hinunter, denn die Rolltreppe lief mal wieder in die falsche Richtung. Leider fragte keiner, ob sie Hilfe bräuchte. So viele nette Jules gab es dann wohl doch nicht, dachte Maria und nahm vorsichtig Stufe für Stufe, wobei es mächtig in ihren Knien knackste.

Unten auf Gleis 8 angekommen, suchte sie einen freien Platz auf einer der Bänke am Bahnsteig. Sie ging am leeren Bahnwärterhäuschen vorbei, passierte einen Kiosk und vier besetzte Bänke, von denen leider niemand aufstand, um seinen Platz für eine alte Frau mit Arthrose in den Knien freizumachen.

Erschöpft stellte sie, ganz am Ende des Bahnsteigs zwischen Teil C und D, ihre Reisetasche ab, um den Mantel zu öffnen, denn ihr war warm geworden.

Da bemerkte sie im Augenwinkel einen Schatten hinter einem Pfeiler herbeispringen, die Tasche ergreifen und wie der Wind davonstürmen.

»Halt!«, rief Maria dem Dieb hinterher. »Die gehört mir!«

Sie sah noch die rote Strickmütze den Bahnsteig entlang stürmen und im Gewimmel der Menschen verschwinden.

❄

Unterdessen wachte Georg auf seinem Stuhl am Fenster auf. Er reckte und streckte sich, schaute kurz zu dem leeren Bett, wollte schon erzählen, welch wunderbaren Traum er gehabt hatte, als er mit einem Satz auf den Beinen war.

»Mist!«, rief er aus und fluchte, wie es Engel niemals tun sollten. »Wo sind Sie?« Er rannte ins Badezimmer. »Nur damit Sie es wissen: Verstecken *gildet* nicht!«, rief er und sah hinter der Tür nach. »Ich finde Sie eh, dass das klar ist.«

Auch im Schrank war die alte Frau nicht und unter dem Bett ebenfalls Fehlanzeige. Unschlüssig stand Georg im leeren Krankenzimmer. Hatte etwa ein anderer Engel seinen Job gemacht, während er schlief? Himmel! Das durfte nicht sein. Dieses eine Mal hätte es ohne Probleme gehen sollen. Nur dieses eine Mal! Diese nervige Alte stand zwischen ihm und der Registratur!

»Wo sind Sie?«, brüllte er. Als niemand antwortete, rannte er auf den Flur hinaus, schaute nach links und rechts. Nichts.

Sollte die Frau sich etwa abgesetzt haben?

Noch nie hatte er von einem Fall gehört, wo eine Abholung mit einer Flucht endete. Ein intensives Gefühl von Panik überfiel ihn. Da glaubte er, ein fernes Lachen zu hören. Er blickte gen Himmel. »Das ist nicht witzig!«

Dann rannte er mit wehendem Kleidchen den Gang entlang, hinunter zum Haupteingang, noch immer in der Hoffnung, Maria Lindhorst einholen zu können.

Plötzlich klingelte das Glitzerhandy.

Doch Georg konnte es nicht hören, denn er hatte es im Krankenzimmer liegen lassen.

Kapitel 4

Das wäre dann alles.« Die Heimleitung, eine Endfünfzigerin mit dem Namen Fellbacher-Greulich, erhob sich hinter ihrem Schreibtisch und geleitete Anna hinaus. »Ich bin mir sicher, dass ich mich da ganz auf Sie verlassen kann.« Sie schob Anna auf den Flur hinaus, schickte noch ein aufmunterndes Lächeln hinterher und schloss dann die Tür.

Jetzt stand Anna, halb benommen, im Gang des Verwaltungstraktes vom *Seniorenheim Möwenstrand* und überlegte, was eben passiert war.

Man hatte von ihr genau wissen wollen, wie es um Frau Lindhorst stand, bevor Anna das Krankenhaus verlassen hatte. Ob Anna sich erklären könne, wohin Frau Lindhorst gegangen sei, und ob der Arzt etwas bezüglich Frau Lindhorsts Geisteszustand gesagt hätte.

Dass die alte Dame aus dem Krankenhaus verschwunden war, sei ein Glück, hatte Frau Fellbacher-Greulich noch gesagt. Schließlich hätte sie auch bei ihnen im Heim abhandenkommen können. Jemand müsse natürlich nun die Familie informieren. »Sie hatten doch immer so einen guten Draht zu Frau Lindhorst«, hatte die Heimleitung gesagt und Anna dabei aufmunternd angeschaut.

Offenbar gedachte man, ihr den besagten Schwarzen Peter zuzuschieben. Doch Anna verstand nicht, wo hier überhaupt das Problem lag. Frau Lindhorst war eine erwachsene Frau und, bis auf das bisschen Verwirrtheit an diesem Morgen hatte sie auf Anna einen stabilen Eindruck gemacht. Körperlich hätte es keine Einwände gegen eine Entlassung gegeben. Und die Sache mit dem Mann in ihrem Zimmer war zuvor auch noch nie passiert. Frau Lindhorst lief nicht im Nachthemd brabbelnd durch die Straßen, sondern hatte sich ordnungsgemäß angekleidet, ihre Sachen gepackt und war gegangen. Die alte Dame konnte ja auch tun, was immer sie wollte, schließlich hatte niemand sie entmündigt, und sie war im Vollbesitz ihrer geistigen und körperlichen Kräfte. Dass sie sich allerdings bei den Schwestern im Krankenhaus nicht abgemeldet hatte, war unklug gewesen.

Die Polizei würde hier so schnell nichts unternehmen, hatte Frau Fellbacher-Greulich noch gesagt. Erst mal sei Abwarten gefragt. Dennoch müsse irgendjemand die Familie verständigen, schließlich habe man als renommiertes Haus ja eine gewisse Verantwortung für die Herrschaften.

»Na, was hat die Fellbacher von dir gewollt?«, fragte Hannes, Annas Kollege, während er gerade den Medikamentenschrank inspizierte. Doch statt auf eine Antwort zu warten, plapperte er gleich los, was er dieses Jahr zum Fest alles vorhabe. Anna hörte kaum zu. Sie ging zum Telefon und sah es stumm an. »Habe gesehen, dass du Heiligabend Dienst schiebst, Anna, du Ärmste.« Es klang alles andere als mitleidig.

»Irgendeiner muss ja, wenn der Rest feiern will«, murmelte Anna, ohne den Blick vom Telefon zu lassen.

Hannes sah zu ihr herüber. »Und warum versuchst du, das Telefon zu hypnotisieren?«

»Ich soll bei der Familie von Frau Lindhorst anrufen.«

»Familie von wem?« Hannes zog eine große Packung Abführmittel aus dem oberen Regal des Schrankes.

»Von Frau Lindhorst aus der Siebzehn. Die Dame, die gestern am Elbstrand …« Weiter kam sie nicht, denn Hannes eilte mit der Packung hinaus, wobei er zur Weihnachtsmusik aus dem Radio einen Song von George Michael summte.

Anna seufzte. Das Unvermeidliche aufzuschieben war immer eine schlechte Idee. Und so griff sie nach dem Hörer.

❄

Die Skier standen im Flur bereit, ebenso Friedas kleiner Rollkoffer mit dem Teddykopf darauf und Max' grellgrüner Helm. Soeben schleppte Ben die beiden Samsonites die Treppe hinunter. Es war ihm ein Rätsel, warum Yvette ihren halben Kleiderschrank mitnehmen musste. Seine Sachen inklusive Skianzug und warmer Unterwäsche brauchten kaum mehr als einen mittelgroßen Koffer. Da war sogar noch genug Platz für zwei Bücher. Man musste die Dinge nur mit System und Vernunft einpacken. Dafür hatte er seit einigen Jahren Checklisten für jeden der Familienurlaube entwickelt, die ihn mit entspannter Leichtigkeit durch das hektische Packen für den Sommer-, den Herbst- und den Winterurlaub brachten. Lea hatte seine Pedanterie immer milde belächelt, ja, sogar gelobt.

Yvette hingegen nannte ihn einen Kontrollfreak.

Mit einem letzten Schnaufen setzte Ben die Koffer seiner Verlobten nahe der Haustür ab. Gleich würde der Kurier der Deutschen Bahn kommen, alles in den Wagen verladen und ins italienische Corvara bringen. Dorthin würden sie am ersten Weihnachtstag, gleich nach dem Frühstück, aufbrechen. Die knapp sechs Stunden Zugfahrt wollte Ben noch für die letzten Semesterarbeiten seiner Studenten nutzen. Er hatte eine recht vertrackte Aufgabe zur Differenzialgeometrie gestellt, die die Navigation eines Satelliten bestimmen sollte. Erst wenn er die Korrekturen erledigt hatte, konnte sein Urlaub in Tirol beginnen. Und urlaubsreif war er tatsächlich.

Natürlich hatte Yvette Einwände gehabt. Sie hatte betont, dass die Fahrt mit dem Wagen doch viel schneller ginge und weniger umständlich wäre. Aber Ben wollte nicht in Staus stehen. Stattdessen wollte er die Zeit im Zug nutzen, um dann im Urlaub auch wirklich freizuhaben, nicht zuletzt für seine beiden Kinder. Endlich könnte er seinen beiden dann abends auch mal wieder etwas vorlesen, so wie früher, als sein Leben noch nicht so rastlos war.

Um Yvette milde zu stimmen, versprach er ihr einen geräumigen Mietwagen, den sie am Bahnhof übernehmen würden und mit dem sie dann stilvoll vor dem Sternehotel in Corvara vorfahren könnten. Yvettes Gesicht hatte sich wieder erhellt, ihre Bedenken waren verflogen.

»Max! Hier steht nur ein Ski von dir. Ist das Absicht?«, rief Ben.

Der Siebenjährige kam aus der Küche gelaufen. »Wieso?«

Ben hob die Augenbrauen und ließ seinem Sohn Zeit zum Denken. Als er im Gesicht des Jungen keine Anzeichen von Verstehen entdecken konnte, half Ben nach. »Nun, ich dachte, vielleicht möchtest du den anderen Ski auch mitnehmen. Oder wolltest du ihn schonen und erst im nächsten Jahr mit auf die Piste nehmen? Vielleicht jedes Jahr sogar abwechselnd, mal links, mal rechts, damit die Ski länger halten, oder so?«

Verständnislos sah der Junge zwischen dem einen Ski und seinem Vater hin und her. Dann begriff er, schlug sich mit der flachen Hand gegen die Stirn und rannte in den Keller, um das Paar zu komplettieren.

»Papi, darf ich Mister Clarence mitnehmen?«, wollte Bens vierjährige Tochter Frieda wissen. Der Stoffteddy bekam mehrmals im Jahr einen neuen Namen. Je nachdem, welcher Name Frieda am besten gefiel. Seit drei Tagen hieß der Hase nun Clarence, da Frieda bei der Oma ihrer besten Freundin einen uralten Film im Fernsehen gesehen hatte, in dem ein Engel mit diesem Namen einen Mann vor dem Ertrinken gerettet hatte und in dem die ganze Zeit herrlich viel Schnee gefallen war. Letzteres hatte Frieda besonders beeindruckt, denn seit dem ersten Advent führte sie ihr erster Gang nach dem Aufstehen zum Fenster, um zu sehen, ob es endlich schneite. Frieda ohne ihren Teddy war wie Weihnachten ohne Tannenbaum oder Erbsensuppe ohne Erbsen. Stets sah man sie mit dem angenuckelten Stoffbären umherlaufen, egal, welchen Namen er gerade trug.

Ben drehte sich zu seiner Tochter um. Für einen kurzen Moment spürte er diesen altbekannten Stich im Herzen. Die Kleine sah ihrer Mutter unglaublich ähnlich, wie aus dem Gesicht geschnitten. Er ging in die Knie, nahm Frieda in den Arm und schaute sie lächelnd an. »Ich kann dir nichts abschlagen, Süße. Das weißt du doch.«

Yvette trat aus dem Wohnzimmer in den Flur. »Du verwöhnst sie zu sehr«, erklärte sie nicht zum ersten Mal.

Er und Yvette waren seit dem Sommer verlobt. Eine folgerichtige Entscheidung, wie er fand. Sie gab sich viel Mühe mit Max und Frieda, ja, sie lernte sogar kochen. Vor allem aber hielt sie ihn auf Trab, damit er nicht ins Grübeln kam. Und darin war sie wirklich gut. Sie organisierte Partys, sorgte für mehr Sport in seinem Leben, dekorierte das gesamte Haus in regelmäßigen Abständen um, brachte Max zum Fußball und Frieda in den Kindergarten und sorgte dafür, dass er die Kinder pünktlich wieder abholte. Mit ihr war ein Wirbelwind in sein Leben getreten, der seinesgleichen suchte und Sorgen nicht zuließ. Ihrer Meinung nach musste Ben lernen, endlich aus seiner Komfortzone auszubrechen, und etwas Neues wagen. Er solle andere Menschen kennenlernen, um seinen Horizont zu erweitern, Kontakte knüpfen und mal mit den Nachbarn ein Schwätzchen am Gartenzaun halten. Ein Leben als graue Maus in einer Universität passe nicht zu ihm. Er sei zu Höherem berufen, Dekan vielleicht. Natürlich schmeichelte es Ben, dass sie etwas in ihm sah, das ihm selbst noch nie aufgefallen war.

Es hatte Ben zuerst unendlich viel Überwindung gekostet, einer anderen Frau in seinem Leben eine Chance zu geben. Aber um der Kinder willen hatte er sich zusammengerissen.

Irgendwo im Haus klingelte plötzlich Bens Handy.

So behände wie möglich kletterte er über Koffer, Ski und Helme auf der Suche nach seinem Telefon. Er fand es auf der Kommode unter einem Stapel Comics, die Max unbedingt mitnehmen wollte. Dabei fiel sein Blick auf die heutige *Süddeutsche*. 21. Dezember. Siedend heiß fiel ihm ein, dass er ganz vergessen hatte, die Zeitung für die Urlaubswochen abzubestellen. Dabei hatte er es Yvette versprochen.

Ben tippte auf den grünen Punkt seines Handys. »Caspers hier«, meldete er sich ein wenig außer Atem, denn fast wäre er über Frieda und Mister Clarence gestolpert. Er drückte das Handy an sein Ohr und hielt mit der linken Hand das andere zu, weil Max hinter ihm laut schimpfte. Der Ski passte irgendwie nicht durch die Kellertür. Und Frieda stand Yvette im Weg, die eilig in die Küche wollte, von wo sich gerade der Geruch nach Angebranntem seinen Weg durchs Haus bahnte. Für dieses Jahr hatte Yvette sich in den Kopf gesetzt,

Kekse zu backen und am Heiligabend einen Braten auf den Tisch zu stellen. Dafür hatte sie vor Kurzem eine hochwertige Multifunktionsküchenmaschine angeschafft. Ben, der um Yvettes Kochkünste wusste, ihren Enthusiasmus aber nicht bremsen wollte, hatte schon mal im Internet nach einem Italiener Ausschau gehalten, der auch an Weihnachten liefern konnte.

»Wer ist da bitte?« Ben drückte das Handy noch fester an sein Ohr.

»*Seniorenheim Möwenstrand.* Anna Hinrichs am Apparat. Herr Caspers?«

»Ja, ja, ich bin's.« Ben zog sich ins Wohnzimmer zurück, wo bereits der deckenhohe Weihnachtsbaum stand, jedoch noch ohne sein glitzerndes Ornat. Das sollte sich heute Nachmittag ändern. Ben schob die Pappkartons und Verpackungen mit den violetten Kugeln beiseite, um sich aufs Sofa zu setzen. Dieses Jahr würde der Baum also in Lila leuchten.

Warum die Leute bereits Tage vor Weihnachten den Baum schmücken mussten, war ihm ein Rätsel. Aber Yvette meinte, das täten alle. Und so wurde auch bei Ben der Baum bereits Tage vor dem Fest geschmückt, obwohl er es von früher eigentlich anders kannte.

Ben hörte der Anruferin aufmerksam zu, doch die Verbindung war nicht die Beste. »Was haben Sie gesagt?«

Die Stimme am Telefon wiederholte vorsichtig ihre Worte: »Ihre Schwiegermutter hatte gestern einen Schwächeanfall und ist ins Krankenhaus gekommen.«

Aus der Küche hörte Ben die Küchenmaschine arbeiten. Offenbar versuchte Yvette Nüsse zu mahlen. Es klang, als wolle jemand das Haus einreißen.

»Warum hat man mich nicht gleich angerufen?«, rief er in sein Handy gegen den Küchenlärm.

»Frau Lindhorst wollte nicht, dass Sie sich Sorgen machen. Und Sie fahren doch ohnehin bald in den Skiurlaub.«

Der Ton dieser Person klang eindeutig schnippisch. Sofort hatte Ben ein schlechtes Gewissen und war geneigt, sich zu entschuldigen. Die lange Fahrt nach Hamburg, die Arbeit, wenig Zeit, na ja, und sie waren einfach nicht mehr so eng verbunden, seit … Er schwieg. So plump und einfach wollte er sich nicht aus der Affäre ziehen. Er hatte Maria vom ersten Tag an gemocht, ja, fast schon geliebt. Mehr jedenfalls als seine eigene Mutter. Doch seit Leas Tod war es ihm immer schwerer gefallen, die alte Dame zu besuchen. Wenn er in München blieb, fiel es ihm weitaus leichter, nicht ständig an sein früheres Leben zu denken.

»Geht es meiner Schwiegermutter gut? Soll ich hochkommen?« Er begann im Kreis durchs Wohnzimmer zu laufen. Maria war achtzig Jahre alt. Er hätte sich ohrfeigen können, dass er sie gestern einfach nur kurz angerufen hatte, um das mit dem Skiurlaub zu sagen. Verdammt! Aber da war die Sitzung im Bewerbungsausschuss gewesen und das enorm wichtige Gespräch mit dem Dekan. Wie hätte er das schaffen sollen?

»Sie müssen nicht hochkommen, Herr Caspers. Ihre Schwiegermutter ist ja so weit wohlauf.«

»Nein, nein«, widersprach er besorgt. Das schlechte Gewissen schnürte ihm den Hals zu. »Ich denke, ich sollte nach ihr schauen … – In welchem Krankenhaus liegt sie denn?«

Die Frauenstimme am Telefon räusperte sich. »Nun, dass Sie herkommen, ist nett, aber wohl nicht nötig.«

»Nein? Will sie mich nicht sehen?« Er könnte es verstehen, so rar, wie er sich in den letzten Monaten gemacht hatte.

Noch ein Räuspern in der Leitung. »Frau Lindhorst hat

sich heute Mittag sozusagen selbst aus dem Krankenhaus entlassen.«

Erleichtert holte Ben tief Luft. »Es geht ihr also … Was meinen Sie damit, *selbst entlassen*?« Das Blut rauschte in seinen Ohren.

»Also, das mit dem Entlassen … nun, sie hatte leider vergessen, dem Krankenhauspersonal Bescheid zu sagen, dass sie geht.«

»Was soll das bedeuten, Frau …?«

»Hinrichs. Anna Hinrichs. Ich bin im Seniorenheim als … Egal. Ihre Schwiegermutter und ich verstehen uns gut. Darum war ich ja auch …«

»Wo ist sie?«, unterbrach Ben sie unwirsch. »Stellen Sie mich zu ihrem Zimmer durch.«

Diese Anna Hinrichs zögerte so lange, dass Ben befürchtete, seine Geduld könnte jeden Moment am Ende sein. Und dann würde er in Panik geraten. Völlig überzogen reagieren. Stottern. Oh Gott, er würde stottern!

»Nun ja, das geht nicht, Herr Caspers«, meinte sie kaum hörbar.

»Geht nicht? Warum?«

»Wir wissen nicht, wo sie ist«, kam es kleinlaut aus der Leitung. »Wir dachten, sie würde zurück ins Seniorenheim kommen, aber …«

Jetzt riss ihm wirklich der Geduldsfaden. »Himmel, Maria ist verschwunden?« Als sie schwieg, begann er, sich das Schlimmste vom Schlimmen auszumalen. Das Blut in seinen Schläfen pulsierte. »Rufen Sie die Polizei! Sofort. Ich k-komme hoch.« Er drückte auf das rote Telefonsymbol.

Als er aufsah, stand Yvette vor ihm. »Wohin willst du?«

Er zwang sich, ruhiger zu werden, atmete erst einmal tief durch. »Ich muss nach Hamburg. Meine Schwiegermutter hatte einen Schwächeanfall und ist heute früh aus dem Krankenhaus weggelaufen.«

»Deine *ehemalige* Schwiegermutter?« Yvette hatte so eine besondere Art das Wort »ehemalig« auszusprechen. Sie folgte ihm in den Flur, wo er bereits seinen Mantel überwarf und zur Tür lief.

»Wir hätten sie zum Fest zu uns holen sollen, Yvette. Sie hat doch sonst niemanden mehr.« Das schlechte Gewissen raubte ihm fast die Stimme. In der offenen Tür blieb er plötzlich stehen. Er zögerte. Dann drehte er sich um und blickte in die fragenden Augen seiner beiden Kinder, die im Flur neben Yvette standen.

Mit einem Kopfschütteln über sich selbst kam er zurück und kniete vor Max und Frieda nieder. »Die Oma ist krank«, erklärte er den Kindern. »Ich fahre nach Hamburg, um zu schauen, dass es ihr bald wieder besser geht.« Er nahm die beiden in den Arm. »Ich verspreche, ich bin rechtzeitig zurück. Okay?« Brav nickten sie.

Er stand auf.

»Ihr seid nicht mehr verwandt, Ben«, erklärte seine Verlobte nicht zum ersten Mal. »Du hast bald eine neue Frau. Mich.«

Er lächelte. »Aber Maria ist nicht nur Leas Mutter gewesen. Sie ist auch ein wunderbarer Mensch. Und die Kinder sind ihre Enkel.«

Seine Tochter Frieda nickte eifrig. »Genau. Die Oma ist nämlich Mamas Mama und kann richtige Kekse backen.«

Yvette warf Frieda einen verärgerten Blick zu. »Verdammt, ich gebe mir doch Mühe, aber das Rezept ist so … so kompliziert.«

Ben gab Yvette einen Kuss. »Du schaffst das schon«, sagte er und wollte gehen, als er noch einmal ihre Stimme hörte.

»Hast du nicht etwas vergessen?«

Abermals drehte er sich um. In ihrer Hand hielt sie den Wagenschlüssel, das Portemonnaie und seine Brieftasche.

Mit der flachen Hand schlug er sich gegen die Stirn und kam zurück zum Haus. »Danke«, sagte er und gab ihr einen weiteren Kuss. »Wenn ich dich nicht hätte …«

»Übrigens sind es mit dem Wagen bis Hamburg acht Stunden. Und dann die ganze Strecke wieder zurück … Nein, Ben, ich denke, das ist zu anstrengend für dich. Ich buche dir einen Flieger. Der braucht gerade mal anderthalb Stunden.« Ohne auf eine Antwort zu warten, ging sie zurück ins Haus. »Und dann miete ich einen Wagen am Hamburger Flughafen für dich, damit du die Sache schnell klären kannst und spätestens morgen Mittag zurück bist. Hörst du?«

Zehn Minuten später saß Ben im Taxi zum Flughafen.

Kapitel 5

Der ICE nach München war längst fort. Versteinert saß Maria auf einer Bank am Gleis 8, unfähig, sich auch nur ein bisschen zu rühren. Das Mädchen hatte so freundlich gewirkt, und ihr Blick war doch so ehrlich gewesen.

Maria wusste, sie hätte jetzt schrecklich wütend auf die Kleine sein müssen, aber sie war es nicht. Sie war nur traurig. Traurig, weil das Mädchen ein sehr, sehr schlechtes Leben vor sich haben würde. Und traurig, weil in ihrer Reisetasche das einzige Foto von Ben und den Kindern lag. Außerdem war sie traurig, weil sie ihre Familie jetzt wohl nicht mehr sehen würde, denn ohne Geld und Fahrkarte wusste sie nicht, wie sie rechtzeitig nach München kommen sollte, um Ben und die Kleinen noch vor deren Abreise in den Skiurlaub in die Arme schließen zu können. Was danach kommen sollte, war ihr egal.

Dass sie wegen der gestohlenen Reisetasche nicht zur Polizei gehen konnte, verstand sich von selbst. Sicherlich hatte das Krankenhaus oder auch die Heimleitung die Beamten längst darüber informiert, dass da draußen eine verwirrte alte Frau herumlief, die mit unsichtbaren Männern sprach. Eine Irre zu Weihnachten, na, das hatte den Beamten bestimmt noch gefehlt.

Sie überlegte, wie peinlich es zudem werden würde, wenn man sie mit einem Polizeiwagen zurück ins Seniorenheim brächte. »Oje, oje«, murmelte Maria immer wieder vor sich hin. Die Fellbacher-Greulich würde ihr vor versammelter Mannschaft eine Standpauke halten, die sich gewaschen hatte. Maria wusste, dass sie zum Gespött des gesamten Seniorenheims für die nächsten Wochen, wenn nicht sogar Monate werden würde. Ein ganz entsetzlicher Gedanke.

Vielleicht fand sie ja eine andere Lösung, um unerkannt in ihr Zimmer zu gelangen. Sie könnte einfach warten, bis es dunkel würde, und sich dann heimlich hineinschleichen.

In diesem Moment fuhr irgendwo in der Halle ein Zug mit entsetzlich quietschenden Rädern ein, dass es in Marias Ohren schmerzte. Sie drückte die Hände gegen den Kopf. Jemand fragte sie, ob sie Hilfe bräuchte, doch Maria hatte für heute von Hilfen jeglicher Art genug.

Sie schüttelte den Kopf. Ohne ein Wort schlurfte sie über den Bahnsteig zur Rolltreppe hinüber. Sie fuhr hinauf in die Bahnhofshalle, wo aus den Lautsprechern unbarmherzig ein Kinderchor *Kling, Glöckchen* gegen das quäkende *Jingle Bells* eines mäßig begabten Akkordeonspielers tirilierte. Sie schob sich durch die Menge der Menschen, passierte einen Weihnachtsmann mit Polyesterbart, der Geschenkcoupons für eine Autovermietung verteilte, und ging an einem Betrunkenen vorbei, der vor dem Kiosk saß und *Last Christmas* krächzte, wobei er immer wieder in seinen Jackenärmel schniefte, so ergriffen war er von der eigenen Kunst.

Auf dem Bahnhofsvorplatz roch es nach Zuckerwatte und Lebkuchen, Glühwein und Punsch. Hier träumte Frank Sinatra aus dem Lautsprecher beim Kinderkarussell gerade von einer weißen Weihnacht, während die Menschen unter dem tiefverhangenen Regenhimmel umherliefen, in der Hoffnung, noch den Zug nach irgendwo zu bekommen oder alte Omas auszurauben.

Maria bemerkte von alldem nichts.

Müde ließ sie den Hauptbahnhof hinter sich, ging weiter, immer weiter. »Ach, wäre ich doch im Krankenhaus geblieben«, dachte sie und klappte den Kragen ihres Mantels hoch. »Da war es wenigstens warm.«

Wahrscheinlich war es ein Wink des Schicksals gewesen, dass die Kleine sie bestohlen hatte. Gott wollte nicht, dass sich Maria Lindhorst seinem Willen in den Weg stellte. Er hatte andere Pläne für sie. Mortale, sozusagen.

Maria tröstete sich. Bestohlen zu werden war ja eigentlich gar nicht so schlimm, wenn man bedachte, dass Gott seinen Willen auch ganz anders hätte durchsetzen können, statt nur die kleine Diebin zu schicken. Man kann dem Schicksal nun einmal nicht entfliehen, egal wie gut der Vorsatz auch sein mochte. Der Engel hatte es so ganz ähnlich gesagt.

Sie wandte sich einer kleinen Gasse zu, die zur Rückseite des Bahnhofs führte. Hier war es ruhiger. Ruhe, ja, das war es, was sie jetzt brauchte. Vielleicht gab es irgendwo einen Stuhl, auf den sie sich setzen konnte, nur für einen kleinen Moment.

In der Gasse müffelte es aus großen grünen Abfallcontainern nach Essensresten. Maria schaute sich um. Nirgends konnte sie eine Sitzgelegenheit entdecken. Sie wankte auf eine Metalltür mit einem Knauf zu, in der Hoffnung, es handle sich um den Hinterausgang eines Restaurants, wo man sicherlich einen Stuhl für sie haben würde. Doch die Tür war verschlossen. Sie klopfte, aber niemand öffnete.

Nicht weit entfernt, entdeckte sie einen Stapel Holzpaletten, auf denen sonst Waren transportiert wurden. Sie schlurfte hinüber und setzte sich mit einem erschöpften Seufzen. Den Kopf in die Hände gestützt, die Ellenbogen auf den Beinen, grübelte sie. Die Idee, zu Ben und den Kindern zu fahren, war von vornherein dumm gewesen. Jetzt hatte sie ihr Hab und Gut verloren und absolut keine Ahnung, wie sie unauffällig zurück ins Seniorenheim kommen sollte.

Ins Krankenhaus jedenfalls wollte sie nicht mehr, auch wenn ihr ein wenig schwummerig war. Sie dachte an den Verrückten im Nachthemd, der ihr einen gehörigen Schrecken eingejagt hatte. Ob er wirklich nur eine Einbildung gewesen war? Er hatte so echt gewirkt.

Aber das war jetzt unwichtig. Wichtig war, zurück in ihr Zimmer im Heim zu kommen. Sie könnte sich vielleicht ein Taxi nehmen und jemanden im *Möwenstrand* bitten, für sie die Rechnung zu bezahlen. »Nein!« Maria schüttelte den Kopf. Nein, sie hatte noch nie Schulden gemacht und gerade jetzt, kurz vor ihrem Tod, gedachte sie nicht, damit anzufangen.

Maria kämpfte mit den Tränen, während sie auf den dreckigen Asphalt zu ihren Füßen starrte. Was hatte sie sich nur bei alldem gedacht?

Da schoben sich zwei weiße Stiefel mit Metallkappen an den Spitzen in Marias Blickfeld.

»Wer sagte noch gleich, er hätte keine Angst vor dem Sterben?«, wollte Georg von oben herab wissen. »Heute ist genauso gut wie morgen«, äffte er sie nach.

Maria wollte sich nicht streiten. Man muss wissen, wann man geschlagen war. »Und, hat Ihr Chef endlich angerufen?«, fragte sie kraftlos.

Georg schnaufte nur und ließ sich neben ihr auf den Paletten nieder. »Ihretwegen stehe ich wie ein Dummkopf da.«

»Meinetwegen?«

»Klar! Noch nie ist eine Abholung abgehauen. Und dann hatte ich auch noch das Handy vergessen!« Er hielt das Glitzerding hoch. »Ein verpasster Anruf! Mein Gott! Sie haben echt mehr Glück als Verstand.«

Maria starrte auf das Handy. »*Er* hat angerufen?«

»So ist es!« Georg war sichtlich wütend. »Und ich war nicht da, weil ich Ihnen hinterhergerannt bin!« Er schaute das Handy an. »Ich habe es vergeigt«, murmelte er. »Wieder einmal vergeigt.«

»Wird … Ihr Chef sich denn noch einmal melden?«, wollte Maria vorsichtig wissen. Als Georg nur mit den Achseln zuckte, huschte ein erleichtertes Lächeln über ihr Gesicht. Doch als sie den Engel so betrachtete, wie er gebeugt neben ihr saß, überkam sie auch ein schlechtes Gewissen. »Wissen Sie, Georg, ich wollte nur zu meinem Schwiegersohn Ben und ein letztes Mal ihn und die Kleinen sehen«, entschuldigte sie sich. »Haben nicht alle Sterbenden einen letzten Wunsch frei?«

Georg schaute sie fragend an. Seine Augen waren leuchtend blau. Wie der Himmel meiner Kindheit, dachte Maria. Wie die frostklirrenden Schlittschuhnachmittage mit Gertrud und Karl auf dem Weiher, damals. Ob alle Engel blaue Augen haben?

»Einen Wunsch frei?« Er lachte. »Nee, nur die zum Tode Verurteilten im Fernsehen, die dürfen sich etwas wünschen.«

»Aber ich bin doch zum Tode verurteilt«, gab sie zu bedenken.

Georg zog einen Mundwinkel nach oben, was wohl einem halben Lächeln entsprach. »Der Chef verteilt keine letzten Wünsche.«

Maria sah auf ihre faltigen Hände. »Schade. Und was machen wir jetzt?«

Verdrießlich drehte Georg das himmlische Gerät in seinen Händen, welches selbst in dieser dunklen Gasse sternengleich glitzerte, als wäre es von innen her beleuchtet. Dann kratzte er seinen Bart, schüttelte das Telefon mehrmals, als könne so der von ihm so sehnlichst erwartete Anruf herausfallen, und seufzte. »Keine Ahnung.«

»Vielleicht ist es kaputt«, gab Maria zu bedenken. »Kennen Sie sich denn mit so einem Ding aus?«

»Hat die letzten Male bestens funktioniert«, meinte er. »Vor allem vorhin, als Sie einfach abgehauen sind«, fügte er schnippisch hinzu.

Maria murmelte eine weitere Entschuldigung. »Wie oft haben Sie denn schon … Leute abgeholt?«

»Eintausendeinhundertundzehn Mal.«

»Das wissen Sie so genau? Führen Sie darüber etwa Buch?«

»Nee.«

Die Antwort erschien Maria ein wenig zu kurz. Auffordernd sah sie ihn an. »Sondern?«

Wieder grummelte er.

»Wie bitte?« Maria hatte sich in früheren Jahren diesen Lehrerinnenton angewöhnt, als Lea mit dreizehn Jahren ihre wilde Phase gehabt hatte.

»Wenn ich den Job bis zu Nummer eintausendeinhundertundelf wenigstens einmal anstandslos hinbekomme«, zischte Georg, »dann bekomme ich meine Flügel zurück.«

Flügel? Stimmt, dachte Maria. Als er in ihrem Krankenzimmer stand, hatte sie gar keine Flügel an ihm entdecken können. »Und was passiert, wenn Sie keine …«

Georg sprang auf. »Na, was wohl?« Er funkelte sie an.

Erschrocken zuckte Maria zurück.

»Dann muss ich auf ewig in die Registratur, als Lachfigur.« Wütend begann er an den grünen Müllcontainern entlang zu stapfen. »Anständig und ordentlich. Keine Beschwerden bitte!«, imitierte er jemanden, wobei er seine Nase kräuselte. »Unsere Neuzugänge müssen mitfühlend in die Ewigkeit geführt werden. Keine Schimpftiraden oder Flüche, wenn's recht ist.« Seine Faust knallte auf einen der Containerdeckel. Der Donnerschlag hallte durch die Gasse.

Maria zuckte erneut zusammen.

»Verdammt!«, fluchte er. »Ein Witz wird doch wohl mal erlaubt sein!« Rums, noch einmal ging die Faust auf dem Mülleimer nieder.

»Wenn Sie so weitermachen, Herr Georg, dann sterbe ich auch ohne den Anruf Ihres Chefs!« Sie presste ihre Hand ans Herz, das heftig pochte. »Und wo wollen Sie *dann* mit mir hin? – Sehen Sie, das wissen Sie nicht. Also, bitte hören Sie mit diesem Wüten auf.«

Der Engel hielt kurz inne und sah zu ihr herüber. Dann kam er zurück zu den Paletten und ließ sich ein weiteres Mal neben Maria nieder.

»Die letzten eintausendeinhundertundzehn … Abholungen sind wohl nicht sonderlich erfolgreich verlaufen, oder?«, fragte Maria vorsichtig nach.

Georg schnaufte. »Das war aber nicht meine Schuld!«, verteidigte er sich. »Die hatten mir nur Verrückte zugewiesen!«

»Ach, wirklich?«

»Na klar! Da war dieser Schauspieler, der meinte, Zeter und Mordio schreien zu müssen, weil ich ihm die Premiere von diesem saudämlichen Stück ruiniert hätte. Ständig rief er nach dem Intendanten. Dabei habe ich dem Publikum ganz sicher einen Gefallen getan, das können Sie mir glauben! Oder dieser abgedrehte Drogi, der noch voll bis in die Haarspitzen war, als wir oben ankamen, und dann dem Chef … ach, egal. Es war jedenfalls peinlich. Aber nicht so peinlich wie der Anwalt, der mich seit drei Ewigkeiten verklagen will, weil ich ihn unter falschen Versprechungen nach oben gelockt hätte. Ich glaube, der sucht oben noch immer den Eingang zur Beschwerdestelle.« Georg grinste. »Hab ihm gesagt, es sei eine grüne Tür.«

»Lassen Sie mich raten: Eine grüne Tür gibt es im Himmel nicht, richtig?«

Georg schien mit sich recht zufrieden zu sein. »Nein, genauso wenig wie eine Beschwerdestelle.« Er grinste. »Der Paragrafenlümmel wird bis in alle Ewigkeiten da oben grüne Türen suchen.«

»War denn wenigstens eine … *Abholung*«, es kostete Maria Überwindung, ein solch gefühlloses Wort für eine derart wichtige Sache zu nutzen, »erfolgreich?«

Ein Seufzer entströmte Georgs tiefstem Inneren. »Nun, wenn man den genauen Wortlaut der EHSV nimmt, also der Ersten himmlischen Sistierverordnung, dann … also, nee, wohl eher nicht.« Georg zupfte am Saum seines Kleides. »Und wenn ich es jetzt wieder vergeige, war es das. Sie sind meine allerletzte Chance. Entweder Sie oder …«

»Eine Ewigkeit in der Registratur?«

Statt einer Antwort seufzte Georg herzzerreißend.

Und so saßen sie in der Gasse, die alte Frau und der Engel, jeder in seinen eigenen Gedanken verloren, während in der Ferne der Straßenverkehr rauschte und der kalte Winterwind einige Noten von *Oh Tannenbaum* zu ihnen herübertrug.

»Sie könnten Ihren Chef anrufen«, schlug Maria plötzlich vor.

Georg zuckte zusammen. »Niemand! Wirklich niemand ruft den Chef an.« Er lachte über den seiner Ansicht nach vollkommen absurden Vorschlag. »Außerdem weiß ich gar nicht, wie das Ding hier funktioniert«, fügte er etwas kleinlauter hinzu. »Ich muss auf die grüne Taste drücken, wenn es bimmelt. Mehr weiß ich nicht. Und seit dem verpassten Anruf von vorhin hat es nicht mehr gebimmelt. Leider.«

»Vielleicht ist es leer? Da sind so Batterien drin, hat Anna mir vor einiger Zeit erklärt.«

Zusammen blickten sie auf das Glitzerhandy, wobei ihre Köpfe fast zusammenstießen. »Mein Schwiegersohn, der Ben, der wüsste, was mit dem Ding los ist. Er ist Professor.«

Wieder legte sich ein dumpfes Schweigen über die beiden.

Doch dann fiel Maria etwas ein. »Wir könnten in eine Kirche gehen, um zu beten. Dort fragen wir einfach Ihren Chef …« Georgs erboster Blick traf sie so unerwartet, dass ihr das Wort im Hals stecken blieb. »Keine Kirche?«

»Keine Kirche. Es ist ein Fehlglaube zu meinen, dass der Chef etwas mit diesem Bodenpersonal zu tun haben will. Die meisten von denen kochen ihr eigenes Süppchen. Und das schmeckt ihm nicht unbedingt. Schon gar nicht, als die damals in seinem Namen … Egal.«

»Verstehe. Vielleicht aber könnte …«

»Was denn noch?«

Maria räusperte sich. »Ich frage mich, ob wir die Wartezeit, bis das Ding da endlich klingelt, nicht nutzen könnten.« Auffordernd sah sie den Engel neben sich an, in der Hoffnung, er möge von sich aus auf die Idee kommen, die ihr gerade durch den Kopf gehuscht war. Als er nichts sagte, schlug sie diesen außerordentlich dreisten Gedanken vor. »Wir könnten gemeinsam zu meinem Schwiegersohn nach München fahren. Wenigstens, bis es klingelt.«

»Lohnt sich nicht.«

Genervt schlug Maria mit beiden Händen auf ihre Oberschenkel. »Nun seien Sie doch nicht so bockig. Ob wir nun hier warten oder in einem warmen Zugabteil …« Sie zog ihren Mantel enger um die Schulter. »Also mir wäre ein Zug lieber.«

»Sie könnten auch in dieses Heim fahren oder zurück ins

Krankenhaus gehen. Da ist es auch warm«, schlug er vor. »Mir egal, wo ich warte.«

Maria schüttelte den Kopf. Weder wollte sie in einem Krankenhaus sterben noch zurück ins Seniorenheim, auch wenn es dort sicherlich gemütlicher war als hier. Nein, sie wollte versuchen, bis zu ihren Enkeln zu gelangen. Und dieser Engel, der konnte doch bestimmt zaubern. »Einen Versuch ist es wert, finde ich«, beharrte sie leise. »Und wenn es Ihnen doch egal ist, wo Sie auf den Anruf warten müssen …?«

Genervt rollte Georg mit den Augen. »Na gut, wenn es sein muss.« Er erhob sich. »Aber lohnen tut es sich trotzdem nicht. Sie könnten jederzeit, mir nichts, dir nichts, einfach tot umfallen.«

Auch Maria stand auf. »Ich weiß, ich weiß. Sobald es klingelt, ist die Reise zu Ende. Versprochen! Und ich laufe auch ganz bestimmt nicht mehr weg.« Ein klitzekleines bisschen Hoffnung ging durch ihren Körper und wärmte sie. Vielleicht … vielleicht würde sie es doch noch bis zu ihrer Familie schaffen. »Es gibt nur ein Problemchen.« Sie sah das angesäuerte Gesicht des Engels.

»Was denn noch?«

»Na ja, man hat mir meine Reisetasche, die Fahrkarte und das Geld gestohlen. Ich meine, Sie brauchen ja so etwas wie eine Fahrkarte nicht, weil keiner Sie sieht, aber ich?«

Lässig zuckte er mit den Achseln, dann straffte er herausgefordert die Schultern. »Lassen Sie das meine Sorge sein.« Er grinste. »Tun Sie einfach nur, was ich sage. Ich kenne mich mit so etwas aus.«

Strahlend sah sie ihn an. »Ja? Wie wunderbar!« Sie stellte sich neben ihn und wartete, dass er etwas himmlischen Hokuspokus veranstaltete. Doch Georg tat nichts Übersinnliches. Er ging lediglich zurück zur Hauptstraße.

Dort drehte er sich um. »Soll ich allein nach München? Es ist Ihre Familie, nicht meine.«

Verwirrt sah sie ihn an. »Aber, ich dachte, Sie würden ...« Sie fuhr mit der Hand durch die Luft, als hätte sie einen Zauberstab in der Hand.

»Was?«

»Na, uns nach München ... bringen, dachte ich.«

Er blieb stehen. »Weghexen?«

Sie nickte.

»Teleportieren?«

Wieder nickte sie.

Er lachte. »Göttlich! Sie sind einfach wunderbar!« Georg schien sich über ihre Einfältigkeit bestens zu amüsieren, was jedoch Maria ziemlich verärgerte.

»Was ist daran so lustig?«

Georg kam zu ihr zurück. »Nichts«, sagte er ernst. »Ich kann nicht zaubern. Und ein Taschenspieler bin ich auch nicht.«

Bitter enttäuscht und über sein Benehmen zutiefst wütend sah sie ihm in die Augen. »Stimmt«, zischte sie, »Sie sind ja nicht mal ein richtiger Engel. Flügel jedenfalls haben Sie keine!« Wütend stapfte sie an ihm vorbei. »Jedes Wiener Brathähnchen hat mehr Flügel als Sie!«

»Das ist kein Grund, unhöflich zu sein«, hörte sie ihn hinter sich rufen.

Er eilte hinter Maria her. Gemeinsam gingen sie zum Bahnhof zurück. Ein Engel im weißen Kleid, den niemand sehen konnte, und eine alte Dame ohne Reisegepäck, die sich nicht sicher war, ob das Abenteuer, welches vor ihr lag, gut enden würde.

Kapitel 6

Anna schob Frau Studienrätin Pinsberger, die selbst nie studiert hatte, aber fünfzig Jahre mit einem Studienrat verheiratet gewesen war, im Rollstuhl ans Fenster. Stoisch saß die Dame in Hut und Mantel da, die Handtasche auf dem Schoß, den Blick fest hinunter auf den Parkplatz gerichtet, wo ihre Kinder in einer Stunde vorfahren würden, um die Oma zum Weihnachtsfest nach Hause zu holen.

»Wenn es Ihnen im Mantel zu warm wird, Frau Studienrätin, dann können Sie ihn …«

»Das wird nicht nötig sein, Fräulein Hinrichs. Meine Kinder müssten jeden Moment da sein.« Studienrätin Pinsberger legte nicht nur auf die Nennung von Titeln, sondern auch auf das altmodische *Fräulein* noch immer viel Wert. Wer nicht verheiratet war, war in ihren Augen nun einmal *nur* ein *Fräulein.*

Anna lächelte geduldig. Als sie vorhin angekommen war, hatte sie nicht einmal Zeit gehabt, den Mantel auszuziehen, weil sie Frau Pinsberger in der Halle erwischt hatte, wie diese umständlich versuchte, in ihrem Rollstuhl auf den Parkplatz zu kommen, aus Angst, die Kinder könnten ohne sie wieder abfahren. Zum Glück wusste Anna, wann die Kinder von Frau Pinsberger erwartet wurden, und hatte darum der alten Frau den strategisch günstigen Platz am Fenster empfohlen, wo diese warten könne, ohne frieren zu müssen.

Anna drehte die Heizung herunter und öffnete das Fenster auf Kipp, damit die alte Frau nicht ins Schwitzen kam und sich vielleicht noch eine Erkältung einfing.

Anna schaute auf ihre Armbanduhr. Ihre Pause war in fünf Minuten zu Ende. Das reichte, um den Mantel auszuziehen und noch einen schnellen Kaffee im Aufenthaltsraum für das Personal zu trinken. Gerade wollte sie Frau Pinsberger verlassen, als sie unten einen mitternachtsblauen Mercedes auf den Parkplatz rollen sah. Kurz überlegte sie, wer von den Herrschaften heute noch abgeholt werden würde, doch ihr fiel niemand ein.

»Oje!«, entfuhr es ihr, als der Fahrer ausstieg, seine Jacke überwarf und sie sein Gesicht erkannte. Sie hatte es auf dem Foto gesehen, welches sie Frau Lindhorst auf den Nachtschrank neben dem Krankenbett gestellt hatte.

Marias Schwiegersohn wirkte äußerst angespannt, als er über den Parkplatz zum Haupteingang des Seniorenheims strebte. »Oje«, murmelte sie noch einmal.

Mit einem höchst mulmigen Gefühl in der Magengegend machte Anna sich auf den Weg hinunter in den Verwaltungstrakt, denn dort würde Ben Caspers sicherlich zuerst hingehen. Am Telefon hatte der Mann ziemlich ungehalten geklungen.

Mittlerweile machte Anna sich entsetzliche Sorgen um Frau Lindhorst. Sie hatte erwartet, die alte Dame würde selbstverständlich zurück ins Seniorenheim kommen. Doch angekommen war die Verschwundene bisher noch nicht. Stattdessen malte Anna sich nun die schlimmsten Schrecklichkeiten aus, was der armen Frau passiert sein könnte. Wie hatte sie die Sache nur so falsch einschätzen können.

Anna schluckte, als sie in den Flur der Geschäftsleitung trat, wo Ben Caspers seinem Unmut bereits Luft machte.

»Wie kann es angehen, dass meine Schwiegermutter einfach verschwindet?«, regte er sich mitten im Flur auf. Frau Fellbacher-Greulich fuhr sich nervös durch ihr sorgsam frisiertes Haar. Wohl nicht zum ersten Mal versuchte sie, den aufgebrachten Gast in ihr Büro zu bitten, doch der blieb einfach stehen. »Ich habe Maria hierhergebracht, weil ich dachte, sie sei bei Ihnen in guten Händen«, ereiferte er sich. »Offenbar habe ich mich getäuscht.«

»Frau Lindhorst stand unter der Obhut des Krankenhauses«, wiegelte die Fellbacher-Greulich ab. »Bitte wenden Sie sich an die dortige Stationsleitung.«

Deutlich konnte Anna die hektischen Flecken am Hals ihrer Chefin sehen. Sie fragte sich, ob der Schwiegersohn irgendeine rechtliche Handhabe gegen das Seniorenheim hätte, sollte der alten Dame etwas passieren. Zumindest drohte er jetzt damit. In all seinem Gebaren glaubte Anna, das übliche schlechte Gewissen ausmachen zu können, das sie schon so oft bei Verwandten gesehen hatte, die wussten, sie hätten öfter mal im *Möwenstrand* vorbeikommen sollen, um Omchen oder Onkel, Mutter oder Vater zu besuchen. Ihre Ausreden klangen stets ähnlich, seicht und aufgewärmt. Merkten diese Leute nicht, wie sehr die alten Herrschaften sich nach etwas sehnten, das sich wie Familie anfühlte?

Plötzlich spürte Anna, dass sie wütend wurde. Wütend auf all die Bens, die mit monatlichen Anrufen meinten, ihr Maß an Mitgefühl und Pflicht erledigt zu haben.

Gerade wollte dieser Ben Caspers mit einer neuen Tirade gegen die Unfähigkeit der Geschäftsleitung beginnen, als Anna auf ihn zumarschierte und sich vor ihm aufstellte. Sie schaute zu ihm hoch, holte tief Luft, um ihm zu sagen, was sie von seinem Theater hielt.

Plötzlich aber blieb ihr das Wort im Hals stecken. Braune

Augen, dachte sie nur, und viel zu viel Schmerz darin. Sie hatte sich in ihm geirrt. Es gab einen traurigen Grund tief in seinem Herzen, warum er die alte Dame nicht besuchte, nicht besuchen konnte. Annas Mund klappte wieder zu.

»Das ist Frau Hinrichs«, erklärte die Heimleitung. Es klang erleichtert. »Sie hat Frau Lindhorst als Letzte gesehen und kann Ihnen alles Nötige erklären.« Mit diesen Worten schlüpfte die Fellbacher-Greulich in ihr Büro zurück. »Wenn es noch Fragen gibt, scheuen Sie sich nicht, Frau Hinrichs zu fragen. Sie ist im Bilde.« Schnell schloss die Heimleiterin die Tür hinter sich.

Ben Caspers warf die Hände gen Himmel. »Was, um alles in der Welt, ist das hier für ein inkompetenter Laden? Für all das Geld, das Sie jeden Monat von meiner Schwiegermutter bekommen, kann man eindeutig mehr erwarten.« Wütend sah er Anna an. »Und Sie haben sie weglaufen lassen?«

Anna stemmte die Hände in ihre Hüften. »Von Weglaufenlassen kann hier wohl keine Rede sein. Frau Lindhorst kann tun und lassen, was …«

»Hören Sie auf damit! Sie ist alt und braucht Medikamente. Sie ist mir nichts, dir nichts umgefallen und war sogar im Krankenhaus. Das ist *unterlassene Hilfeleistung*«, schnaufte er verärgert. Dann drehte er sich um und marschierte Richtung Ausgang.

»Wenn überhaupt, heißt das *Verletzung der Aufsichtspflicht!*«

»Sag ich doch!«, rief er zurück. »Das wird Konsequenzen für dieses feine Seniorenheim haben. Das können Sie mir glauben!« Er verschwand in die Halle. »Und das Krankenhaus wird mich auch kennenlernen!«

Die Wut in Annas Bauch war wieder zurück. Ja, sie hatte sich sogar mittlerweile zu einem Klumpen entwickelt, der nun wie eine Bombe platze. Was bildete sich dieser Kerl eigentlich ein? Konsequenzen? Welche Konsequenzen meinte er? Sie schaute zur Bürotür der Heimleitung. Dort suchte die Fellbacher-Greulich bestimmt schon einen Buhmann für das Verschwinden von Frau Lindhorst. Und wer wäre da besser geeignet als eine Pflegerin, die noch kein Jahr im Haus war? Mist!

Anna versuchte, sich zu beruhigen. Hatte sie einen Fehler gemacht, als sie Frau Lindhorst verlassen hatte, obwohl die alte Frau einen verwirrten Eindruck auf sie gemacht hatte? Jetzt lief die alte Dame irgendwo in der Stadt herum, vielleicht sogar orientierungslos! Andererseits konnte es auch sein, dass sie nur keine Lust hatte, ins Heim zurückzukehren. Vielleicht ging sie in der Mönckebergstraße bummeln oder besuchte jemanden.

Anna holte tief Luft, dann rannte sie Ben Caspers nach.

Draußen auf dem Parkplatz setzte gerade der Mercedes zurück. Sie riss die Beifahrertür auf und sprang hinein.

Erschreckt zuckte Ben Caspers zusammen. »Was fällt Ihnen ein?«

»Was gedenken Sie jetzt zu tun, Herr Caspers?« Sie hörte, dass ihre Stimme zitterte. Dennoch hielt sie seinem Blick stand.

»Ich, ich … Himmel, ich weiß es nicht.«

»Dachte ich mir.« Sie schnallte sich an.

»Was tun Sie da?«

»Nun, ich nehme an, Sie werden Frau Lindhorst suchen wollen, da die Polizei Ihre Schwiegermutter noch nicht als Vermisstenfall behandeln wird. Dafür ist es noch zu früh.«

»Warum sollte ich Maria suchen?«

»Das habe ich mich auch gefragt.« Sie legte den Kopf

schief und musterte ihn. »Obwohl Sie rein rechtlich betrachtet gar nicht mehr mit Frau Lindhorst verwandt sind, scheinen Sie ein schlechtes Gewissen zu haben.«

»W-wie kommen Sie darauf?«

Sie ignorierte seine Frage, deutete nur kurz ein Lächeln an. »Ich werde Ihnen bei der Suche helfen. Irgendwo muss Frau Lindhorst ja sein.«

Seine Hände lagen auf dem Lenkrad. Schweigend starrte er durch die Windschutzscheibe die kahlen Bäume im Park an, der hinter dem Parkplatz des Seniorenheims lagen.

»Warum wollen Sie mir helfen, Frau Hinrichs?«, fragte er nach einer Weile. »Haben Sie etwa auch ein schlechtes Gewissen?«

Anna wusste, dass jetzt der richtige Moment war, ihm zu sagen, dass Maria Lindhorst kurz vor ihrem Verschwinden äußerst merkwürdig gewesen war. Sie dachte an den fremden Mann, den die alte Dame glaubte, in ihrem Zimmer gesehen zu haben. Waren das Anzeichen einer fortschreitenden Psychose? Hätte sie es früher merken müssen?

Ja, auch sie hatte ein schlechtes Gewissen. Anna holte tief Luft, um nicht unhöflich werden zu müssen. »Trotz ihres Alters ist Frau Lindhorst außerordentlich gut beieinander. Körperlich wie auch geistig. Ich glaube nicht, dass sie einfach nur weggelaufen ist und nun irgendwo umherirrt. Ich bin mir sicher, sie hatte einen triftigen Grund für ihr Verschwinden. Nur vergaß sie es, uns diesen mitzuteilen.«

»Und was könnte der Grund sein?«

Anna sah die kahle Eiche an der Auffahrt, deren Äste sich wie Finger gen Himmel schoben. »So ein Schwächeanfall kann einen Menschen sehr ins Grübeln bringen. Und dann auch noch das Weihnachtsfest. Und die Absage Ihres Besuchs, Herr Caspers. All das kann für einen alten Menschen ein Grund zum Nachdenken sein. Man überlegt, was früher war, was heute ist und was das Morgen vielleicht noch für einen bereithält.« Sie holte tief Luft.

»Was wollen Sie mir damit sagen?«

Sie ignorierte seine Frage. Er dürfte die Spitze verstanden haben. Für intelligent genug hielt sie ihn.

»Wir sollten unsere Suche dort beginnen, wo Frau Lindhorst am liebsten war. Dort, wo ihre Erinnerungen hingehen, wenn sie an schöne Dinge denken wollte.«

Sein Kopf fuhr zu ihr herum. »Wollte? Glauben Sie etwa, Maria ist … könnte bereits …?«

Heftig schüttelte sie ihren Kopf. »Nein! Um Gottes willen, nein! So hatte ich es nicht gemeint. Ich finde nur, wir sollten unsere Suche …«

Er legte den Gang ein. »Ich habe verstanden.« Sie rollten die Auffahrt zur Straße hinunter. »Ich frage mich nur, warum Sie mitkommen wollen.«

Anna presste ihre Lippen aufeinander. Weil ich nicht gut genug auf sie aufgepasst habe, hätte sie am liebsten gesagt. Aber sie schwieg.

Kapitel 7

Peinlich berührt ging Maria durch die Bahnhofshalle. Sie sah jedem Reisenden, der ihr begegnete, genau ins Gesicht. Doch niemand lachte. Und keiner schien sich an dem Engel im kurzen Hemd neben ihr zu stören. Außerdem suchte Maria in dem Gewimmel und Gewusel aus Menschenleibern und Koffern eine weihnachtsrote Strickmütze.

»Wie hatte ich mich in der Kleinen nur so irren können?«, fragte Maria sich nicht zum ersten Mal. Das Mädchen hatte gut erzogen und freundlich gewirkt. Sicherlich brauchte sie dringend Geld. Vielleicht hatte sie Hunger. Vielleicht war sie eines dieser armen Kinder, die einem schlimmen Zuhause entflohen waren, und die Straße erschien ihr besser als die eigene Familie. Armes Ding, dachte Maria. Dennoch hätte sie gerne ihre Sachen zurück, vor allem das Foto von Ben und den Kindern. Die drei waren ihre einzige Familie.

»Vergessen Sie es«, riss Georg sie aus ihren trüben Gedanken. »Die Kleine ist längst über alle Berge.«

Irritiert sah Maria ihn an. »Können Sie etwa meine Gedanken lesen?«, wollte sie vorsichtig wissen. Die Vorstellung, er könne in ihren Kopf schauen, missfiel ihr.

Er schüttelte den Kopf. »Das würde sich nicht lohnen«, grinste er. »Aber, dass Sie nach der Kleinen Ausschau halten, ist offensichtlich. Vom vielen Umdrehen holen Sie sich noch einen steifen Nacken.«

Maria trottete neben dem Engel her, Richtung Gleis 8, wo gleich der nächste ICE Richtung München abfahren sollte.

»Da ist er ja schon«, riss Georg sie aus ihren Gedanken und zeigte hinunter auf den Bahnsteig, wo gerade ein weißer ICE in die Halle glitt.

»Ich weiß nicht, ob ich das kann.« Maria zögerte. »Ich habe doch gar keine Fahrkarte.«

Der Engel seufzte. »Vertrauen Sie mir. Mit himmlischem Glück sind Sie in sieben Stunden bei Ihrem Schwiegersohn oder im Himmel. Klingt doch beides ganz gut, oder?«

Skeptisch sah sie ihn an.

»Nun vertrauen Sie mir doch, Monika …«

»Maria. Ich heiße Maria. Maria Lindhorst.«

»Stimmt. Maria. Wie die Mutter vom Sohn des Chefs. Genau.« Er lächelte sie breit an. »Sie können mir aber trotzdem vertrauen. Ich bin nämlich ein Engel, vergessen?«

»Wie könnte ich?« Ihr Blick wanderte an seiner Kleidung herunter, woraufhin Georg etwas Unverständliches grummelte. Dann eilte er die Stufen zum Bahnsteig hinunter und Maria folgte ihm.

Unten angekommen, stand Maria unschlüssig zwischen all den Reisenden, die darauf warteten, in die Waggons einsteigen zu dürfen. Maria war ganz mulmig im Bauch. Sie war sicher, dass man ihr ansehen konnte, was sie vorhatte. Schwarzfahren! Noch nie hatte sie etwas Illegales getan. Plötzlich hoffte sie inständig, das Glitzerhandy in Georgs Hand möge klingeln.

Keine drei Minuten später saß Maria im Großraumwagen Nummer 22 auf Platz 44 und knetete ihre kalten Finger. Den Mantel wollte sie anbehalten, falls sie kurzfristig fliehen musste. Sie schaute den Gang entlang, auf der bangen Suche nach der Uniform des Schaffners. Georg indes saß ihr gegenüber und schielte mal wieder auf sein Handy.

»Ist der Platz noch frei?«, riss ein junger Mann mit Rucksack über der Schulter Maria aus den Gedanken.

»Nein«, entgegnete sie unnötig schroff.

Der junge Mann zögerte. »Aber da sitzt doch keiner.«

»Doch. Ein Engel. Sie sehen ihn nur nicht.«

Erst als Maria den misstrauischen Blick des jungen Mannes sah, wusste sie, dass diese Antwort nicht so gut gewesen war. Wenn sie unauffällig bleiben wollte, musste sie unbedingt Georg verschweigen. »Mein Mann«, stammelte sie erklärend. »Mein Mann Georg. Er ist ein Engel, denn er holt mir aus dem Bordrestaurant gerade einen Kaffee.«

Mit einem bedauernden »Ach so« ging der junge Mann weiter, auf der Suche nach einem freien Platz.

Georg sah von seinem Handy auf.

»Was ist?«, raunte sie ihm zu.

»Ich dachte, Sie lügen nicht«, meinte er zufrieden und grinste dabei süffisant.

»Ach, lassen Sie mich doch in Ruhe.« Der junge Mann, der noch in Hörweite war, drehte sich noch einmal zu ihr um, wollte etwas sagen, aber Maria fiel ihm ins Wort. »Ich meinte nicht Sie«, trällerte sie ihm zu.

Jetzt fuhr der Zug an. Sachte glitt er aus der Bahnhofshalle in einen regennassen Tag hinein. Maria überschlug, dass, wenn alles gut ging, sie am Abend in München ankommen würde. Wie sie vom Bahnhof zu Bens Haus gelangen sollte, war ihr allerdings noch schleierhaft. Aber auch das würde sich finden.

Da fiel ihr ein, dass sie seine Adresse gar nicht auswendig wusste. Sie hatte sie im Heim in ihrem Adressbüchlein auf dem Schreibtisch notiert. »Oje«, murmelte sie, als sie sich nicht mehr an die Straße oder gar die Hausnummer erinnern konnte. Dann aber fiel ihr ein, dass sie eine Weihnachtskarte für Ben und die Kinder gestern noch hatte einwerfen wollen, als sie plötzlich am Strand zusammengebrochen war. Hektisch fuhr ihre Hand in die Taschen ihres Mantels. Hoffentlich hatte sie die Karte noch nicht eingeworfen! Ihre Finger tasteten nach dem Stückchen Pappe, auf dem ein Weihnachtsmann mitsamt Rentieren und Schlitten zu sehen war. Da! Erleichtert seufzte sie auf und zog das gute Stück hervor. Es war zwar ein wenig zerknickt, aber Bens Adresse konnte sie problemlos lesen. Erleichtert schob Maria die Karte zurück, ließ sich in den Sessel zurückfallen und schaute aus dem Fenster.

Der ICE rollte über die Elbbrücken Richtung Süden. Sie passierten den Hafen und den Stadtteil Wilhelmsburg, wo damals '62 bei der schweren Sturmflut alles meterhoch unter Wasser gestanden hatte.

Als der Zug die Harburger Berge hinter sich gelassen hatten und endgültig Fahrt aufnahm, ließ Marias Anspannung ein wenig nach. Der Zug schoss an geernteten Feldern vorbei, passierte kleine Dörfer und Bahnübergänge, wo bunte Autos hinter Schranken geduldig auf die Weiterfahrt warteten. All das erinnerte sie an Ausflüge, die sie und ihr Mann vor vielen Jahren mit Lea gemacht hatten.

Doch dann fiel Maria wieder ein, dass ihre Reise dieses Mal unter einem ganz anderen Stern stand. Und mit jedem Kilometer, den sie ihrem Ziel näher kam, kehrte die Unruhe zurück. Immer wieder lugte sie über die Rückenlehne ihres Platzes, ob der Schaffner schon zu sehen war.

»Wenn Sie weiter so herumjibbeln, weiß bald jeder, dass Sie schwarzfahren.«

Leise jammerte Maria bei dem Wort auf.

»Denken Sie dran: Wenn der Schaffner kommt, gehen Sie einfach vier Waggons in die Gegenrichtung und schließen sich auf dem Klo ein.«

Maria nickte. Ja, das hatte er ihr schon gesagt. Sie beugte sich zu ihm rüber. »Könnten Sie mal nachschauen, wo der Zugbegleiter ist? Ich meine, kommt er von dort?« Sie wies mit dem Daumen in Fahrtrichtung. »Oder dort?«

Die Antwort auf die Frage aber erübrigte sich, als einige Reihen hinter ihr jemand laut und deutlich rief: »Die Fahrkarten bitte!«

Maria wurde blass. Sie fuhr herum. »Oje«, hauchte sie, als sie den Uniformierten entdeckte. Er war hager. Sein Mund schmal und nach unten gezogen, als hätte er gerade eine Zitrone gegessen. Miesepetrig wäre wohl die geeignete Beschreibung seiner Erscheinung gewesen.

Als ein Fahrgast seine Karte in der Jackentasche nicht sofort finden konnte, zückte der Schaffner sogleich sein Gerät, das er an einer Lederschlaufe über der Schulter trug, wohl um einen Strafzettel auszustellen, vermutete Maria. Ihr wurde schwummrig.

»Hier!«, rief da der Fahrgast erleichtert und reichte dem Mann seine Fahrkarte. »Gefunden.«

Offenbar wenig über den Sucherfolg des Fahrgastes begeistert, ließ der Schaffner das Gerät wieder sinken. Er kontrollierte die Fahrkarte besonders sorgfältig, entwertete sie und reichte sie dann dem Fahrgast wortlos zurück.

»Ich bin verloren«, murmelte Maria. Sie sah, dass Georg sich von seinem Platz erhob.

»Das sieht nicht gut aus«, kommentierte der das verbissene Gesicht des Zugbegleiters. »Das ist ein ganz scharfer Hund, wenn Sie mich fragen. Solche Leute kenne ich. Wir sollten uns flott verkrümeln.«

Mit weichen Knien erhob Maria sich und folgte Georg den Gang entlang, in den nächsten Waggon. Fast wäre sie über eine Tasche gestolpert, die halb im Weg stand. Aufmerksamkeit aber, so hatte ihr Georg erklärt, solle sie unbedingt vermeiden.

Sie nuschelte eine Entschuldigung und hastete weiter. Dabei schob sie ein wenig zu energisch eine Frau beiseite, die ihr entgegenkam, was noch eine Entschuldigung nötig machte. Wo nur war Georg? Sie hatte ihn aus den Augen verloren.

Angst überfiel Maria. Ohne ihn würde all das hier noch schlimmer sein. Sie rannte weiter, hin zum nächsten Waggon. Sie passierte ein Schild, auf dem zu lesen war, dass Schwarzfahrer nicht nur sechzig Euro zu zahlen hätten, sondern auch mit einer Anzeige rechnen müssten. Das war schlimm, doch der Gedanke, vor all den Leuten als Kriminelle dastehen zu müssen, beunruhigte Maria noch viel mehr. Sie würde sich in Grund und Boden schämen. Wie hatte sie sich nur auf diese Dummheit einlassen können?

Georg, wo war nur Georg?

Sie lief durch einen weiteren Großraumwagen, wo sie am Ende des Mittelgangs ein grünes WC-Licht entdeckte. Sie hatte Glück. Frei. Schnell tippelte sie weiter, lief an den Abteilen vorbei, die hinter dem Großraumwagen lagen, und hatte schon fast die Toilette erreicht, als sie einen Mann sah, der gerade hineingehen wollte.

»Schnell!«, rief Georg, dessen Kopf aus dem gewissen Örtchen lugte. »Sonst erwischt der Schaffner Sie!«

Unnötig energisch schubste Maria den anderen Fahrgast zur Seite. »Tut mir leid!«, rief sie ihm zu. »Mir ist schrecklich übel.«

Dann huschte sie in den engen Raum, schloss ab und

horchte. Dass der Engel mit ihr im engen WC-Raum war, störte sie in Anbetracht der Situation nicht. »Was jetzt?«, raunte sie ihm zu.

»Warten, bis der Schaffner weg ist.«

»Wie lange dauert so etwas denn?« Sie hielt sich die Hand vor die Nase, denn es müffelte an diesem Ort unangenehm. Georg zuckte mit den Achseln.

Seufzend drehte Maria sich zum Waschbecken und sah in den Spiegel. Eine Lautsprecherstimme über ihrem Kopf informierte sie darüber, dass man bald in Soltau sei und alle Anschlusszüge erreicht würden.

Maria bemerkte in ihrem Spiegelbild, dass sie ganz blass war, und fragte sich, was sie um alles in der Welt hier tat. Da sah sie, dass sie im Spiegel ganz allein war. Schnell drehte sie sich um, halb hoffend, halb befürchtend, Georg sei verschwunden. Doch nein, da stand er, direkt vor ihr. Fast Nase an Nase. Es wäre auch zu schön gewesen, dachte sie.

»Wissen Sie was, Herr Georg …«

»Sagen Sie einfach Georg. Ich fühle mich sonst so alt.«

Maria zögerte. »Also, gut. Dann eben Georg.« Sie schaute ihm direkt in die Augen. »Ich habe nachgedacht.«

»Und?« Wieder war er mit dem Handy in der Hand beschäftigt, das noch immer nicht klingeln wollte.

»Ich mag mich nicht vor dem Zugbegleiter verstecken. Das ist unwürdig.«

Sein Blick fuhr auf. »Unwürdig? Darum geht es doch nicht. Sie haben keine Fahrkarte, wollen aber nach München. Und Geld, um eine neue Karte zu kaufen, haben Sie auch nicht.« Er wies mit dem Finger zur Tür. »Die holen den Sheriff! Das sage ich Ihnen. Ich weiß, wovon ich rede, denn das haben sie damals auch mit mir gemacht … glaube ich.«

Maria horchte auf. Sprach er etwa von seinem echten

Leben, als er noch lebte? »Wann sind Sie das letzte Mal mit dem Zug gefahren?«

Er zögerte.

»Also? Wann?«

»Na ja, ist schon länger her. Jedenfalls gab es kein fließendes Wasser im Zug, daran erinnere ich mich noch. Und die Lok wurde noch mit Kohle gefahren.«

Maria warf ihm einen strengen Blick zu. »Das muss ja Ewigkeiten her sein!«, rief sie. »Seit wann sind Sie denn tot?«

Von draußen klopfte es an die Tür. Maria zuckte zusammen, als sie eine dunkle Männerstimme fragen hörte, ob alles in Ordnung sei.

»Ja, ja, danke!«, rief sie hinaus, ohne den Blick von Georg zu lassen. »Sagten Sie nicht, ich solle mich auf Sie verlassen?«, raunte sie dem Engel zu. »Sie würden sich bestens auskennen?«

Georg nickte.

»Aber mit einem ICE sind Sie noch nie gefahren, richtig?«

Er zuckte mit den Achseln. »Zug ist Zug. Und Schaffner ist Schaffner.«

Jetzt kamen Maria doch ernsthafte Zweifel an Georgs Fähigkeiten in dieser Angelegenheit.

Wieder klopfte es erneut an der Tür. »Gute Frau! Nun machen Sie mal hinne dadrinnen. So gemütlich sind Latrinen bei der Deutschen Bahn nun auch wieder nicht.«

»Wem sagen Sie das«, murmelte Maria und schloss die Tür auf.

»Halt!«, rief Georg, doch es war schon zu spät.

Maria trat in den Gang hinaus, um den Mann, der es ziemlich eilig zu haben schien, hineingehen zu lassen. In diesem

Moment kam der Zugbegleiter auf sie zu. »Ihr Fahrschein, bitte«, sagte er. Sein Gesicht war jetzt noch mürrischer als drei Wagen zuvor.

Maria nahm all ihren Mut zusammen. »Ich habe keine Fahrkarte. Ich will zu meinen Enkelkindern nach München.«

Ohne sie anzusehen, hob er ein Gerät am Lederriemen. »Wo zugestiegen?«

»Ist Ihnen nicht gut?«, wollte sie statt einer Antwort wissen. »Sie haben Ringe unter den Augen. Schlafen Sie schlecht? Oder ist es der Magen?« Überrascht sah er sie an, wollte schon widersprechen, als sie fortfuhr. »Sicherlich sind Sie es leid, dass Sie immer den Ärger abbekommen, wenn der Zug Verspätung hat. Es muss sich ungerecht anfühlen, immer der Buhmann zu sein. Und so richtig dolle wird die Arbeit hier ja auch nicht bezahlt, oder?«

»Na ja, ist halt mein Job.«

Sie schüttelte den Kopf. »Ja, Langmut haben Sie bestimmt. Dennoch, ich bin mir sicher, dass man gegen so manchen bösen Kommentar einiger Leute nicht immun ist, richtig?«

Jetzt lachte er freudlos auf. »Wem sagen Sie das. Erst gestern dachte ich, der eine Fahrgast würde ausholen, als ich ihm sagte, seine Fahrkarte sei ungültig. Diskutieren wollte er. Aber da hat er bei mir auf Granit gebissen, das sage ich Ihnen.« Er redete sich in Rage. »Ich mache diesen Job seit achtundzwanzig Jahren. Ich kenne jede Ausrede.« Plötzlich besann er sich wieder auf seine Arbeit. »Also, wo zugestiegen?«

»Hamburg.« Sie musterte ihn genau. Dann beschloss sie, Ehrlichkeit walten zu lassen und an sein Mitgefühl zu appellieren. »Wissen Sie, ich bin aus dem Krankenhaus weggelaufen.«

Ein erschrockenes Zucken ging über sein Gesicht, als wolle er sagen: Nicht schon wieder so eine.

Maria lachte. »Nein, nicht die Art von Krankenhaus. Nein, ich hatte nur einen Schwächeanfall. Nichts Ernstes. Aber wissen Sie, was mir da im Krankenbett so durch den Kopf ging?«

Eine Mutter mit einem kleinen Kind an der Hand zwängte sich an ihnen vorbei.

»Also, ich dachte mir, dass es falsch ist, auf etwas zu warten.«

Fragend schaute er sie an. »Warten? Worauf denn warten?«

»Auf das Sterben natürlich. Ich bin schon recht alt, müssen Sie wissen. Achtzig, um genau zu sein. Da ist das Sterben näher als das Leben, wenn Sie verstehen, was ich meine.«

»Das schaffen Sie niemals«, mischte sich Georg ein, der breit grinsend der kleinen Unterhaltung folgte. »Der holt die Polizei. Und teuer wird es auch. Und peinlich, sehr, sehr peinlich.«

Maria beachtete den Engel nicht, sondern blickte dem Schaffner in die Augen. »Sie warten auch, glaube ich. Und es tut Ihnen nicht gut. Das sehe ich.«

»Worauf warte ich denn?«, wollte der Schaffner halb interessiert, halb lustlos wissen.

»Auf eine bessere Zeit. Ein wenig mehr Leben. Nicht nur existieren. Vielleicht freuen Sie sich auf die Rosen im Schrebergarten, die Sie endlich züchten werden, wenn Sie erst einmal in Rente sind. Aber heute? Was ist heute?«

»Taubenzucht. Eigentlich sind es Tauben.«

Sie wusste, dass sie auf der richtigen Fährte war. Um ihren folgenden Worten noch mehr Nachdruck zu verleihen, trat sie einen Schritt näher. »Nur haben Sie vergessen, dass das Schöne im Leben nicht im Morgen liegen muss. All das wird nicht zu Ihnen kommen«, sie tippte mit dem Finger an seine Brust, »wenn Sie nicht bereit sind, dem Leben schon heute etwas Schönes abzugewinnen.«

Er seufzte. »Hamburg–München also.« Schon griff er nach dem Bezahlgerät seiner Uniform, als Maria ihre Hand auf seinen Arm legte.

Sie spürte, dass er zusammenzuckte. »Es ist doch schon da«, erklärte sie ihm leise. »Die gute Zeit ist keine Belohnung für etwas, sondern … wie sage ich es …«

»Eine Einstellungssache?« Der junge Mann mit dem Rucksack saß an der Tür auf dem Boden. Offenbar hatte er keinen freien Platz im Zug finden können.

»Genau«, gab Maria ihm recht. »Ein kluger Mann sagte einmal, lebe den Moment, als sei es dein letzter. Oder so ähnlich.«

Der Schaffner dachte nach. Dann endlich lächelte er. »Das ist dieses Carpe-diem-Zeug, richtig?«

Maria zuckte mit den Achseln. »Ich weiß nicht, ich kann kein Italienisch.«

»Sie wollen gar keine Fahrkarte, oder?«

Maria schüttelte den Kopf. »Man hat mir mein Gepäck, mein Geld und die Fahrkarte erster Klasse am Hauptbahnhof in Hamburg gestohlen. Es war ein junges Mädchen, das eigentlich sehr freundlich auf mich wirkte. Ich hatte mich schrecklich in ihr getäuscht.« Erleichtert sah Maria, dass der Mann ihr zu glauben schien. Und darum fuhr sie mutig fort. »Ich möchte ein letztes Mal meine Enkelkinder sehen. Verstehen Sie das?«

Er verstand.

❄

In Soltau stand Maria auf dem Bahnsteig. Hinter dem Fenster von Waggon 10 winkte ihr der Zugbegleiter noch zu, als der ICE ohne sie Richtung München weiterfuhr.

»Habe ich ja gleich gesagt. Das mit der Ehrlichkeit klappt nie«, kommentierte Georg höchst zufrieden.

»Hören Sie sofort mit diesem dämlichen Grinsen auf!«

Ein Herr, der nicht weit entfernt auf einer Bank saß, schreckte auf. »Ich grinse doch gar nicht.«

»Ach, wer redet denn mit Ihnen«, schnaufte Maria und ging hinüber zur Treppe.

»Wenigstens haben Sie keine Anzeige bekommen.« Georg folgte ihr.

»Sechzig Euro! Wie kann er nur sechzig Euro von einer alten Frau verlangen?«, rief sie. »Weiß der überhaupt, wie teuer so ein Seniorenheim ist?«

»Plus Bearbeitungsgebühr, weil Sie nicht sofort zahlen konnten«, rief Georg ihr hinterher. An der Rolltreppe hatte er sie eingeholt. »Und jetzt?«

»Ich habe Hunger. Und wenn ich Hunger habe, dann … habe ich Hunger.«

»Menschenlogik«, murmelte Georg kopfschüttelnd.

Sie gingen durch die weihnachtlich geschmückte Halle des kleinen Bahnhofs. Reisende hasteten umher, Tüten und Koffer in den Händen. Maria sah sich um. »Finden Sie nicht auch, dass es hier nach Mutzemandeln, Erbsensuppe und Glühwein riecht, egal, in welche Richtung wir uns drehen.« Zur Bestätigung knurrte ihr Magen.

»Ich bin ein Engel, ich habe keinen Hunger.«

Maria aber reckte den Hals. Sie hatte einen vielversprechenden Laden entdeckt und hielt darauf zu, während sie noch ein halb mitleidiges »Sie Ärmster« über ihre Schulter zurückschickte.

Noch immer das Handy mit der Hand umklammert, beobachtete Georg gespannt, wie Maria in einen Obst- und Gemüseladen ging, der auch Sandwiches und Kaffee verkaufte. Er fragte sich, ob sie sich wohl trauen würde, eine der in Folie eingewickelten belegten Weißbrotscheiben zu nehmen und unauffällig in ihre Tasche zu schieben, wenn die Verkäuferin nicht hinsah. Immerhin, gelogen hatte sie ja schon und schwarzgefahren war sie auch. Da war der Weg bis zum ersten Diebstahl nicht mehr weit.

Er fand es höchst interessant zu sehen, wie weit der Mensch bereit war, seine eigenen Grenzen zu überschreiten, wenn er unbedingt etwas haben wollte. Nannte man das nicht heutzutage Fortschritt?

Georg lehnte sich an einen Pfeiler gegenüber dem Laden und wartete. Über der Registrierkasse hatte er einen schräg aufgestellten Spiegel entdeckt sowie eine Kamera beim Eingang und eine weitere im hinteren Teil des Ladens. Das würde für die alte Frau nicht einfach werden. Er sah, wie sie hinter einem Regal verschwand.

Gute Taktik, dachte er, denn im toten Winkel der Kameras könnte sie tatsächlich etwas mitgehen lassen.

Er wartete. Schon begann sich Ungeduld in ihm auszubreiten, als er Maria wieder aus dem Laden kommen sah. Doch statt unauffällig hinauszuschlüpfen, hielt sie eine Stulle in der einen Hand und einen Pappbecher mit Deckel in der anderen. Sichtlich zufrieden kam sie auf ihn zu.

»Sie haben gedacht, ich würde stehlen, richtig?« Ein Siegerlächeln lag um ihren Mund. »Habe ich aber nicht.«

Georg stieß sich von dem Pfeiler ab. »Wie haben Sie das gemacht? Sie haben doch gar kein Geld.« Er folgte ihr durch die Menge.

»Wollen Sie es wirklich wissen?«

Statt einer Antwort grummelte er nur.

»Schuldschein, mein Lieber. Ich habe der netten Dame einen Schuldschein von mir gegeben. Auf der Rückfahrt werde ich die Schulden begleichen.«

Georg lachte auf. »Und diesen Schuldschein hat sie angenommen?«

Erbost fuhr Maria herum. »Natürlich hat sie das. Mein Wort zählt. Ich bin ein ehrlicher Mensch und zahle stets meine Schulden zurück, sofern ich überhaupt welche habe, was ehrlich gesagt noch nie vorgekommen ist.«

Georg legte seinen Kopf schief und hielt das Glitzerhandy hoch. »Nichts für ungut, aber wenn das Ding klingelt, werden Sie keine Zeit für gar nichts mehr haben. So gesehen haben Sie die Frau eben übers Ohr gehauen.« Er grinste zufrieden.

Maria, die gerade herzhaft in das weiße Brot mit den Tomaten und dem Käse beißen wollte, hielt mitten im Biss inne und schaute fragend auf das Sandwich. »Stimmt«, murmelte sie und begann, das Essen wieder einzupacken. Seufzend schlurfte sie zurück in den Laden.

Wieder schaute Georg ihr nach. Irgendwie machte ihm der kleine Sieg keinen Spaß. Ja, er hatte ihr die Grenze aufgezeigt, die sie sich selbst gesetzt hatte. Das war es ja, was er hatte tun wollen. Hunger und Ehrlichkeit bei akuter Pleite, das passte eben nicht zusammen. Nun aber würde sie unleidlich sein, weil sie Hunger hatte und er recht. Und er müsste es aushalten. Mist. Recht haben konnte manchmal eine wirklich unangenehme Angelegenheit sein.

Wieder wartete er vor der Ladentür, als sie bald darauf zurückkam. Dabei hielt sie noch immer das Sandwich und den Kaffeebecher in der Hand.

Irritiert sah Georg die Verkäuferin vor die Tür treten und

Maria nachwinken. Maria schlenderte an ihm vorbei. Er eilte ihr nach.

Herzhaft biss sie in ihr Brot, schloss die Augen und seufzte glücklich.

»Darf ich wissen, was jetzt passiert ist?«, wollte er von ihr wissen. »Haben Sie ihr gedroht?«

Während Maria kaute, lag ein zufriedenes Grinsen in ihrem Gesicht.

»Eine Lüge. Geben Sie es zu! Sie haben gelogen. Irgendetwas von *Gesundheitsamt* haben Sie ihr gesagt und dass der Belag schimmelig sei, richtig?«

Maria schüttelte den Kopf und nahm einen Schluck Kaffee. »Ah, ist der lecker!«

In der Nähe der Anzeigetafel beim Eingang setzte sie sich auf eine freie Bank. »Keine Lüge, Georg. Nur die Wahrheit. Ich sagte ihr, dass ich nicht wisse, ob ich lange genug lebe, um meine Schulden tatsächlich begleichen zu können, und dass ich ihr darum Kaffee und Brot zurückgeben müsse. Sie aber meinte, wir sollten es darauf ankommen lassen. Immerhin sei Weihnachten.«

»Das glaube ich einfach nicht«, murmelte Georg.

»Sie unterschätzen die Menschen, lieber Freund. Und sie unterschätzen, welche Bedeutung Weihnachten für die Menschen noch hat. Selbst in dieser ach so modernen Zeit. Es geht um die Sehnsucht nach dem Guten, verstehen Sie das?«

Georg schwieg. Er war noch nicht einmal über die Sache mit dem Sandwich hinweggekommen. Genüsslich aß Maria ihr Brot auf und trank den Kaffee aus. »Übermorgen ist Weihnachten, Georg …« Sie wischte sich mit der Papierserviette den Mund ab, legte die Klarsichtfolie ordentlich zusammen und leerte den Pappbecher. »Alle werden feiern. Die einen so, die anderen anders. Fast überall auf der Welt wird an diesem einen Tag das Fest der Liebe gefeiert.« Sie wandte sich an Georg. »Finden Sie nicht, dass das etwas Tröstliches hat?«

Als er nicht antwortete, weil er wegen irgendetwas beleidigt zu sein schien, plapperte sie einfach weiter. »Ich liebe Weihnachten. Nicht nur den Heiligabend selber, sondern auch die Tage davor.« Sie geriet ins Schwärmen. »Die Adventszeit ist wunderschön. Vor allem aber liebe ich die Weihnachtseinkäufe.«

Er sah sie an. »Diesen ganzen Konsumrummel mögen Sie?«

Sie nickte. »Ja, die Innenstadt ist dann so hübsch dekoriert.«

»Schon mal überlegt, dass kurz vor Weihnachten alle Sachen doppelt so teuer sind?«, gab Georg zu bedenken. »Im Frühjahr bekäme man den Kram für die Hälfte des Geldes. Ich sage Ihnen, im Frühling müssten die Leute ihre Weihnachtsgeschenke kaufen. *Das* wäre vernünftig.«

»Aber da weiß man doch gar nicht, was sich die Familie oder die Freunde wünschen.«

»Pah, das wissen Sie eine Woche vor Weihnachten auch nicht.«

Maria wollte sich die schöne Stimmung nicht verderben lassen. »Also, für mich sind die Weihnachtseinkäufe ein Teil vom Fest. Alle sind so nett, und dann die schöne Musik.« Sie drehte sich zu ihm. »Ich kaufe nämlich nicht online, oder wie das heißt. Wenn ich einkaufe, brauche ich Menschen um mich herum. Da gibt es immer viel zu gucken. Manchmal komme ich auch mit Leuten ins Gespräch. Sie glauben ja gar nicht, welch interessante Menschen es gibt.«

Georg schüttelte den Kopf. »Unsinn. Die Leute rennen in die Geschäfte, kaufen, was sie kriegen können, und sehen zu, dass sie so schnell wie möglich wieder aus dem Laden kommen, weil ihr Auto im Halteverbot steht. Zu Hause packen sie dann die Tüten aus und überlegen, wer von all dem Quatsch, den sie im Laden zusammengerafft haben, was bekommen soll. Und wenn sie versehentlich mehr gekauft haben, als sie Verwandte haben, ärgern sie sich und geben es im neuen Jahr zurück.«

»Aber Georg, wie poesielos. Die Leute lieben es, Geschenke zu bekommen. Sie nicht auch?«

»Nein. Da schenkt der Neffe dem Onkel ein Käppi, das er selber cool findet, und der Onkel dem Neffen eine Mütze, die er am liebsten für sich gekauft hätte. Am Ende hat jeder etwas, das er nicht leiden mag und ganz hinten im Schrank verstecken wird.«

»Aber denken Sie doch an die Kinder, lieber Freund. Ihre großen Augen, wenn sie den Baum sehen oder ihre Geschenke auspacken. Was haben Sie denn früher zu Weihnachten bekommen?«

»Ärger.«

»Ärger? Warum denn das?«

»Da waren die Streichhölzer. Und dann fing der Baum irgendwie Feuer.«

Überrascht sah Maria ihn an. Sie hatte nicht damit gerechnet, dass ihr Engel tatsächlich einmal ein echtes Leben gehabt haben könnte.

»Ich habe ihn aber nicht mit Absicht angezündet«, missinterpretierte Georg ihren Gesichtsausdruck. »Es hatte sich irgendwie … so ergeben.«

»Wie schade, dass Sie dem Fest überhaupt nichts abgewinnen können, Georg. Aber ich weiß, dass es viele Menschen gibt, die sich ihr kindliches Gemüt bewahrt haben und an Weihnachten glauben.«

»Ja, die Geschäftsleute.«

Maria seufzte. »Aber nein! Denken Sie nur an die Kinder, wie sie mit Ungeduld den Weihnachtsmann oder das Christkind erwarten. Die Kleinen sind voll Fantasie. Ich zum Beispiel liebe Märchen. Gerade zu Weihnachten.« Sie sah ihn an. »Mögen Sie auch Märchen?«, fragte sie ihn voll Hoffnung.

»Ja, klar. Kenne sie alle. Der Rattenschwindler von Hameln. Die Prinzessin auf dem Kohlkopf. Schneewittchen und die Männer-WG.«

»Männer-WG?«

»Na, was war das denn sonst?«

Maria seufzte erschöpft. »Wie sieht es mit Aschenbrödel aus?«, unternahm sie einen letzten Versuch, Georg vom Weihnachtsfest zu überzeugen.

»Oje, lassen Sie mich bloß mit diesem Dienstbotendrama in Ruhe.«

»Dornröschen?«

Jetzt schaute er interessiert. »Ah, die Geschichte mit dem Aufwecken, richtig?«

Erleichtert nickte Maria.

»Ja«, erinnerte sich Georg. »Letztens hat mich auch jemand aufgeweckt.«

»Mit einem Kuss?«

»Nee, mit einer Linienmaschine, die knapp an meiner Wolke vorbeidonnerte. Ein Höllenlärm war das. Wäre ich nicht schon tot, ich wäre vor Schreck gestorben.«

Resigniert schüttelte Maria den Kopf. »Lassen Sie uns nicht streiten, Georg. Für mich ist die ganze Stadt zu Weihnachten ein wunderbares Märchen. Kerzenschein und Weihnachtsmänner, schöne Lieder und Glühwein. An allen Ecken und Enden blinkt und flimmert es, Sternengirlanden über den Geschäftsstraßen, Adventskränze, die bunt aufleuchten. Ach, Georg, ich bin mir sicher, Sie lieben Weihnachten auch ein wenig. – Was wünschen Sie sich aus tiefstem Herzen zum Fest.«

»Einen Kurzschluss.«

Kapitel 8

Der alte Mann in der Tür schüttelte seinen Kopf. »Die Maria? Nein, die habe ich seit Jahren nicht gesehen. Lebt die denn noch?« Er kniff die Augen ein wenig zusammen, um den dunkelblauen Mercedes vor seinem Haus besser in Augenschein nehmen zu können.

Anna hatte Ben Caspers gebeten, ihr das Reden zu überlassen. »Alte Leute mögen mich«, hatte sie gesagt und ihn zur Seite geschoben, um den Klingelknopf neben dem verblassten Namensschild zu drücken.

Tatsächlich war der ehemalige Nachbar der Familie Lindhorst auch recht auskunftsfreudig, obwohl er anfangs Anna mit Bens verstorbener Frau Lea verwechselte.

Anna drehte sich zu Ben, der auf der Stufe hinter ihr stand. »Haben Sie zufällig Schreiber und Papier dabei, Herr Caspers?«

Er schien es nicht zu wissen, schob aber dennoch seine Hände tief in die Manteltaschen. Kurz darauf förderte er einen Einkaufsbon samt Werbekugelschreiber einer Computerzeitschrift zutage und reichte es ihr.

Das Papier an die Mauer gelegt, schrieb Anna in großen Zahlen ihre Handynummer auf die Rückseite des Bons und reichte ihn dem alten Mann. »Bitte rufen Sie mich an, wenn Frau Lindhorst sich doch noch bei Ihnen meldet.«

Der Nachbar starrte auf das Papier in seiner Hand, als frage er sich, was er damit anfangen solle. »Die Maria. Ach ja, die Maria«, sagte er dann endlich. Er schien Gedanken nachzuhängen, die schon weit zurücklagen. »Lebt die denn noch?«

Anna und Ben wechselten einen kurzen Blick. Dann verabschiedeten sie sich von dem alten Mann.

Als sie wieder in den Wagen stiegen, stand der alte Herr noch immer in der Tür und blickte auf den Bon in seiner Hand.

»Komischer Kauz«, meinte Ben.

»Ich fand ihn eigentlich ganz nett.«

»Er hat unseren Besuch spätestens in zehn Minuten vergessen, wetten?«

»Vielleicht. Wichtig aber ist, dass Ihre Schwiegermutter nicht in ihr altes Haus zurückgefahren ist.«

»Jedenfalls hat der Nachbar es nicht bemerkt.«

»Die neuen Besitzer von Marias Haus auch nicht.« Anna fragte sich, wie es sich wohl anfühlte, wenn man sein Zuhause verkaufen musste, um in ein Heim zu ziehen. Verkaufte man dann auch seine Erinnerungen an früher?

Sie schwiegen eine Weile. »Und wo können wir jetzt suchen?«, wollte sie von ihm wissen.

Ben Caspers zuckte mit den Achseln. »Früher ging sie gerne an der Alster spazieren, glaube ich. Im Winter sind Lea und ihre Eltern manchmal zum Schlittschuhlaufen auf der Außenalster gewesen.«

»Gut, dann sollten wir dort hinfahren. Nehmen Sie die Hauptstraße Richtung Innenstadt. Ich lotse Sie dann zur Alster.«

Er nickte und ließ den Wagen wieder an. Sie fädelten sich in den Verkehr ein.

»Kommen Sie aus Hamburg?«, fragte er nach einer Weile, wohl, um die Stille zu beenden.

Sie nickte. »Ich wurde hier geboren. Es ist für mich die schönste Stadt der Welt.« Zwar war Hamburg an diesig-winterlichen Tagen wie heute eine graue Stadt vor grauem Hintergrund mit grauen Häusern. Aber Anna wusste, dass sie im Frühling so grün wie das Paradies sein würde und im Sommer die weißen Segelboote auf der Alster ein schon fast mediterranes Bild abgaben. Am schönsten aber fand auch sie die klirrkalten Winter, wenn mitten in der Stadt die Alster zugefroren war und die Menschen sich zum Schlittschuhlaufen und Spazierengehen auf dem Eis trafen. Sie könnte ihre Stadt niemals verlassen.

»Warum sind Sie nach München gezogen?«, fragte sie unvermittelt.

»Arbeit«, meinte Marias Schwiegersohn ausweichend.

Dieser Ben war äußerst wortkarg. Vielleicht hätte sie nicht so mit der Tür ins Auto fallen sollen. »Frau Lindhorst meinte kürzlich«, unternahm Anna einen neuen Versuch, die Stimmung etwas zu heben, »Sie seien Professor für Mathematik. Also, ich habe es ja nicht so mit Mathe.«

»Es gibt nichts, was man nicht lernen kann. Man muss es nur wollen.«

Sie fühlte sich abgekanzelt. Blödmann, dachte sie und starrte verbissen aus dem Fenster.

»Warum wollen Sie das wissen?«, fragte er nach einiger Zeit.

»Was?«

»Ob ich Professor bin?«

»Na ja, Sie sehen nicht aus wie ein Professor.« Tatsächlich fand sie, dass er zu jung für die Art Professor war, die sie sich so vorstellte. Ihre Vorstellung eines Professors entsprach eher jener aus dem Film »Die Feuerzangenbowle« mit Heinz Rühmann, wo der Herr Professor weiße Haare hatte, die Schuhe während des Unterrichts auszog und die Anwesenden stets mit »Meine läben Schöler« ansprach.

»Ich bin Juniorprofessor, um exakt zu sein.«

»Was heißt das?«, bohrte sie nach.

Er seufzte. »Keine Anstellung auf Lebenszeit.«

»Alles klar.« Unglaublich, wie einsilbig dieser Mann war.

Der Wagen glitt durch die Straßen der Stadt. Annas Blick war auf die Fußwege gerichtet, in der steten Hoffnung, die Gestalt der alten Frau im Gewimmel der Menschen entdecken zu können. »Sie mögen Ihre Schwiegermutter sehr, oder?«, unternahm sie einen dritten Versuch, ein Gespräch zustande zu bringen, um die Stille zu überwinden, obwohl sie keine Lust hatte, sich noch eine Abfuhr von ihm zu holen. Andererseits war sie eine Frau, und Frauen gaben nun einmal nicht so leicht auf. »Also? Mögen Sie sie?«

Er nickte und setzte den Wagen auf die linke Spur, weil die rechte vom Wagen eines Pizzalieferservice versperrt war.

»Ich auch.«

Wieder legte sich Schweigen über sie, und Anna machte sich endgültig auf eine recht einsilbige Fahrt rund um die Alster gefasst.

»Ich verlor früh meine Eltern«, sagte Ben Caspers plötzlich. »Mit Lea und ihren Eltern, also Maria und Hans, da hatte ich endlich wieder eine Familie. Familie ist wichtig, wissen Sie.«

Anna nickte. Sie würde ihn nicht fragen, warum er dann seine Schwiegermutter in Hamburg die letzten Monate nicht hatte sehen wollen.

An einer roten Ampel stoppte er den Wagen. Abrupt wandte sich Ben Caspers plötzlich zu ihr.

Anna schreckte zurück.

»Das Ferienhaus im Harz!«, rief er. »Sie hat es immer geliebt. Vielleicht ist Maria dort.« Er strahlte sie an. »Was denken Sie?«

Anna war sich nicht sicher. »Glauben Sie wirklich, sie wollte dorthin? Das ist ein ganzes Stück entfernt.«

»Irgendwohin muss Maria ja wollen, sonst wäre sie geblieben, wo sie war.«

Der Punkt war nicht zu leugnen. »Gut, aber ich rufe vorher noch im Seniorenheim an. Vielleicht ist sie schon zurück, und wir kurven hier ganz umsonst herum.«

Zwei Minuten später schüttelte Anna den Kopf, schaltete ihr Handy wieder aus und ließ es zurück in die Jackentasche gleiten. »Na gut, versuchen wir es im Harz. Ich frage mich nur, wie sie dorthin kommen soll, so ganz ohne ein Auto.«

Ben Caspers lachte, wobei er seinen Kopf nach hinten warf, als hätte sie etwas wirklich Lustiges gesagt. »Maria ist absolut in der Lage, eine Fahrkarte bis Goslar zu kaufen, um von dort mit dem Taxi zum Haus zu kommen. Sie ist immer gut organisiert. – Unterschätzen Sie meine Schwiegermutter nicht.«

Anna überlegte, dass unter den Sachen, die Frau Lindhorst in der Klinik gehabt hatte, auch ihr Portemonnaie gewesen war. Geld für eine Fahrkarte und vielleicht sogar ein Taxi sollten also kein Problem sein.

Die Ampel wurde grün, und der Wagen zog an, als wolle er bestätigen, dass die Idee des Fahrers gut war. »Wir nehmen die A7. In zweieinhalb Stunden müssten wir dort sein.«

Anna war überrascht, dass der Mann neben ihr so euphorisch klang. Verwirrt schüttelte sie den Kopf. Menschen waren wirklich eine sehr komplizierte Sache.

Zügig bahnte sich der Wagen seinen Weg durch den vorweihnachtlichen Berufsverkehr.

»Gehört Frau Lindhorst das Ferienhaus denn überhaupt

noch? Ihr Haus musste sie doch auch verkaufen, um zu uns ins Seniorenheim zu kommen.«

»Ja, weil das Heim *Möwenstrand* so teuer ist.« Diese Spitze konnte er sich wohl nicht verkneifen.

»Ich mache die Preise nicht, Herr Caspers«, entgegnete sie schnippisch.

»Entschuldigen Sie. – Ich weiß nicht, ob Maria das Ferienhaus noch gehört. Seit dem Tod meiner Frau …« Er zögerte. »Aber ich denke, es ist einen Versuch wert, dort nachzuschauen, zumal mir nichts Besseres einfällt.« Kurz schaute er zu ihr herüber. »Ihnen vielleicht?«

»Nein.« Sie seufzte. »Also gut. Fahren wir in den Harz.«

❄

Auf dem Weg zum Ferienhaus, das irgendwo zwischen der Ockertalsperre und einem Wasserfall liegen sollte, konnte Anna nicht mehr an sich halten. »Warum haben Sie Ihre Schwiegermutter in den letzten Jahren immer weniger besucht? Gab es Streit?«

Ben Caspers schüttelte den Kopf.

»Was dann?«

Er schwieg.

Sie riss einen frech abstehenden Faden vom Ärmel ihrer Jacke, unter der sie die blassblaue Uniform des Seniorenheims trug. Glücklicherweise hatte sie Jacke und Stiefel noch nicht ausgezogen, als sie vorhin Hals über Kopf in das Auto von Ben Caspers gesprungen war. Anna dachte an ihren Kollegen Hannes, der vorhin am Telefon alles andere als begeistert gewesen war, als sie ihm mitgeteilt hatte, sie würde heute nicht zur Schicht kommen, weil sie Maria Lindhorst suchen wollte. Langsam aber kam ihr ein gewisser Zweifel, ob die Idee gut war. »Hoffentlich haben Sie recht und Frau Lindhorst ist in ihrem Ferienhaus.«

Aus dem Radio kam ein weiterer Weihnachtssong. Doch auch er konnte das bleierne Schweigen im Wagen nicht brechen. Ben Caspers schaltete das Gedudel ab. »Muss mich konzentrieren.«

Jetzt hörten sie nur noch das Surren des Motors. Anna schaute wieder hinaus. Irgendwie kam ihr diese Strecke bekannt vor. Waren sie nicht eben schon einmal an dieser Stelle vorbeigekommen? Langsam beschlich sie das Gefühl, Ben Caspers könnte sich verfahren haben.

»Wollen Sie nicht das Navi einschalten«, schlug sie mit Blick auf den kleinen Bildschirm zwischen ihnen vor.

Er schüttelte den Kopf. »Navigationssysteme haben die Angewohnheit, dem Fahrer die Fähigkeit zur Orientierung zu nehmen. Außerdem kenne ich den Weg wie meine Westentasche. Wir waren früher oft hier.«

Sie hielten an einer Kreuzung. Mehrmals schaute er nach links und rechts, ohne den Blinker zu betätigen. »Nur sah es damals irgendwie völlig anders aus.«

Anna schaute hinaus. »Rechts«, sagte sie dann.

»Warum rechts? Was macht Sie da so sicher?« Er sah in die Richtung, in die ihr Finger zeigte. »Rein von der Wahrscheinlichkeit her könnte es auch links sein.«

»Nein, da sind wir in der letzten halben Stunde schon zweimal entlanggefahren. Jetzt wäre es, rein von der Wahrscheinlichkeit her betrachtet, sinnvoll, die andere Richtung zu versuchen.«

Zögerlich setzte er den Blinker. »Zweimal?«

Sie nickte.

Er blinkte rechts. Dann folgte der Wagen dem Verlauf der schmalen Straße, die nicht einmal eine Mittellinie besaß.

»Ich bin eher der Kartentyp«, gestand er. »Nicht dass Sie denken, ich würde Technik ablehnen. Bestimmt nicht. So ein Beamer ist ein Segen in meinen Vorlesungen. Und das elektrische Garagentor zu Hause … Ich wüsste gar nicht, was ich ohne es machen sollte. Die Mikrowelle … Wussten Sie, dass das Handbuch für so ein Gerät dicker ist als *Krieg und Frieden* von Tolstoi?«

Anna lachte auf. »Ich wusste gar nicht, dass Sie Humor haben.« Überrascht blickte er sie an, und Anna blieb das Lachen im Halse stecken. »Verzeihung«, murmelte sie. »Ich dachte, Sie wollten einen Witz machen.«

»Nein, eigentlich nicht.«

Ein schräger Kauz, dieser Ben Caspers. Aber irgendwie hatte er etwas. Es gab diese Männer des zweiten Blicks, und er war einer von ihnen. Sie waren selten, aber es gab sie. Die attraktiven Platzhirsche jedenfalls hatten sich bei Anna über die Jahre hinweg allesamt disqualifiziert. Je offensichtlicher ein Mann zunächst »perfekt« erschien, desto sicherer scheiterte die Beziehung. Und am Ende war es die Frau, die das gebrochene Herz hatte, während er bereits mit der Nächsten tat, was er mit all den anderen vorher auch getan hatte. Solche Männer wechselten die Frauen, aber niemals ihre Einstellung.

Anna warf dem Juniorprofessor neben sich einen weiteren prüfenden Blick zu. Breite Schultern und ein leicht eckiges Gesicht. Er sah verdammt gut aus, was er aber nicht zu wissen schien. Wie anders waren da die Herren Doktoren, die ihr in ihrem Berufsleben über den Weg gelaufen waren. Allesamt selbstverliebt, sogar die Alten. Vor allem die Alten.

Und nun saß sie neben einem bescheidenen und auch noch gutaussehenden Vertreter seiner Spezies, der so ganz anders war als der Rest. Sie hätte ihn gerne näher kennengelernt. Schade, dachte sie, dass er bereits vergeben war. Aber das war nun einmal die Krux ihres Lebens. Entweder der Falsche oder zu spät.

»Da sind wir«, unterbrach Ben ihre Gedanken. Der Wagen rollte einen holprigen Waldweg entlang, an dessen Ende ein geschlossenes Holzgatter stand. Er parkte den Mercedes, und sie stiegen aus.

Mit geschlossenen Augen sog Anna die klare Winterluft ein. Über ihrem Kopf rauschte der Wind in den Baumwipfeln. Nicht weit entfernt klopfte ein Specht. Weit, weit über ihr schrie ein Bussard. Ansonsten umgab sie hier eine wundervolle Ruhe.

»Hier ist niemand«, schreckte Bens Stimme sie auf. »Die Pforte fest ist verschlossen. Und im Haus brennt kein Licht.«

Anna ging zu ihm und schaute zum Holzhaus mit der kleinen Veranda und zum jetzt winterkahlen Apfelbaum im Garten, an dessen Äste noch letzte verschrumpelte Früchte hingen.

»Es sieht nicht so aus, als sei in den letzten Jahren jemand hier gewesen«, meinte sie und blickte sich nach einem Namensschild um. Tatsächlich fand sie es an einem verrosteten Briefkasten neben der Pforte. »Hier steht der Name. Lindhorst! Es gehört ihr also noch.«

Schweigend stand Ben da. »Ihr Mann Hans baute das Haus damals in den Siebzigern. Ich schätze, dass Maria es darum nicht verkaufen will. – Wir verbrachten hier viele schöne Sommer.« Sehnsüchtig ging sein Blick zu einem kleinen See, der hinter dem Haus lag.

»Wo wir schon hier sind, könnten wir uns doch umschauen.« Anna entriegelte die Pforte.

»Warum sollten wir das denn tun?«, protestierte Ben Caspers.

»Nun, wenn so lange niemand hier gewesen ist, könnte es doch sein, dass Scheiben kaputt sind oder ein Loch im Dach, dass die Dachrinne verstopft ist oder sonst etwas.« Energisch ging sie auf das Haus zu. Ein kurzer Blick über ihre Schulter sagte ihr, dass er ihr, wenn auch zögerlich, folgte. »Außerdem ist es ein kleines Abenteuer.«

»Ich hasse Abenteuer«, hörte sie ihn sagen. »Sie sind unberechenbar.«

»Verstehe«, lachte sie. »Und weil Sie Mathematiker sind, mögen Sie keine Unberechenbarkeiten.«

»Korrekt.«

Sie ging die beiden Stufen zur Veranda hinauf und lugte durch das kleine Sprossenfenster in der Haustür, hinein in den Flur. Drinnen war alles staubig, aber dennoch wirkte es, als hätten die Bewohner gerade erst das Haus verlassen.

Prüfend ließ Ben seinen Blick an der Front entlangfahren, als sein Blick an einem Schuppen hängen blieb, der unweit vom Haus stand.

»Ist alles in Ordnung?«, wollte Anna von ihm wissen.

»Die Tür hatte sich damals verzogen. Wir waren eine ganze Nacht dort eingeschlossen.«

»Wir?«

»Lea und ich. Eigentlich hatten wir nur Holz für den Kamin holen wollen.«

»Wie romantisch.«

Er schluckte. »Ja, das fand sie auch.«

»Und Sie?« Für einen Moment glaubte sie ein verräterisches Lächeln in seinem Gesicht gesehen zu haben. »Aha, Sie können also kleinen Abenteuern doch etwas abgewinnen. Selbst wenn sie unberechenbar sind.«

»Das war etwas anderes«, widersprach er. »Lea war bei mir. Mit ihr war mein ganzes Leben einfacher.«

Gemeinsam umrundeten sie das Haus. Anna schaute in das eine oder andere Fenster. All die hübschen Möbel im Wohnzimmer, die liebevoll arrangierten Fotografien an den Wänden, der urige Holzherd neben der altmodischen Wasserpumpe in der Küche … es war ihr, als könne sie in Marias Vergangenheit blicken. Hier hätte auch sie glücklich sein können.

»Es ist alles recht einfach hier«, entschuldigte sich Ben.

»Einfach? Ich finde es himmlisch.«

Sie gingen zum kleinen See hinterm Haus, der kaum mehr als ein mittelgroßer Teich war, aber dennoch über einen morschen Bootssteg verfügte, an dem jedoch kein Boot mehr vertäut war. Eine Eisschicht lag auf dem Wasser, glatt wie ein Spiegel, der an einigen Stellen weiße Brüche hatte, die sich wie die Kondensstreifen von Flugzeugen am Himmel über die Fläche zogen.

»Im Winter kamen wir her, um die Feiertage mit der Familie zu verbringen«, erinnerte sich Ben.

»Sie müssen wunderschöne Stunden hier verbracht haben.«

Er nickte. »Dies alles war für mich Familie. Eine richtige Familie. Eine Familie, wie ich sie mir als Kind immer gewünscht hatte«, sinnierte er. »Eigentlich müsste ich mich einen glücklichen Menschen nennen, weil ich so etwas erleben durfte. Glück. Zufriedenheit. Ein Zuhause.«

Sie schwiegen eine Weile, bis Anna es nicht mehr aushielt. Seit Stunden nagte es an ihr, Ben Caspers noch einmal die Frage zu stellen, die sie zu verstehen versuchte. »Warum haben Sie Maria nicht mehr besucht? Sie war doch Teil dieses wunderschönen Kapitels in Ihrem Leben?«

Schon glaubte Anna, er hätte sie gar nicht gehört, doch dann antwortete er.

»Es war logisch.«

Überrascht sah sie ihn an. »Logisch?«

»Ja.« Er räusperte sich. »Ich musste an die Kinder denken. An die Zukunft.«

»Aber man kann das Gewesene doch nicht einfach ignorieren. Gefühle haben doch nichts mit Logik zu tun.«

»Und wenn es zu sehr schmerzt?«, brach es aus ihm heraus.

Anna wusste nicht, was sie darauf sagen sollte. Sie wusste nur, dass sie mit ihrer blöden Fragerei den Zauber des Moments ruiniert hatte. Sie spürte, dass er immer tiefer in seinen Erinnerungen versank. »Wann waren Sie das letzte Mal hier?«

»Im Jahr nach …« Er konnte den Satz nicht beenden, und Anna sah, wie ihn der Blick ins Damals schmerzte. »Es fühlte sich an, als sei sie noch da. Jedes Zimmer, das ich betrat … Ich sah Lea, wie sie kochte, las, malte, lachte. Es wurde immer unerträglicher für mich. Darum reiste ich mit den Kindern noch vor Heiligabend ab.«

»Sie ließen Maria alleine hier? – Ich verstehe«, murmelte Anna und erinnerte sich, dass Maria Lindhorst sich im folgenden Jahr im Seniorenheim eingemietet hatte. »Schmerz vergeht«, versuchte sie Ben zu trösten. »Zwar langsam, aber er vergeht, bis irgendwann nur noch so viel davon übrig ist, dass man ihn ertragen kann.«

Er drehte sich zu ihr. »Versprechen Sie es mir?«

Sie nickte. »Versprochen«, sagte sie leise. Dabei sah sie in seine traurigen Augen und fragte sich, ob es jemals einen Mann geben würde, der sie so sehr vermissen könnte wie dieser Ben seine Frau. Anna riss sich von seinem Blick los.

»Glauben Sie, es hält?«, fragte sie plötzlich und setzte den Fuß auf das Eis.

Überrascht blickte er zum gefrorenen Wasser. »Der Teich

ist recht tief. Allerdings hatten wir seit fast drei Wochen Frost. Unter Berücksichtigung der Höhe, auf der wir uns befinden, der durchschnittlichen Temperaturen und Ihres Gewichts würde ich sagen …«

Anna hielt ihm die Hand hin. »Kommen Sie.«

»Was soll ich?«

»Mit mir aufs Eis gehen. Ein Abenteuer. Zwar nur ein kleines, aber immerhin.«

Energisch schüttelte er den Kopf. »Zu gefährlich.«

»Unsinn. Das Eis hält uns beide. Schauen Sie!« Sie begann zu hüpfen.

»Besser nicht.«

»Und wenn ich in die Mitte gehe und einbreche? Würden Sie mich dann retten?«

Schon war sie einige Meter vom Ufer entfernt.

»Kommen Sie zurück, Frau Hinrichs!«

Sie glitt weiter. »Holen Sie mich doch«, sagte sie lachend zum Ufer zurück.

Aber er wollte nicht. »Das ist vollkommen albern.«

Sie hatte die Mitte fast erreicht, als es plötzlich unter ihren Füßen laut knackte. Entsetzt sah sie, dass ein Riss zwischen ihren Schuhen entlang ging und sich knirschend dem Ufer näherte. Anna schrie auf. Wie angewurzelt blieb sie stehen.

»Das Gewicht!«, rief Ben vom Ufer aus. »Sie müssen das Gewicht auf eine größere Fläche verteilen. Legen Sie sich hin!«

Wieder knackte es unter ihren Füßen, und aus dem Riss neben ihrem Schuh quoll Wasser. Anna konnte sich nicht rühren. Wie eingefroren stand sie da und sah verzweifelt zu Ben, der am Ufer des Teichs auf und ab lief. »Ich kann nicht«, flüsterte sie.

»Hinlegen! Sie müssen sich hinlegen.«

»Ich kann nicht!« Ihre Stimme zitterte.

Sie sah Ben, unschlüssig, ängstlich, unsicher. »Hilfe«, flüsterte sie immer wieder.

Plötzlich ging ein Ruck durch Ben Caspers Körper. Vorsichtig trat er auf das Eis. »Ich hole Sie!«

»Nein!«, schrie sie ihm zu. »Sie werden auch einbrechen!«

Aber Ben rutschte weiter auf sie zu. Langsam und sehr vorsichtig. Einige Meter vor ihr kniete er sich auf das Eis, als wolle er ihr einen Heiratsantrag machen. Dann legte er sich bäuchlings auf die eisige Fläche. Langsam schob er sich näher. Er hatte sie fast erreicht. »Ruhig bleiben. Ganz ruhig«, hörte sie ihn sagen, doch das Wasser zu ihren Füßen schwappte bereits um die Stiefel.

»Knien Sie sich langsam hin.«

Sie schluckte. Dann tat sie, was er gesagt hatte.

»Jetzt auf den Bauch legen.«

Vorsichtig, ganz vorsichtig legte sie sich bäuchlings hin. Sofort krabbelte die Kälte unter ihre Jacke und in die Hosenbeine. Doch sie spürte nichts, außer ihr Herz wild schlagen.

Ben reichte ihr seine Hand. Schnell ergriff sie seine Finger.

»Ich ziehe Sie zurück zum Ufer. Sie müssen aber mithelfen.«

Anna nickte. Vorsichtig schob sie sich Stück für Stück über das kalte Eis, während er rückwärts robbte. Er ließ sie nicht aus den Augen, sprach beruhigend auf sie ein, während sie mit den Tränen kämpfte. Es waren Tränen der Wut und der Scham. Sie hatte sich wie ein bockiges, unvernünftiges Kind benommen.

Endlich hatten sie wieder festen Boden unter den Füßen. Zitternd richtete Anna sich auf. Sie waren beide klitschnass. »Das war absolut dämlich von mir.«

»Ich widerspreche nicht«, sagte er und klopfte sich die Nässe von der Kleidung.

Noch immer wackelten ihre Beine vor Angst und Kälte. Sie zog ihre Jacke enger um sich, damit er ihr Zittern nicht sah. Da nahm er ihre Hand. »Kommen Sie, wir müssen uns aufwärmen.« Er brachte sie fort vom Teich, hinüber zum Haus. Als sie sich noch einmal umdrehte, sah sie, dass in der Mitte des Teichs kein Eis mehr zu sehen war, nur Wasser.

Sie erreichten die Hintertür. Zitternd beobachtete Anna, wie Ben einen Schlüssel suchte.

»Er muss hier sein«, murmelte er, dabei ließ er seine Finger über den Türrahmen gleiten, schaute unter dem leeren Blumentopf nach und unter der Holztreppe, während sie ihre Arme um sich schlang. Auch seine Kleider waren klitschenass.

»Vielleicht könnten wir uns im Auto aufwärmen«, schlug sie mit klappernden Zähnen vor.

»Aber im Haus ist ein Kamin«, widersprach er.

Die Aussicht auf ein gemütliches Kaminfeuer fand Anna herrlich. Kerzen, Rotwein und ein gutes Abendessen dazu. Dann aber fiel ihr ein, dass das Haus seit Jahren unbewohnt war. Weder würden sie dort Rotwein noch etwas zu essen finden. Wahrscheinlich nicht einmal Streichhölzer, die noch funktionierten.

»Ich denke, die Heizung im Auto wäre ein guter Anfang.«

Noch wollte er nicht aufgeben, dann aber hielt er inne. Er schien sogar zu überlegen, ob er die Scheibe der Hintertür einschlagen solle. Verwarf die Idee dann aber. »Also meinetwegen.«

Schnell liefen sie zum Wagen zurück und sprangen hinein. Ben ließ den Motor an und stellte die Heizung auf höchste

Stufe. Ungeduldig warteten sie, dass die Wärme aus den Lüftungsgittern strömte.

»Wir müssen unsere nassen Kleider ausziehen«, sagte er.

Entsetzt schaute sie ihn an.

»Wenigstens die Jacken.« Schon schälte er sich aus seiner Winterjacke, und sie tat es ihm gleich. Umständlich hängten sie sie hinter sich über die Kopfstützen ihrer Sitze.

Dann hielt Anna zitternd ihre Hände vor den Lüftungsschlitz neben sich, während Ben kräftig seine Hände gegeneinanderrieb. »Ich habe noch nie eine schöne Frau in Not retten dürfen«, sagte er mit einem Lächeln.

»Schön? Nun, so weit würde ich nicht gehen. Aber dass es ein Abenteuer war, ist unbestritten.« Sie schaute ihn an. »Es tut mir leid.«

»Was?«

»Na, dass ich aufs Eis gegangen bin.«

Er wiegte seinen Kopf hin und her. »Rein rechnerisch hätte das Eis ja halten müssen«, gab er zu bedenken. »Zeit, Temperatur, Gewicht …«

»Wissen Sie, Herr Caspers«, unterbrach sie ihn, denn über ihr Gewicht wollte sie nicht reden. »So etwas passiert mir ständig. Ich würde sogar sagen, dass es in meiner Nähe recht peinlich sein kann.«

»Das glaube ich nicht.«

»Doch, wirklich, erst letzte Woche nahm ich einen Liter Milch aus dem Supermarktregal und legte es in den Einkaufswagen. Es war natürlich genau die eine Packung, die kaputt war. An der Kasse machte mich jemand darauf aufmerksam, dass ich seit einer Viertelstunde eine Milchspur durch den ganzen Laden hinter mir herzog und zudem meinen Mantel und die Jeans ruiniert hatte.« Sie zuckte mit den Achseln. »Das ist mein Schicksal.«

Er wischte ihr Erlebnis lässig mit der Hand fort. »Das ist gar nichts. Letztens funktionierte der Beamer bei meiner Vorlesung nicht. Ich war ganz verzweifelt und versuchte alles, um meinen Vortrag auf die Leinwand zu bekommen. Die Studenten lachten. Das Schlimmste aber war, dass der Dekan und die Mitglieder vom Bewerbungsausschuss der Universität im Plenum saßen. Mir stand der Schweiß überall.« Unglücklich schüttelte er den Kopf. »Ich musste den Vortrag abbrechen. Später erfuhr ich vom Hausmeister, dass die Studenten ein Blatt Papier vor die Linse des Beamers geklebt hatten. Ein Studentenstreich. Nichts Besonderes. Aber in dem Moment hätte es nicht schlechter für mich kommen können.«

Anna sah, dass ihm der Vorfall noch immer wehtat. »Ach!«, rief sie. »Das kann ich toppen. Letztens will ich im Hof die Wäsche aufhängen, weil der Trockner mal wieder den Geist aufgegeben hat, da ...«

Gemeinsam saßen sie im Wagen und begannen von den allergrößten Peinlichkeiten ihres Lebens zu erzählen. Bald schon hörte man Bens und Annas Lachen aus dem Wagen kommen, dessen Scheiben von innen milchglasweiß beschlagen waren.

Nach einer guten Stunde musste Anna zugeben, dass seine Malheurs mindestens ebenso peinlich waren wie ihre. Und er bescheinigte ihr, dass die Blamage mit der Milch-Sauerei kaum zu überbieten sei. Schon gar nicht mit einem Beamer. Die Stelle, auf die er sich beworben hatte, hatte er jedenfalls nicht bekommen.

In diesem Moment klingelte sein Telefon.

Umständlich fummelte Ben das Handy aus der Jackentasche und schaute auf das Display, ohne sich zu rühren. Unschlüssig schaute er das Telefon in seiner Hand an.

»Wollen Sie nicht rangehen?«

»Es ist meine Verlobte. Sie weiß noch nicht, dass ich den Posten an der Uni nicht bekommen habe. Ich wollte es ihr nach Weihnachten sagen.«

Noch immer klingelte das Telefon.

»Und wenn es etwas Wichtiges ist?«, gab Anna zu bedenken. »Vielleicht hat sich die Heimleitung gemeldet, dass Frau Lindhorst zurück ist.«

Er wollte gerade das Gespräch annehmen, als das Klingeln abbrach.

Sofort sah Anna auf ihr Handy, in der Hoffnung, eine gute Nachricht von Hannes vorzufinden. Doch da war nichts. »Ich rufe schnell in Hamburg an und frage mal nach.« Schon tippte sie die Nummer ein. Aus den Augenwinkeln bemerkte sie, dass Ben Caspers noch immer sein Handy in der Hand anstarrte.

»Möchten Sie, dass ich rausgehe?«, fragte sie vorsichtig, während es in ihrem Telefon klingelte. »Dann können Sie in Ruhe mit Ihrer Verlobten sprechen.« Er schüttelte den Kopf.

Kurz darauf wusste Anna, dass man auch im *Möwenstrand* noch nichts von Frau Lindhorst gehört hatte. Enttäuscht legte sie ihr Handy beiseite.

Ben Caspers hatte sich in der Zwischenzeit nicht bewegt. »Ich werde Yvette und die Kinder später anrufen«, sagte er mehr zu sich als zu Anna. Dann straffte er seinen Rücken und fuhr mit der Hand über die beschlagene Windschutzscheibe, als könne er alle traurigen Gedanken damit fortwischen.

»Ich denke, wir sollten jetzt weiterfahren.«

Anna nickte. Er wollte nicht weiter über seine Gefühle reden, das musste sie respektieren. Zudem waren ihre Hosenbeine mittlerweile wieder einigermaßen trocken, und der

Blick auf die Uhr sagte ihr, dass die Zeit drängte. Doch wo sollten sie suchen?

»Haben Sie noch eine Idee, wo wir Ihre Schwiegermutter finden könnten?«

Er starrte hinaus zum Haus, das im letzten Dämmerlicht des Tages verlassen dastand. Dann schüttelte er den Kopf.

»Schade«, sagte Anna leise.

Er nickte und wendete den Wagen.

Anna warf einen letzten Blick auf das Haus am kleinen See. »Sie sollten im Sommer mit den Kindern hierherkommen und all die schönen Geschichten erzählen, die Sie mit Ihrer Frau hier erlebt haben«, sagte sie leise zu Ben.

»Du«, antwortete er nur.

»Du?«

»Ja, könnten Sie *Du* zu mir sagen?« Die Frage schien ihm ein wenig peinlich zu sein.

Sie lächelte still vor sich hin. »Gerne. Ben.« Sie reichte ihm die Hand. »Ich bin Anna.«

Kapitel 9

Max starrte auf das Essen vor sich. »Schon wieder Ravioli?«

Yvette nahm ihre Stoffserviette aus dem silbernen Ring und legte sie ordentlich auf ihren Schoß. »Wenn es dir nicht schmeckt, musst du es ja nicht essen.«

Frieda schob die blassweißen Nudeltaschen in der roten Soße hin und her. »Darf ich nachher zu Hanna?«

»Jetzt noch? Es ist doch schon sechs Uhr durch?«

Max warf seiner kleinen Schwester einen brüderlich gemeinen Blick zu. »Sie will da nur hin, weil Hanna und ihre Eltern um sieben richtiges Abendbrot essen.«

Hörbar sog Yvette die Luft in ihre Lunge. »Was kann ich denn dafür, dass die Kekse angebrannt sind? Im Rezept stand achtzehn Minuten.« Sie hatte mit der Eieruhr vor dem Ofen gestanden und exakt die angegebene Zeit abgewartet, während es allerdings schon verdächtig angebrannt gerochen hatte. Drei Bleche halb schwarzer Kekse waren das Ergebnis von zwei Stunden Küchenarbeit gewesen, das Aufräumen nicht mitgerechnet. »Ihr hättet ja helfen können, dann hätte ich mehr Zeit für ein *richtiges* Abendbrot gehabt«, ranzte sie die Kinder an. »Ich habe hier schon genug zu tun. Abwaschen und so.«

Ohne den Kopf zu heben, wies Max sie darauf hin, dass es in der Küche einen Geschirrspüler gab.

»Werde ja nicht frech!«

»Wann kommt Papa wieder?«, fragte Frieda leise.

Yvette presste die Lippen aufeinander, bevor sie sagte: »Er ist doch noch nicht einmal einen Tag fort.« Allerdings musste Yvette zugeben, dass seine plötzliche Abreise auch sie beunruhigte. Was zog ihn nur nach Hamburg? Sein Leben fand seit letztem Sommer in München statt und nicht mehr da oben.

Jetzt schob Max seinen Stuhl zurück. »Komm, Frieda, ich glaube, ich habe noch Kekse in meinem Zimmer.«

Die Kleine klemmte ihren Teddy unter den Arm. Dann schlurfte sie gemeinsam mit ihrem großen Bruder auf den Flur hinaus. Erst wollte Yvette den beiden verbieten, den Tisch zu verlassen, aber dann ließ sie sie ziehen.

Sie sah die Kinder Hand in Hand die Stufen in den ersten Stock hinaufgehen, wie Hänsel und Gretel, einsam und verlassen, nur mit der bösen Hexe als Gesellschaft.

»Ich lasse uns Pizza kommen, ja?!«, rief sie ihnen nach und horchte auf eine Antwort. Doch es blieb still.

Allein am Tisch schaute sie auf ihren Teller. Sie seufzte. Keiner konnte sagen, dass sie sich nicht genug Mühe gab. Immerhin lernte sie kochen und hatte sogar die Mütter aus Friedas Kindergartengruppe zum Adventsbasteln ins Haus geladen. Was machte sie nur falsch?

Yvette erhob sich und griff zum Telefon, um die Pizzen zu bestellen. Später würde sie sich ein großzügiges Glas Wein eingießen und ihre Mutter anrufen. Die würde wissen, was gerade im Leben ihrer Tochter schieflief.

Kapitel 10

»Ich mag nicht mehr laufen. Meine Füße tun weh«, jammerte Maria. Seit einer Stunde gingen sie die Ausfallstraße entlang, deren graue Häuserzeilen mit Nagelstudios und 99-Cent-Läden nur von den Abstellplätzen einiger Gebrauchtwagenhändler unterbrochen wurden. Die Straße schien aus dem Irgendwo zu kommen und ins Nirgendwo zu führen. Einzig, dass sie nach Süden führte, gab Maria ein einigermaßen gutes Gefühl.

»Warum haben Sie sich auch geweigert, in den Bus zu steigen?«, nölte Georg nicht zum ersten Mal.

Maria blieb vor einem geschlossenen Supermarkt stehen, der Weihnachtsgänse für 15,99 anbot.

Wütend schaute sie den Engel an. »Nach der Peinlichkeit mit dem Schaffner im ICE gedenke ich nicht, mich noch einmal vor die Tür setzen zu lassen.«

Georg wiegte den Kopf hin und her, als überlege er. »Aber er hat nicht die Polizei gerufen«, gab er zu bedenken. »Und zum Abschied hat er sogar gewunken.« Georg war aufgefallen, dass der Mann dabei sogar gelächelt hatte. Und es war eindeutig kein Lächeln der hämischen Sorte gewesen. Nein, der Schaffner schien für einen Moment, wenn schon nicht glücklich, so doch zumindest einigermaßen zufrieden mit seinem Job und seinem Leben zu sein.

Dabei hatte sich für ihn gar nichts geändert, überlegte

Georg. Der Job war noch genauso langweilig und nervig wie zuvor. Die Aussichten ebenso düster. Was war da passiert? Den Gedanken, dass Marias Worte der Grund sein könnten, verwarf Georg sofort. Worte waren nur Worte.

Maria machte eine wegwerfende Handbewegung. »Ach, Sie! Das mit der Polizei hätte er nie getan. Der Mann war viel zu nett, um so gemein sein zu können.«

»Nett?« Fast hätte Georg gelacht. Das Wort »nett« wäre ihm bei diesem übellaunig dreinblickenden Zeitgenossen nun wirklich nicht eingefallen.

Maria ging weiter. »Sie haben mich mit Ihrer dummen Idee vom Schwarzfahren in eine sehr unangenehme Situation gebracht, wissen Sie das eigentlich? Dass Sie ein Engel sein sollen, glaubt doch keiner. Na ja, wenigstens sind wir München etwas näher gekommen. Wenn auch nicht viel.«

»Wäre der eifrige Kerl nicht so stur gewesen, wir könnten schon in Kassel oder noch weiter sein«, gab Georg zu bedenken.

»Machen Sie nicht ihm einen Vorwurf. Es war *Ihre* Idee.«

»Ich bleibe dabei«, beharrte Georg. »Wenn Sie es nicht so genau mit der Ehrlichkeit nehmen würden, dann wären …«

Wieder blieb sie stehen. »Ständig wollen Sie, dass ich lüge.«

Er verzog das Gesicht. »Eine Notlüge, warum nicht? Wenn es hilft, dass man bekommt, was man will. Tut doch keinem weh. Ich meine, wen schert es, ob in der Bahn eine alte Frau ohne Karte sitzt oder nicht?« Er breitete die Hände aus. »Da waren hunderte von Menschen, die Fahrkarten hatten. Einer mehr oder weniger …«

Maria schüttelte den Kopf. »Manchmal frage ich mich, warum Sie ein Engel geworden sind.« Sie ging weiter. »Ich hatte mir die Hürden für eine Einstellung für diese Art Tätigkeit höher vorgestellt. Die scheinen da oben echt jeden zu nehmen.«

»War nicht meine Entscheidung, das können Sie mir glauben.«

»Nun, ich denke, dass Sie wohl irgendetwas Gutes getan haben müssen, um in den Himmel zu kommen.«

»Falls dem so war, war es bestimmt keine Absicht. Eine Verkettung unglücklicher Umstände. Am Ende bekam ich posthum einen Orden, und eine Straße wurde nach mir benannt. Oder ein Platz. Weiß ich nicht mehr.«

Sie blieb stehen und sah ihn an. »Sie haben ein einziges Mal versehentlich etwas Gutes getan, und nur dafür kamen Sie in den Himmel?« Sie schüttelte den Kopf. »Das ist unglaublich. Wenn ich daran denke, wie viele Leute sich ihr Leben lang dafür anstrengen, und am Ende wissen sie dennoch nicht, ob es gereicht hat … Empörend.«

Er stimmte Maria aus vollstem Herzen zu. »Hatte ich denen da oben ja auch gesagt. Aber da hört einfach keiner auf mich.« Er trottete hinter ihr her. »Der Himmel! Völlig überbewertet, wenn Sie mich fragen. Ich meine, was macht man da schon den lieben langen Tag? Kyrieeleison singen, Harfe spielen, umherflattern und erhaben dreinblicken. Kennen Sie diesen Engel aus München? Diesen Aloisius?« Als sie nicht antwortete, erklärte er, dass der Typ weder singen noch Harfe spielen könne. »Aber Glück hat er gehabt, der Aloisius.«

»Warum?«

»Erst gab er sich Mühe zu tun, was laut Hausordnung verlangt wurde, also Frohlocken und so. Aber es klappte nicht. War halt ein echter Bayer. Da kam immer ein völlig verkorkstes *Llujah* dabei raus.«

»Ein was?«

»Das sollte ein Halleluja werden, ist aber bayerisch, glaube ich. Jedenfalls hat er ständig geflucht. Ungefähr so: Ha-ha-lä-lä-lu-u-uh – Himmi Herrgott – Erdäpfi – Saggerament – Lu-uuu-iah! – Soag I.« Georg lachte. »Famoser Kerl! Und er hat es geschafft. Mit einem Sonderauftrag für die bayerische Staatsregierung hat der Chef ihn runter nach München geschickt, damit er der Regierung göttliche Ratschläge fürs Regieren überreicht.«

»Und?«

»Er kam im Bayerischen Staatsministerium des Innern für Kirchen- und Schulangelegenheiten niemals an, weil er das einzig Richtige tat.«

»Und das wäre?«

»Er flog erst einmal ins Hofbräuhaus. Und da sitzt er noch heute.«

»Ah, das erklärt einiges.«

Georg nickte. »So ist es. Jedenfalls ist Alois auch nicht in den Himmel zurückgekommen.«

»Ich vermute, Ihr Chef ist darüber nicht wirklich traurig.«

Georg schüttelte den Kopf. »Nein, ist er nicht. Dummerweise nur kannte der Chef den Trick, als ich ihn versuchte. Keine Chance. Noch einmal fällt er nicht darauf rein, hat er mir gesagt.« Der Engel seufzte tief.

Da näherte sich das Brummen eines Fahrzeugs hinter ihnen. Maria drehte sich um und sah einen alten Linienbus, an dessen Anzeigetafel über dem Fahrerfenster »Betriebshof« zu lesen war.

Sie hob die Hand. »Halt!«, rief sie und trat auf die Straße. Quietschend blieb der Wagen einige Meter vor ihr stehen.

Schnell eilte sie zur Tür, die sich gerade zischend öffnete.

»Sind Sie plemplem?«, rief der Fahrer mit hochrotem Kopf ihr zu. Er war einer der alten Sorte, trug eine Hornbrille und eine Schirmmütze. »Ich hätte Sie fast umgefahren.«

Maria trat auf die erste Stufe. »Nein, hätten Sie nicht.« Sie lächelte. »Bitte, könnten Sie uns mitnehmen?«

Der Mann schaute hinter Maria, ob da noch jemand stand. »Uns?«

»Na ja, eigentlich nur mich.«

»Nein.« Der Fahrer zeigte nach oben. »Sie können doch lesen, oder?«

Maria nickte. »Ja, schon, aber, sehen Sie, ich muss unbedingt zu meinen Enkeln. Die wohnen in München.«

»Dorthin fahre ich aber nicht.«

Sie legte einen verzweifelten Blick auf, wie sie ihn bei Georg gesehen hatte. »Das weiß ich ja. Aber ein kleines Stückchen Richtung Süden fahren Sie doch, oder? Nur ein paar kleine Kilometerchen, bitte.«

Der Mann zögerte, was Maria als gutes Zeichen wertete.

»Das schaffen Sie nie!«, kommentierte Georg hinter ihr.

Maria unterdrückte den Wunsch, »Doch!« zu sagen, und ließ ihren Blick nicht vom Fahrer. »Ich mache auch keine Umstände, bestimmt nicht. Es ist nur, ich kann einfach nicht mehr laufen. Bin halt nicht mehr die Jüngste. – Wie lange müssen Sie denn noch, bis Sie in Rente gehen können?«

Der Mann schüttelte den Kopf. »Das geht wirklich nicht. Wenn mein Chef sieht, dass ich einen Fahrgast habe, bekomme ich Ärger, gute Frau.«

»Bitte, bitte, nur ein klitzekleines Stückchen. Vielleicht bis in die nächste Stadt? Ich muss aber gleich gestehen, dass ich kein Geld habe. Das wurde mir in Hamburg gestohlen. Genauso wie mein Gepäck.«

»Hamburg? Wie sind Sie denn bis hierhergekommen? Doch wohl nicht gelaufen.«

»Ach, das ist eine lange Geschichte.«

»Und Sie wollen nach München?«

»Ja, bis Heiligabend muss ich es schaffen. Danach ist die Familie im Skiurlaub.«

Er runzelte die Stirn. »Wissen die denn, dass Sie kommen?«

Sie schüttelte den Kopf. »Eine Überraschung, sozusagen.«

Er überlegte, schien abzuwägen, ob vor ihm eine Verrückte stand oder nur eine alte Frau in Not. Er seufzte. »Na gut, kommen Sie rein.«

Mit einem Siegerlächeln drehte Maria sich zu Georg.

Dann trat sie in den Wagen und setzte sich auf die Bank, schräg hinter dem Busfahrer. Zischend schloss sich die Tür hinter ihr. Bald schon plauderten die beiden über früher, als eine Tour noch zwanzig Pfennige kostete und im Kino »Schwarzwaldmädel« mit Rudolf Prack und Sonja Ziemann zum ersten Mal in Farbe lief. Als Samstag noch Badetag war und man selbst gestrickte Kniestrümpfe zu Weihnachten bekam, die entsetzlich kratzten.

Georg indes lümmelte auf der letzten Bank, die Stiefel auf den Nachbarsitz gelegt, und schüttelte missbilligend den Kopf. Dass der Fahrer sie mitnahm, war nur Glück gewesen. Mehr nicht.

In der nächsten kleinen Stadt, deren Namen Maria nicht kannte, ließ Herr Seiler, wie der Busfahrer hieß, sie am Marktplatz aussteigen. Maria wusste mittlerweile, dass er eigentlich hatte Maschinenbau studieren wollen, aber seine Eltern damals nur Geld für das Studium des älteren Bruders gehabt hätten. Der wurde dann Apotheker und lebte heute in Groningen.

Herr Seiler meinte zum Abschied, er kenne eine kleine Pension ganz in der Nähe. »Sie gehört der Helga, meiner ersten großen Liebe.« Ein warmes Lächeln huschte über sein

Gesicht. »Die hat aber später den Kurt Läderle geheiratet. Ein eingebildeter Kerl war das, aber seine Eltern hatten Geld.« Herr Seiler wischte den Gedanken an damals fort. »Egal. Jedenfalls haben die Helga und ich uns nach ihrer Heirat aus den Augen verloren. Wenn Sie ihr aber schöne Grüße von mir bestellen, dann hilft sie Ihnen bestimmt weiter. Vielleicht lässt sie Sie auch bei sich übernachten. Die Helga hat nämlich ein gutes Herz.«

Maria war sicher, dass der Herr Seiler noch immer in seine Helga verliebt war. »Danke, Herr Seiler«, sagte sie, »das ist sehr nett von Ihnen. Ich verspreche, dass ich Ihre Helga grüßen werde. Haben Sie eigentlich Ihre Telefonnummer?«

Er winkte mit der Hand ab. »Ach, die Helga hat doch ihren Kurt.«

»Aber Freunde bleibt man fürs Leben«, hakte Maria nach. »Und die Nummer steht doch bestimmt im Telefonbuch.«

Er zögerte. Dann leuchtete sein Gesicht auf. »Ich kann ja morgen früh mal nachfragen, ob Sie gut angekommen sind. Immerhin … es ist ja schon dunkel.«

Maria lächelte. »Das klingt nach einem sehr guten Plan.«

Lange noch winkte Maria dem Bus nach. »Was für ein liebenswürdiger Mensch«, sagte sie leise und war ganz gerührt. »Er ist Witwer und hat fünf Enkel! Und alle wird er zum Fest um sich haben. Ist das nicht wunderbar?« Beschwingt ging sie über den Marktplatz, wo hölzerne Buden für den Weihnachtsmarkt aufgebaut waren, die um diese Zeit aber bereits geschlossen hatten. Noch immer hing der Geruch von gebrannten Mandeln und von Glühwein in der Luft. Von der nahen Kirchturmuhr läuteten die Glocken neunmal. Maria drehte sich zu Georg, der gedankenverloren hinter ihr trottete.

»Wie machen Sie das nur immer?«, wollte Georg plötzlich wissen.

»Was meinen Sie?«

»Na, das mit den Leuten.«

»Sie meinen, weil die nett zu mir sind?« Sie zuckte mit den Achseln. »Ich weiß nicht. Sie sind es einfach. Eigentlich sind alle Menschen nett. Sie vergessen es manchmal nur.«

Damit aber wollte Georg sich nicht zufriedengeben. Er überholte sie, sodass sie stehen bleiben musste. Sein prüfender Blick ging über ihr Gesicht. »Das liegt an Ihren Augen, oder? Es sind Ihre Augen. Sie haben irgendetwas damit gemacht.« Er kam dicht an sie heran. Sein Blick bohrte sich durch sie hindurch.

Maria lachte. »Unsinn.« Sie schob ihn zur Seite und setzte ihren Weg fort.

»Doch, doch!«, beharrte er. »Ich habe davon gehört. Hypnose oder so.«

»So etwas kann ich nicht.«

»Nein? Hm, na gut, aber ich finde es noch heraus, mit welchem Trick Sie arbeiten. Bestimmt.«

Aus der nahen Kirche hörte man einen Kinderchor singen, dann wieder innehalten und von vorne beginnen. Maria sah zu den Bleiglasfenstern des Kirchenschiffes hinüber. Das Licht im Inneren fiel durch die bunten Fenster auf den Marktplatz und tauchte das nasse Kopfsteinpflaster zu Marias Füßen in tausend verschiedene Farben.

»Ach, wie hübsch«, kommentierte Maria den Kindergesang.

»Scheußlich«, widersprach Georg. »Katzen quälender Trommelfellterrorismus ist das.«

Maria fuhr herum. »Wie können Sie so etwas sagen! Die Kleinen üben doch noch. Warten Sie ab, am Weihnachtsabend wird es ganz wunderbar klingen.« Wütend ging sie weiter.

Der Weg führte sie durch eine kleine Gasse, in der sich die Häuser eng aneinanderkuschelten. In den Fenstern hingen Strohsterne, klebten kleine Bildchen mit Weihnachtsszenen und Schneeflocken. Der warme Schein der Stuben ergoss sich ins schmale Sträßchen, wo Maria und Georg an Haustüren mit Tannenkränzen und flackernden Kerzen in Laternen vorbeigingen.

Schnell war Maria von dem schönen Anblick der feierlich geschmückten Häuser milder gestimmt. Immer wieder warf sie im Vorbeigehen einen kurzen Blick in die Stuben der Leute. »Es scheint mir, dass die Menschen in dieser Jahreszeit ein wenig enger zusammenrücken. Ja, vielleicht sind sie sogar ein klitzekleines bisschen freundlicher zueinander. Was meinen Sie, Georg?«

»Humbug«, grummelte der Engel neben ihr. »Alles Humbug. Gerade an Weihnachten kracht es doch bei ganz vielen Familien so richtig.«

Bald darauf standen sie vor der Pension von Helga und Kurt Läderle. »Hier muss es sein.« Maria sah an dem schmucken Häuschen mit den dunklen Fachwerkbalken empor.

Anders als in den anderen Fenstern brannte hier kein Licht. Alles war dunkel. Maria trat an die Haustür und klingelte. Sie wartete, doch niemand öffnete. Sie klingelte erneut.

Da kamen ein älterer Herr und eine elegante Dame vorbei. Sie hatte sich bei ihm eingehakt. »Das Klingeln können Sie sich sparen!«, rief die Frau Maria zu. »Frau Läderle kommt erst morgen zurück.« Das Paar blieb stehen.

Maria drehte sich zu den Leuten um. »Ach, wie schade. Und ihr Mann, der Kurt Läderle?«

Die Frau winkte ab. »Ach der! Der ist doch schon lange weg. Die Ehe war wohl nicht so rosig, wie die Helga sich das gewünscht hatte. Ein Schürzenjäger soll der Herr Läderle gewesen sein. Immer auf der Suche nach etwas Besserem.« Man sah, dass die Frau gerne noch ein wenig weiter geschwätzt hätte, doch ihr Mann zog sie weiter.

»Danke!«, rief Maria den beiden noch nach. Ratlos schaute sie die Gasse hinunter. Die schöne Weihnachtsstimmung von eben war wie fortgeblasen. Wo sollte sie denn jetzt hin?

»Tja, so was kommt von so was«, meinte Georg nur kryptisch.

Maria fuhr herum. »Was soll denn das heißen?«

»Hätten Sie auf mich gehört, wären wir schon fast in München. Aber Sie mussten ja unbedingt ehrlich sein.«

»Ach, lassen Sie mich doch in Ruhe«, schimpfte Maria und ging ohne Ziel weiter. »Wie konnte ich nur glauben, ich würde es schaffen«, schimpfte sie vor sich hin. »Ein kleines Abenteuer! Pah! Das hier ist doch albern. Nur albern. Ich könnte in meinem Zimmer im Seniorenheim liegen und gemütlich warten, bis ich sterbe. Stattdessen laufe ich durch irgendeine Stadt und muss vielleicht auf einer Parkbank übernachten.« Verzweiflung überkam sie. So hatte sie sich ihre Reise wirklich nicht vorgestellt. »Und zu allem Unglück verfolgt mich auch noch ein übellauniger, egoistischer Engel. Hat der Himmel denn gar kein Erbarmen mit mir?«, rief sie laut, während sie die Faust nach oben richtete.

»Was kann ich denn dafür?«, verlangte Georg beleidigt zu wissen. Er lief jetzt neben ihr und schaute immer öfter auf das Handy in seiner Hand. Auch ihm schien die Reise zunehmend weniger Spaß zu machen.

»Sie sind ein Engel! Strengen Sie sich endlich mal an!«

Georg blieb stehen. »Anstrengen? Was soll ich denn tun?«

»Was weiß ich? Zaubern Sie etwas. Egal was. Ich brauche ein Dach über dem Kopf und Essen. Lassen Sie sich etwas einfallen! – Ihretwegen«, schimpfte sie weiter, »stecke ich in Schwierigkeiten. Holen Sie mich da gefälligst wieder heraus.« Es tat Maria gut, den Engel anzufahren, obwohl sie sich eigentlich nie so gehen ließ. Dies hier aber war eine Ausnahme. Eine Ausnahme, die ihr alles Recht der Welt gab, wütend wetternd durch eine nächtliche Straße einer unbekannten Stadt zu gehen. Georg und sein vermaledeites Handy waren an dieser Misere schuld. »Sie sind der absolut unfähigste Engel, der mir je begegnet ist! Sie haben ja nicht einmal Flügel!« Sie stapfte weiter. »Und ein ordentliches Handy haben Sie auch nicht.«

Da entdeckte Maria im Halbdunkel eines Hauses eine Frau, die mit ihrem Dackel offenbar Gassi ging. Der Hund tat, was Hunde so tun, während die Frau an der Leine zerrte und gleichzeitig entsetzt zu Maria hinüberstarrte. »Harro, komm!«, zischelte sie dem Tier zu und zog hektisch an der Hundeleine.

Maria blieb stehen. Himmel, wie peinlich!, dachte sie. »Keine Angst!«, rief sie der Frau zu, die sich mit tippelnden Schritten eng an der Hauswand entlangschob, ohne Maria aus den Augen zu lassen. »Ich bin nicht verrückt! Nein, wirklich nicht. Ich bin völlig normal!«, rief Maria ihr nach. Die Frau war mittlerweile in ein halb stolperndes Fliehen verfallen, wobei sie sich immer wieder nach Maria umsah, die ihr einige Schritte hinterherlief. »Ich lerne für ein Theaterstück, wissen Sie! Ein lustiges Weihnachtsstück über einen verrückten Engel! Wir führen es im *Seniorenheim Möwenstrand* auf. Kennen Sie das Heim?«

Schon verschwanden Dackel und Frauchen um eine Ecke.

»Mein Gott, wie unangenehm«, murmelte Maria und wäre am liebsten in Grund und Boden versunken.

Breit grinsend stand Georg neben ihr. »Sie haben gelogen!«, trällerte er. »Ich habe es genau gehört: Sie haben schon wieder gelogen.«

»Ach, lassen Sie mich doch in Ruhe.« Maria war zum Weinen zumute.

Da hielt Georg sie plötzlich am Arm fest. Schon wollte sie ihn abschütteln, als sie sah, dass er zu einem unscheinbaren Haus hinüber nickte. *Urania*, stand auf dem Kinoschild über der gläsernen Doppeltür aus den Fünfzigern. *Heute um 20:00 Uhr: Christmas-Night. Alle großen Weihnachtsklassiker in einer Nacht.*

»Wie können Sie jetzt an Kino denken?«, fuhr Maria den Engel an. Sie ging an den beiden Schaukästen mit den Filmplakaten vom *Grinch* und Charles Dickens' berühmter *Weihnachtsgeschichte* vorbei, während sie überlegte, ob es nicht klüger war, die nächste Polizeistation aufzusuchen. Die Herren würden sie sicherlich nach Hause bringen. Und die Demütigung durch die Fellbacher-Greulich schien ihr nach diesem Ausflugsdesaster auch weitaus erträglicher als eine Nacht auf einer Parkbank. Man muss wissen, wann man geschlagen war.

Da stellte sich Georg vor sie. »Wissen Sie eigentlich, wann ich das letzte Mal im Kino war?«

»Woher soll ich das denn wissen? Ich kenne Sie doch gar nicht.«

»Richtig! Ich war nämlich noch *nie* in einem Kino.« Er stützte seine Hände in die Hüften, wobei jene mit dem Handy glitzerte. Noch immer gab das Telefon keinen Mucks von sich. »Und im Himmel gibt es kein Kino, wussten Sie das?« Sodann knipste er seinen eben noch entrüsteten Blick auf treuherzig um. »Bitte, lassen Sie uns reingehen, ja?«

»Sie wissen doch, dass ich kein Geld habe.« Maria wollte weitergehen, als er sich ihr noch einmal in den Weg stellte.

»Wollen Sie wirklich und wahrhaftig einem Engel seinen größten Wunsch abschlagen?«

Sie legte den Kopf schief. »Wenn *Sie* der Engel sind? – Ja.« Maria ging um ihn herum und setzte den Weg fort, wohin auch immer er sie führen mochte. Georg ließ sie zurück.

Nach einigen Schritten aber blieb sie stehen, drehte sich um.

Da stand er, mit hängenden Schultern und traurigem Hundeblick, der Engel, der keiner sein wollte.

Seufzend kam sie zurück. »Aber wenn man uns wegscheucht, wird nicht diskutiert, ist das klar? Wir lügen nicht!« Bei diesen Worten ließ sie ihren Zeigefinger vor seiner Nase hin- und hergehen wie eine strenge Lehrerin. Eifrig nickte Georg. Dann öffnete er für Maria, ganz gentlemanlike, die Glastür, die ins Innere des alten Kinos führte.

Sie traten ins leere Foyer, wo ein Plastikweihnachtsbaum mit bunten Lichtern vor sich hin flackerte. Das Kassenhäuschen war verwaist. Ein Schild stand vor dem verschlossenen Fenster: *Kasse öffnet dreißig Minuten vor Filmbeginn.*

Maria schaute auf ihre Armbanduhr. Eigentlich müsste da jetzt jemand sitzen, dachte sie, schließlich beginnt die Christmas-Night gleich. Sie gingen weiter. Es roch nach Popcorn und Möbelpolitur.

Vor jedem der gerahmten Filmplakate blieb Georg stehen und beäugte die Helden darauf genau, fast als betrachte er ein Gemälde im Louvre oder in der Pinakothek.

»Sie waren wirklich noch nie in einem Kino?«

Er schüttelte den Kopf. Andachtsvoll ging er zum nächsten Plakat. »Da, wo ich geboren wurde, gab es keins, glaube ich. Jedenfalls kann ich mich nicht daran erinnern.«

»Woher kommen Sie denn?«

Georg antwortete nicht. Er blickte auf ein uraltes Plakat, welches ein Hausboot zeigte sowie die Konterfeis von Cary Grant und Sophia Loren. Leise seufzte Georg beim Anblick der Schönen in ihrem sonnengelben Kleid. »Den Film muss ich sehen.«

Der braune Teppichbelag unter Marias Schuhen war über die Jahre fadenscheinig geworden. Eine Dreierreihe samtbezogener alter Kinosessel stand an der Wand, gleich neben einem gläsernen Verkaufswagen für Popcorn, der aus den Fünfzigern zu kommen schien und nicht in Betrieb war. Sie standen mitten im Foyer, als ein junger Mann mit einem blauen Müllsack in der Hand aus dem Saal kam. Erschreckt sah er auf.

Maria ging auf ihn zu. »Verzeihen Sie, an der Kasse saß keiner.«

»Bin hier der Einzige«, sagte er, als erkläre das alles. Er schlappte an Maria vorbei, stellte den Müllsack vor der Tür zum Kassenhäuschen ab, trat ein, setzte sich auf den gefährlich knarzenden Stuhl, nahm das Schild fort und öffnete das Fensterchen. Fragend schaute er sie an.

»Welcher Film? Oder die ganze Christmas-Night, das ist heute ein einmaliges Event, das hatten wir noch nie, und das wird es so sicher auch nicht mehr geben?«

Maria lächelte unsicher. Eigentlich wollte sie gar nicht ins Kino gehen. Sie drehte sich zu Georg um, der in diesem Moment im halbdunklen Saal verschwand.

»Die Christmas-Night also«, sagte der junge Mann und

strahlte. Er hatte seine dünnen Haare zu einem Pferdeschwanz gebunden, was auf Maria weniger modisch als eher praktisch wirkte. Er griff zu einer Rolle mit Eintrittskarten. »Wie viele?«

»Nun ja …« Maria sah sich um. Außer ihr war niemand im Foyer des Kinos. Sie kam ein wenig näher an die Glasscheibe heran, die sie von dem jungen Mann trennte. Die Brille auf seiner Nase saß schief. »Ich möchte eigentlich gar nicht ins Kino, wenn ich ehrlich sein soll.«

Ein enttäuschter Seufzer entfuhr dem Kassierer. »Schade«, murmelte er, schob die Brille auf dem Nasenrücken hoch. Dann erhob er sich vom Stuhl, woraufhin dieser erneut leidend knarzte. »Heutzutage kommen kaum noch Leute ins Kino.« Er trat aus dem Glaskasten und nahm den Müllbeutel vom Boden auf. Noch einmal seufzte er. »Streamen ist heute in. Aber Kino? Nee, Kino nicht.«

»Haben Sie denn keine Besucher?«

Wieder seufzte er, als läge der Kummer der Welt auf seinen schmalen, ein wenig eckigen Schultern. »Manchmal. Aber ab nächstem Jahr ist hier so oder so Schluss. Kleine Kinos rechnen sich nicht, sagt der Chef. Er will jetzt in Fast-Food-Ketten investieren. Deshalb habe ich ihn zu dieser Kinonacht überredet, damit mache ich mir selbst ein Abschiedsgeschenk. Kino und Weihnachten, für mich gibt es nichts Schöneres.« Und jetzt sah er glücklich und unglücklich zugleich aus.

Maria schaute zur Saaltür hinüber, durch die Georg verschwunden war. In diesem Moment öffnete sich die Eingangstür, und ein junges Pärchen trat ins Foyer. Eindeutig frisch verliebt, dachte Maria und machte vor der Kasse Platz.

»Zwei Logenplätze bitte«, sagte er im tiefen Bass, während er sie im Arm hielt. Mit der freien Hand fummelte er einen

Geldschein aus der Hosentasche und schob ihn dem Kassierer zu, der das Wechselgeld abzählte und mit den Pappkarten zurückreichte.

»Läuft heute Nacht auch dieser Klassiker mit James Stewart?«, wollte sie von ihm wissen.

»Sie meinen *Ist das Leben nicht schön?* Ja, klar. Unbedingt. Und natürlich noch *Das Wunder von Manhattan* und *Der kleine Lord*.«

»Alles hintereinander?«

»Ja, Sie können mit den Karten so lange bleiben, wie Sie möchten.«

»Und wann ist die Christmas-Night zu Ende?«, wollte das Mädchen vorsichtig wissen.

»Zum Frühstück sind Sie wieder zu Hause«, versprach der junge Mann im Kassenhäuschen und strahlte die beiden Besucher an, als freue er sich von Herzen darauf, die Nacht im Kino für die beiden durchzuarbeiten.

Sichtlich zufrieden erkundigte sich die junge Frau noch nach Popcorn und zwei Limos.

Der Kopf des Kassierers fuhr zur Popcornmaschine herum, die offenbar noch nicht einmal eingeschaltet war. Schnell entschuldigte er sich und versprach, den Herrschaften das Gewünschte gleich an die Plätze zu bringen. Gerade wollte er aufspringen, als eine Gruppe lachender Frauen von draußen ins Foyer trat. Sie hatten wohl schon mit dem ein oder anderen Glas Prosecco angestoßen. Ein wenig albern fragten sie nach dem heutigen Programm und kauften ihre Karten. Ob sie auch noch Getränke bekommen könnten?

Die nächsten fünfzehn Minuten hatte der junge Mann alle Hände voll zu tun, denn auf wunderbare Weise füllte sich das kleine Kino mit immer mehr Leuten, die heute ebenfalls bei der Christmas-Night dabei sein wollten.

Maria beobachtete, wie der junge Mann zwischen Popcornmaschine, Kassenhäuschen und der Kühltheke für die Getränke hin und her eilte, wobei sein Gesicht mit jedem neuen Besucher zwischen Verwunderung und Glückseligkeit hin- und herwankte.

»So viele waren seit Ewigkeiten nicht mehr hier«, keuchte er Maria zu, als er mit einer Kiste Cola an ihr vorbeieilte.

Punkt acht Uhr verschwand er dann hinter einer unscheinbaren Tür. Kurz darauf ging im Saal das Licht aus, rauschend öffnete sich der Vorhang, und die obligate Werbung begann.

Kurz darauf trat der junge Mann wieder zurück ins Foyer.

»Ich dachte, Sie haben kaum Besucher?«, erkundigte Maria sich bei ihm.

Mit einem Blick, als könne er es nicht fassen, schaute er zur jetzt geschlossenen Saaltür, wobei er immer wieder den Kopf schüttelte. »Ich hatte es dem Chef gleich gesagt: So eine Christmas-Night kommt an. Aber er hat gesagt, dass ich spinne. Und jetzt habe ich gerade fast zwanzig Karten verkauft!«

»Ist das viel?«

Er nickte. »Für uns schon.« Sein Gesicht aber verdüsterte sich sogleich. »Nur wird es nicht reichen. Ende des Monats ist Schluss.« Resigniert senkte er den Kopf, nahm den Müllsack hoch und schlurfte zu einer Tür, auf der Notausgang stand. Sicherlich lag dahinter der Hof mit den Abfalltonnen.

Maria eilte ihm nach. »Denken Sie, ich könnte hier im Foyer noch ein wenig sitzen bleiben? Es ist kalt draußen, und ich bin müde vom vielen Laufen. Ginge das?«

Er nickte. »Der Chef kommt heute nicht mehr rein. Erst morgen. Und ich freue mich über ein wenig Gesellschaft. Wird ja nun wirklich eine lange Nacht, wie es scheint.«

Maria bedankte sich und nahm auf einem der Kinostühle im Foyer Platz. Ihr Blick glitt an den Plakaten entlang. Es waren nicht die neusten Filme, die man hier im Kino zeigte. Sie entdeckte sogar ein *Star Wars*-Plakat und eines von *Fluch der Karibik*. Maria lächelte. Die beiden Filme kannte sie noch von früher, als sie mit Tochter Lea im Kino gewesen war. Später ging Lea dann mit ihrem Ben ins Kino.

Der junge Mann kam zurück und setzte sich neben Maria. In der Hand hielt er zwei Becher, aus denen es dampfte. Er reichte ihr einen davon. Maria nahm den Becher und schnupperte. »Glühwein?«

Er lachte. »Nein, das ist selbst gemachter Punsch aus verschiedenen Säften, Kardamom, Nelke und ein wenig Limettensaft.« Er griff in seine Jackentasche und zog eine angebrochene Packung Spekulatius hervor und legte die Packung auf die Armlehne des Kinosessels zwischen ihnen, während epische Musik aus dem Saal drang, um den Beginn des ersten Films anzukündigen. »Dachte mir, Sie können eine Stärkung brauchen.« Maria nickte und probierte den heißen Trunk in ihrer Hand. »Hm, ist der lecker.«

»Ja?« Ein schüchternes Lächeln huschte über sein schmales Gesicht. »Ich könnte den Besuchern um Mitternacht einen Punsch anbieten. Sozusagen auf Kosten des Hauses.«

»Eine ausgezeichnete Idee. Dann kommen die Leute nächstes Mal wieder zu Ihnen.«

»Nur dass es wohl kein nächstes Mal geben wird«, meinte er betrübt.

Sie schwiegen ein wenig, jeder in seine Gedanken versunken. Dann erzählte er von den schönsten, den besten, den lustigsten, gruseligsten und schlechtesten Filmen, die je eine Leinwand berührt hatten.

Indes kam aus dem Kinosaal die wohlbekannte deutsche

Stimme von James Stewart, der als George Bailey am Weihnachtsabend auf einer Brücke seinem Leben ein Ende setzen will, doch ein kleiner dicker Engel namens Clarence rettet ihn auf recht unkonventionelle Art. Gerade wollte Maria sagen, dass dieser Streifen zu ihren Lieblingsfilmen gehört, als sie sah, wie der junge Mann seine Lippen synchron zur Stimme des Schauspielers bewegte. Es wirkte tatsächlich, als würde James Stewart in diesem Moment neben ihr im Foyer sitzen und aus dem Körper eines hageren jungen Mannes sprechen. Der geneigte Kopf, die Mimik, die ganze Körperhaltung, alles schien der Mann zu sein, der in diesem Moment im Saal auf der Leinwand zu sehen war.

Fasziniert beobachtete sie ihn. »Kennen Sie etwa alle Dialoge in dem Film?«

Der junge Mann nickte. »Das passiert irgendwann, wenn man hier arbeitet«, meinte er, als sei es das Selbstverständlichste der Welt.

»Beeindruckend. Und Ihre Haltung … Sie waren plötzlich er.«

Das Kompliment schien ihm ein wenig peinlich zu sein, denn seine Wangen wurden rot. »Ich mache den Job hier seit Jahren und kenne die Filme in- und auswendig.«

»Sind Sie denn Schauspieler oder so etwas?«

»Nein, ich wollte früher mal einer werden. Aber es reichte nur für eine einzige Schulaufführung. Danach war ich von der verrückten Idee kuriert.«

»Das ist schade«, sagte sie leise.

Schweigend schlürften sie den heißen Saft, als Maria aufsah und den jungen Mann genauer musterte. »Wissen Sie, ich denke, niemand sollte seine Träume aufgeben, nur weil es beim ersten Mal nicht so gut lief.«

Er lachte leise, als hätte er diese Worte schon öfter gehört.

»Woran scheiterte es denn damals?«

Sein Gesicht verdüsterte sich bei den Gedanken an die Schulaufführung von damals. Er versuchte die Bilder in seinem Kopf mit der Hand zu verscheuchen. »Die Körpersprache, sagte meine Lehrerin. Ich würde dastehen wie ein Mehlsack.«

»Das hat sie gesagt?«

Er nickte. »Ja, vor der ganzen Klasse.« Ein schiefes Grinsen huschte über sein Gesicht. »Mit all den Pickeln im Gesicht und der Brille, den uncoolen Klamotten und den schiefen Zähnen war ich auch wirklich alles andere als ein Bühnenheld.«

»Charakter braucht keine Schönheit«, sagte Maria fest und wünschte keinen Widerspruch. Sie beugte sich zu ihm. »Können Sie denn noch andere Schauspieler nachmachen, so wie den James Stewart eben?«

Erstaunt sah er sie an. »Jetzt? Hier?«

Maria nickte. »Natürlich. Momentan haben Sie doch nichts zu tun, oder?«

»Ich weiß nicht …«

»Doch, tun Sie es, bitte. Sie spielen mir etwas vor, und ich muss raten, aus welchem Film das ist.«

»Kennen Sie sich denn mit Kinofilmen aus?«

Maria überlegte. »Na ja, nicht sonderlich. Ich kenne eher die alten Filme, wie *Casablanca* und so.«

Der junge Mann zuckte lässig mit dem Mundwinkel, als wolle er lächeln. Zog eine imaginäre Zigarette aus einem Etui, schob sie zwischen die Lippen und entzündete sie mit einem unsichtbaren Streichholz. Dabei legte er die Stirn in Falten und blickte Maria aus den tieftraurigen Hundeaugen eines Bassets an.

»Bogart? Sind Sie Bogart aus *Casablanca*?«

Humphrey nickte und verschwand.

Begeistert nickte Maria dem unscheinbaren jungen Mann vor sich zu. Für den Bruchteil eines Moments hatte neben ihr tatsächlich Rick alias Humphrey Bogart gesessen, der seine große Liebe Ilsa, in der Gestalt von Ingrid Bergmann, mit dem falschen Mann in ein silberfarbenes Flugzeug steigen ließ, um sie in selbstloser Liebe vor den Nazis zu retten.

»Kennen Sie den?«

Der junge Mann reichte Maria seinen Becher, erhob sich und schien mit einem Mal immer größer zu werden. Dabei ließ er seinen Atem rasseln, keuchte, als plage ihn schwerstes Asthma. Zischend gab er einen Befehl, irgendetwas zu zerstören, was Maria einen Schauder über den Rücken jagte. Angestrengt dachte Maria nach. Die Figur kam ihr bekannt vor, aber es wollte ihr nicht einfallen, wer es sein könnte. »Schwer, sehr schwer«, sinnierte sie, doch sie wollte nicht aufgeben. »Ich weiß!« Maria strahlte ihn an. »Johannes Heesters in *Stirb langsam*!« Beide lachten.

»Nein, eher Darth Vader in Star Wars«, sagte er.

»Beeindruckend!«, rief Maria und nickte dem schlaksigen jungen Mann vor sich anerkennend zu.

»Unglaublich. Ich hatte richtige Angst bekommen.«

Er setzte sich wieder und wollte schon seinen Becher nehmen, um zu trinken, als Maria noch eine Szene forderte. »Bitte! Das macht Spaß.«

Er lächelte. »Na gut.« Dann räusperte er sich, als müsse er sich konzentrieren. Plötzlich ging ein Ruck durch seinen Körper. Er drückte das Kreuz durch, richtete seinen Blick in die Ferne, halb fragend, halb überrascht. Und dann sagte er, dass nur dumme Leute Dummes täten und das Leben eine Pralinenschachtel sei, bei der man nie wisse, was drin ist.

»Oh! Den Film kenne ich!« Maria war ganz begeistert.

»Warten Sie, … wie hieß er nur gleich? Da war dieser eigenartige Typ, der alles konnte und sogar John F. Kennedy kannte. Etwas Philosophisches, glaube ich. Gump! Genau! Forrest Gump. Und der Schauspieler heißt … Jim Hanks?«

»Tom Hanks«, korrigierte er sie milde.

Da fiel Maria auf, dass sie sich noch gar nicht vorgestellt hatten. Sie reichte ihm ihre Hand. »Ich heiße übrigens Maria. Und wie heißen Sie?«

»Ich?« Ungläubig sah er sie an, zögerte. »Eigentlich will niemand wissen, wer ich bin. Die meisten Leute bemerken nicht einmal, dass es mich gibt.«

»Das kann ich mir nicht vorstellen«, widersprach Maria. »Wer Sie kennt, der trifft Rick in Casablanca, Forrest Gump und diesen gruseligen Asthmatiker und all die anderen … Also, wie heißen Sie?«

»Marvin.« Er reichte ihr seine verschwitzte Hand.

»Sie müssen der beliebteste Gast auf allen Partys in der Stadt sein«, vermutete Maria begeistert, doch Marvin schüttelte nur den Kopf. »Natürlich!«, beharrte sie. »Ihr Talent ist unglaublich.« Sie bemerkte, dass seine Wangen erneut rot wurden. »Haben Sie schon einmal darüber nachgedacht, es doch noch einmal mit dem Schauspielern zu versuchen?«

Er schüttelte den Kopf. »Ich könnte nicht noch einmal vor Publikum auftreten.«

»Aber ich bin doch Ihr Publikum.«

»Das ist etwas anderes. Sie sind nett, Maria.«

Lange schaute sie ihn an. Sie dachte daran, wie furchtbar es für Marvin sein musste, dass dieser Ort, der ihm ganz offensichtlich am Herzen lag, im kommenden Jahr seine Türen schließen würde. Was hatte er dann noch? Da durchzuckte Maria eine Idee … »Sie sollten überlegen, ob Sie Ihr außergewöhnliches Talent nicht für dieses Kino nutzen könnten.«

Er nahm einen Schluck aus seinem Becher. »Wie soll das gehen? Das Kino schließt bald.«

»Aber noch sind die Türen offen, Marvin. Laden Sie zu einem Kinoquiz ein. Lassen Sie die Leute raten, aus welchem Film Sie ihnen etwas vorführen. Der Gewinner bekommt eine Tüte Popcorn. Sie haben nichts zu verlieren. Nur zu gewinnen.«

Er lachte. »Ich kann nicht vor Fremden etwas … Nein, das kann ich nicht.«

»Oh doch! Sie sind begnadet.« Sie legte ihre Hand auf seinen Arm und sah ihn lächelnd an. »Wann immer Sie vor fremden Leuten stehen und sich in die ganz Großen des Films verwandeln, stellen Sie sich vor, ich säße in der ersten Reihe und Sie spielten nur für mich.« Zufrieden bemerkte sie in seinen Augen ein kurzes Aufleuchten. »Einen Versuch wäre es doch wert, oder?«

Zögerlich nickte er. »Na ja, vielleicht könnte ich ein Schild ins Fenster hängen«, überlegte er. Er nestelte an seinem mittlerweile leeren Becher. »Ich hätte auch noch einige andere Ideen für das Kino. Kindernachmittage und ein Kinodinner, passend zum Film, oder eine Themenwoche mit Dokumentationen oder eine Open-Air-Kinonacht drüben auf dem Marktplatz. Natürlich im Sommer.« Er schluckte. »Der Chef aber will von meinen Ideen nichts wissen.«

»Dann machen Sie es eben selbst. Kaufen Sie das Kino. Oder ist es zu teuer?«

»Ich?« Der Gedanke schien ihm noch nicht gekommen zu sein. »Dafür brauche ich Geld.«

»Kennen Sie niemanden, der Ihnen helfen könnte?«

Er druckste herum. »Na ja, es gibt einen Kulturverein in der Stadt. Die waren total verärgert, als sie hörten, dass der Chef das Kino zumachen will. Vielleicht …« Er stockte kurz, als wäre er selbst überrascht von seinen Gedanken. »Vielleicht könnte ich die mal fragen, ob … Ich könnte auch Jahreskarten verkaufen. Und Geschenkgutscheine. Denken Sie, dass die Leute das mögen würden?«

Maria strahlte ihn an. »All das sollten Sie tun, Marvin. Und lassen Sie sich niemals wieder erzählen, Sie seien ein Mehlsack. Verstanden?«

Marvin nickte mit einem breiten Lächeln. »Versprochen.«

Da bemerkte er, dass die Saaltür eigenartigerweise offen stand. »Ich sehe mal nach dem Rechten«, murmelte er und erhob sich stirnrunzelnd, um die Tür zu schließen.

Er sah nicht den Engel, der dort stand und kopfschüttelnd zu Maria herüberblickte, als könne er nicht begreifen, was er da gerade gesehen hatte.

Langsam kam Georg auf Maria zu. »Haben Sie es etwa schon wieder getan?«

Maria wartete, bis Marvin im Saal verschwunden war.

»Was denn?«, fragte sie spitz.

»Sie haben schon wieder Schicksal gespielt.«

»Habe ich nicht.«

»Haben Sie doch! Der arme Kerl glaubt jetzt, er könnte ein Kino leiten. Das ist doch Unsinn! Der schlaffe Typ doch nicht!«

»Vorurteile, Georg. Alles nur Vorurteile. Man weiß nie, was ein Mensch kann, bevor man es ihm nicht zutraut. Außerdem wäre es ein Verbrechen, wenn man Gutes tun kann, es aber nicht tut.«

Das schien Georg nicht zu überzeugen.

Ein wenig gereizt wollte sie von dem Engel wissen, ob er denn nun genug vom Kino gesehen hätte. Sie hatte ihren Plan, die Polizei um Hilfe zu bitten, noch nicht aufgegeben.

Georg druckste herum. »Eigentlich gefällt es mir hier recht gut. Könnten wir nicht bleiben, bis die Filme zu Ende sind?«

»Bis morgen früh? Hier?«

Er nickte. »Die Stühle sind ziemlich bequem. Man kann die Armlehnen hochklappen und sich sogar hinlegen. Fast so gemütlich wie im Krankenhaus.«

Maria schaute durch die Glastür in die nächtliche Dunkelheit hinaus. Nein, sie hatte auch keine Lust, wieder in die Kälte hinauszugehen. Seufzend gab sie nach. »Also gut, aber nur wenn Marvin nichts dagegen hat.«

Hatte er nicht. Und so saßen Maria und ihr Engel bald darauf in Reihe vierzehn auf den Sesseln sieben und acht, knabberten Popcorn und schauten die schönsten Weihnachtsgeschichten, die das Leben zu bieten hatte. Ab und an glaubte Maria gesehen zu haben, wie Georg eine kleine Engelsträne verstohlen aus seinem Gesicht wischte.

Kapitel 11

Es war mittlerweile dunkel geworden. Die Kegel der Scheinwerfer tasteten sich über die Landstraße, die in mäandernden Kurven durch den Wald führte.

Enttäuscht hatten sie sich auf den Weg zurück nach Hamburg gemacht. Ihre Suche war erfolglos geblieben, was Anna traurig machte. Wenigstens hatte die Polizei kurz vor Einbrechen der Dämmerung angefangen, Maria Lindhorst zu suchen, weil sie noch immer nicht ins Heim zurückgekehrt war. Bestimmt hatte die Fellbacher-Greulich den Beamten etwas von »hilfsbedürftig« und »Medikamenten« erzählt. Und zum ersten Mal war Anna ihrer Chefin dankbar, denn die Sorge um die alte Dame lag Anna schwer auf dem Magen.

An einer Tankstelle in einem Dorf hatten Ben und sie sich nur ein paar Snacks statt eines Abendessens gekauft, weil Ben schnell zurück nach Hamburg wollte, um dort den letzten Flieger nach München zu erwischen.

Und so fuhren sie Richtung Norden, wo Ben früher einmal glücklich gewesen war. Er erzählte von seinem letzten Urlaub mit den Kindern und seiner Verlobten. Sie waren an die Nordsee gefahren und hatten in einem Reetdachhäuschen gleich hinterm Deich gewohnt. Er hatte den Kindern Seeräubergeschichten erzählt und aus Stöcken kleine Boote gebaut, die sie im Wasser schwimmen ließen. Ganz so, wie sein Großvater es früher mit ihm auch gemacht hatte. Die

Kinder wollten gar nicht mehr nach Hause, so gut habe ihnen die Zeit am Meer gefallen. Seine Tochter Frieda hatte gemeint, man könne das kleine Haus doch kaufen. Ben lachte. »Ich bin nicht so der spontane Typ.« Außerdem hätte es Yvette hinterm Deich nicht gefallen. Sie meinte, es sei ihr zu ruhig gewesen.

Anna spürte auf einmal einen feinen Stich in ihrem Herzen, als der Name dieser Frau fiel. Schnell schob sie den Gedanken beiseite und hörte stattdessen weiter zu, wie er von seinen Kindern Max und Frieda sprach.

Anna erzählte von Studienrätin Pinsberger und all den anderen, teils recht schrägen Herrschaften im Seniorenheim, als Bens Handy plötzlich erneut klingelte.

Ben seufzte. Er drückte auf den Knopf für die Freisprechanlage, und Anna hörte zum ersten Mal Friedas Stimme.

»Papi! Mister Clarence sagt, Yvettes Kekse schmecken überhaupt nicht! Und der Max hat schon wieder gesagt, dass es das Christkind gar nicht gibt und dass der Weihnachtsmann vom letzten Jahr Onkel Siegbert war! Wann kommst du nach Hause, Papi?«

Anna sah Ben lächeln, als er die aufgeregte Stimme seiner Tochter hörte. Er versprach, nach seiner Rückkehr all ihre Fragen zu beantworten. Außerdem würde er ihr und Mister Clarence etwas Schönes vom Flughafen mitbringen. Sein Sohn Max hingegen war da schon schwerer zufriedenzustellen. »Wann kommst du endlich nach Hause, Papa?«

»Ich bin bereits auf dem Rückweg und versuche, den letzten Flieger ab Hamburg zu erreichen. Wenn ihr morgen aufsteht, bin ich schon da.«

»Hast du die Oma gefunden?«

»Leider nicht, Max.« Im Hintergrund wollte Frieda wissen, ob es die Oma mit dem kratzigen Pulli sei.

»Nein, das ist Yvettes Mama Caro«, erklärte Max seiner Schwester. »Oma Maria ist …« Er zögerte. »Mamas Mama. Die Oma, die so gut riecht und so schöne Märchen erzählen kann. Aber du bist zu klein, kannst dich nicht mehr an Mamas Mama erinnern.«

»Ich bin überhaupt gar nicht klein«, schimpfte seine Schwester, wobei sich ihr hohes Stimmchen überschlug. »Wo hast du die Oma denn verloren, Papa?«

Anna hob die Augenbrauen und sah Ben neugierig an. Als er die Frage nicht beantwortete, fragte Frieda schnell nach, ob er denn die Oma mitbringen würde, wenn er sie wiedergefunden hätte. Ungemütlich rutschte Ben in seinem Sitz hin und her. »Ich werde es mit Yvette besprechen.«

Die Kinder schienen derartige Antworten zu kennen und fragten nicht weiter nach. Ben gab jedem einen fernmündlichen Kuss. »Wir sehen uns morgen. Seid nett zu Yvette«, sagte er zum Abschied. Er legte auf.

Jeder in seinen Gedanken gefangen, fuhren Ben und Anna weiter Richtung Norden.

»Ob es dieses Jahr zu Weihnachten endlich Schnee geben wird?«, fragte Anna irgendwann in die Stille hinein. »Ich finde, Weihnachten ohne Schnee ist wie heiße Schokolade ohne Sahne. Liebst du heiße Schokolade?«

Er nickte, ohne den Blick von der Straße zu lassen.

»Am liebsten vor einem prasselnden Kaminfeuer«, ergänzte Anna.

Jetzt lächelte er wieder. »Ja, so ein Feuer ist irgendwie anders. Irgendwie …« Er suchte das passende Wort.

»Herzenswärmender?«

»Ja, herzenswärmender.«

In diesem Moment tat sich etwas auf dem Display am Armaturenbrett. Wo bisher nur ein paar Symbole zu sehen gewesen waren, um das Radio einzuschalten oder verwirrende Einstellungen für dieses und jenes vorzunehmen, tanzte plötzlich ein kleiner bunter Tannenbaum. Beleuchtet und mit vielen glitzernden Kugeln drehte er sich munter im Kreis.

»Was ist denn das?« Ben kräuselte die Stirn.

»Vielleicht ein Gruß von der Autovermietung zum Weihnachtsfest?«, vermutete Anna lächelnd.

Das lustige Bäumchen drehte sich fröhlich weiter und sandte Glitzerwölkchen über den Bildschirm. Anders als Anna, die das ganz niedlich fand, schien es Ben nervös zu machen.

»Wo macht man das denn wieder aus?«, fragte er und tippte auf dem Display herum, ohne den Blick von der Straße zu lassen, doch nichts tat sich. Im Gegenteil. Jetzt schien das Bäumchen auch noch leise vor sich hin zu summen.

»Soll ich es mal versuchen?«

»Ja, bitte.«

Doch auch Anna hatte kein Glück. Nach einigen Minuten gab sie auf. »Ich befürchte, wir werden damit leben müssen.«

Er seufzte. »Na, gut. Ich finde es nur recht eigenartig.«

Da bemerkte Anna Schneeflocken, die im Schein der Lichtkegel vor ihnen tanzten.

»Schau!«, rief sie aus. »Ich glaube, mein Wunsch wurde erhört.« Sie klatschte in die Hände. »Wie wunderbar!«

»Auch das noch«, stöhnte Ben leise, doch Anna war der Schnee ganz recht. Weihnachten ohne Schnee, das hatte es in ihrem Leben zu oft gegeben. Immer mehr Flocken fielen vom Himmel, legten sich auf die Frontscheibe, trieben über der Straße ihr Spiel.

»Ob es zu Hause auch schneit?« Zufrieden kuschelte Anna sich in den weichen Sitz des Wagens und blickte in die schneetanzende Dunkelheit, aus der ab und an das Stubenlicht eines Hauses blitzte, an dem sie vorbeifuhren. Die Flocken wurden mehr und mehr. Schon gingen die Scheibenwischer über die Windschutzscheibe.

Eigentlich hätte sie ein schlechtes Gewissen haben müssen, weil sie hier war, statt im Seniorenheim. Doch mit Ben durch die Nacht zu fahren, fühlte sich beruhigend an. Vielleicht lag es am monotonen Brummen des Motors oder am lustigen Weihnachtsbäumchen, vielleicht aber auch am Fahrer.

»Was hätten wir getan, wenn sie im Ferienhaus gewesen wäre?«, fragte Anna unvermittelt. »Ich meine, wir hätten sie ja schlecht an den Haaren zurück ins Heim zerren können.«

»Nein. Aber sie war ja nicht da.«

»Stimmt«, sagte Anna leise. »Ich hoffe so sehr, dass es ihr gut geht und sie irgendwo im Warmen ist.« Das sanfte Schneegestöber wurde heftiger, und Anna meinte bereits hier und da ein Fleckchen entdeckt zu haben, wo eine zauberhafte Flockenschicht den Boden bedeckte. »Wo mag sie nur sein? Wir können doch nicht einfach aufhören, sie zu suchen«, sprach Anna ihre Gedanken laut aus.

»Wenn ich wüsste, wo wir noch suchen sollen, würde ich es tun. Mit fällt aber nichts mehr ein«, gestand Ben. »Darum ist es vernünftiger, hier abzubrechen. Es war eine dumme Idee, es selbst zu versuchen.«

»Wir werden erst spät am Abend in Hamburg ankommen«, gab Anna zu bedenken. »Was ist, wenn du den Flieger verpasst?«

»Nun, dann werde ich mir ein Hotelzimmer nehmen.«

Plötzlich ging ein Ruckeln durch den Wagen, als hätte der Wagen Schluckauf. Eine Lampe hinter dem Lenkrad leuchtete hektisch rot auf. Irritiert blickte Ben auf das Display.

Anna setzte sich auf. »Was ist los?«

»Ich weiß nicht. Hier blinkt ein Symbol auf, mit dem ich nichts anfangen kann. Ich fahre normalerweise einen alten Ford mit Gangschaltung. Mercedes ist nicht so die Preisklasse eines Juniorprofessors.« Er klopfte mit dem Knöchel seines Zeigefingers an das Display. »Aber Yvette meinte, die Autovermietung hätte nur noch den Mercedes gehabt.«

Anna öffnete das Handschuhfach und zog das Handbuch heraus. Während sie darin blätterte, fragte sie ihn, was das für ein Symbol sei.

»Es könnten zwei sich kreuzende Knochen sein oder …«, er neigte den Kopf ein wenig vor, »eine magere Schneeflocke.«

»Brille?«

»Liegt hinten in meiner Reisetasche.« Er schaute wieder auf die Straße. »Ich suche einen Platz zum Anhalten.«

Anna entdeckte im Handbuch ein Symbol, das gefährlich nach jenem Rotblinkenden auf dem Display aussah. »Hier steht, dass angehalten werden soll und der Service informiert werden müsse.« Sie zitierte die Stelle. »Suchen Sie umgehend die nächste Werkstatt auf.«

Ben wurde eine Spur blasser. »Das klingt nicht gut.« Vorsichtig ließ er den Wagen ausrollen, während er Ausschau nach einem Parkplatz hielt.

»Da!«, rief Anna und zeigte auf einen Feldweg zwischen einem Tannenwald und einer Wiese. Ben rollte hinein. Einige Meter weiter stoppte er den Wagen und schaltete den Motor aus. Stille umfing sie.

»Und nun?«, wollte Anna wissen. »Das letzte Dorf liegt Kilometer hinter uns.«

Er zuckte mit den Achseln. »Am besten rufen wir den ADAC an«, meinte er. »Die könnten uns zur nächsten

Werkstatt schleppen. Vielleicht gibt es dort auch ein Gasthaus oder ein Hotel. Ich befürchte nämlich, dass wir es heute nicht mehr bis Hamburg schaffen werden.«

Anna unterdrückte ein Lächeln. Wenn sie sich nicht so sehr um Maria Lindhorst sorgen würde, wäre sie zutiefst erfreut über diese Wendung ihrer Heimfahrt. Was erwartete sie schon in Hamburg?

Schweigend schauten sie zur Wiese auf ihrer linken Seite. Die schneeüberpuderte Weite lag an einem Hang und offenbarte einen Blick in ein Tal, wo die Lichter einiger Häuser zu sehen waren.

Tanzende Flocken legten sich auf die Windschutzscheibe des Mercedes. Man konnte genau die Formen und Strahlen einer jeden Flocke erkennen.

»Sind sie nicht wunderschön? Keine gleicht der anderen«, sinnierte Anna. »Eine zufällige Schönheit, jede einzelne von ihnen.«

Doch Ben widersprach. »Alles Leben auf der Erde formt sich nach den Prinzipien der Mathematik. Schneeflocken genauso wie die Streifen eines Zebras. Nichts ist zufällig, auch wenn es so wirkt.«

Verwirrt schaute Anna ihn an. »Zebrastreifen?«

»Ja, auch. Die sechszählige Symmetrie einer Schneeflocke zum Beispiel hat ihre Form sozusagen vom Kristallgitter des Wassers geerbt. Erst physikalische Faktoren wie Temperatur und Übersättigung der Luft mit Wasserdampf legen die scheinbar veränderte Gestalt der Kristalle fest. Und das Zebra …«

»Allerdings funktioniert der Zauber der Schönheit nur dann, wenn man ihn nicht erklärt, sondern genießt«, gab Anna zu bedenken.

Schweigend schauten sie den einzelnen Sternen auf der Windschutzscheibe zu, wie sie kamen und vergingen, um von neuen, noch schöneren Flocken ersetzt zu werden, die aus dem Himmel fielen.

»Ja«, sagte da Ben leise. »Es ist schön.«

Ben griff nach seinem Handy, entsperrte es und tippte eine Nummer ein. Er hielt das Telefon an sein Ohr. Dann aber runzelte er die Stirn, schaute aufs Display und schüttelte den Kopf. »Funkloch. Ich versuche es von draußen.« Er öffnete die Fahrertür. Sogleich strömte eisige Winterluft herein und ließ Anna frösteln. Sie beobachtete Ben, wie er einige Schritte vom Wagen entfernt noch einmal versuchte, ein Netz zu finden.

Wenn er jetzt den ADAC erreichte, dann wäre ihre kleine Abenteuerreise vorbei. In Hamburg warteten das Seniorenheim und ihre Einsamkeit auf sie. Viel lieber wäre sie noch ein wenig mit Ben durch die Nacht gefahren. Ein kleiner Moment, der ihr gehörte und an den sie sich bestimmt noch lange erinnern würde. Doch gleich würde alles vorbei sein. Wie eine Schneeflocke. Schade.

Da kam Ben zurück. »Keine Chance. Wir sind hier irgendwo in der Pampa.« Er stieg ein. »Hat dein Handy Empfang?«

Anna griff nach ihrem Telefon. Überrascht stellte sie fest, dass der Akku leer war. »Das ist aber eigenartig«, murmelte sie. »Ich könnte schwören, dass es noch halb voll war.« Fragend sah sie Ben an.

»Du hast nicht zufällig ein Ladekabel für so ein altes Ding, oder?« Kurz hielt sie ihm ihr No-Name-Handy entgegen. Er schüttelte den Kopf.

»Ob das Dorf dort unten sehr weit entfernt ist?«, wollte Anna wissen. »Wir könnten hinuntergehen und um Hilfe bitten.«

Er überlegte. »Das ist eine gute Idee, aber ich glaube, es wird Stunden dauern, bevor wir dort sind. Unsere Jacken sind zwar mittlerweile trocken, aber für einen Marsch durch Schneegestöber sind wir nicht warm genug angezogen.«

»Dann müssen wir warten, bis jemand vorbeikommt.«

Er starrte hinaus. »Das kann dauern. Wir sind seit Ewigkeiten keinem Wagen begegnet.«

»Auch wahr.« Da beugte sie sich ein wenig vor. »Was ist denn das dahinten?« Sie zeigte auf die andere Seite der Wiese. Tatsächlich stand dort etwas Dunkles.

Ben kniff die Augen ein wenig zusammen. »Ein Haus vielleicht?«

»Schauen wir nach«, schlug Anna vor. Schon war sie ausgestiegen, griff nach ihrer Jacke und warf sie über. »Ein Abenteuer!«, rief sie Ben zu. »Zwar nur ein klitzekleines, aber immerhin.«

Zögerlich stieg auch er aus. »Ich weiß nicht recht«, rief er ihr nach. »Das letzte Abenteuer liegt mir noch immer in den Knochen! Und bei dem hattest du auch gesagt, es sei nur ein klitzekleines.«

»Ach, was! Was soll hier schon passieren?« Sie schob das Tor auf.

»Keine Ahnung. Wölfe vielleicht? Entlaufene Sträflinge? Fliegende Rentiere?«

Sie lachte.

»Und wenn dort keiner ist?«, gab er noch einmal zu bedenken. »Das Haus liegt in völliger Dunkelheit.«

Sie nahm seine Hand, als sei es das Selbstverständlichste der Welt. »Lass uns sehen, was uns erwartet. Dann entscheiden wir.« Sie zog ihn mit sich. »Und wenn du Glück hast, dann haben die Leute ein Telefon.« Sie konnte nicht genau verstehen, was er daraufhin murmelte, meinte aber gehört zu haben, wie er sagte, dass das Glück schon immer eine zweischneidige Angelegenheit gewesen sei.

Kapitel 12

Sie hassen mich, Mama«, schniefte Yvette ins Telefon. Es war bereits nach zehn. Die Kinder lagen endlich im Bett, nachdem der Pizzabote viel zu spät die Bestellung gebracht hatte. Angeblich hätte sie ihm eine falsche Hausnummer genannt. Frechheit! Aber der Disput mit dem Boten passte in den gesamten verkorksten Tag.

Yvette nippte an ihrem dritten Glas Wein. »Ich weiß es. Sie hassen mich.«

»Siehst du das nicht ein wenig zu schwarz?« Die rauchige Stimme in der Leitung gehörte Yvettes Mutter Caro. Einer agilen Endfünfzigerin, die bereits vier Ehen hinter sich hatte und aktuell ihre Witwenschaft genoss, wozu auch eine Kreuzfahrt in die Karibik gehörte, die sie gleich nach dem Fest antreten wollte. Ihre Lebensphilosophie stand im direkten Verhältnis zum Vermögen ihrer jeweiligen Männer. Und sie gab sich große Mühe, ihrer Tochter diese Sicht der Dinge zu vermitteln. Eine Frau, sofern sie nicht über andere herausragende Talente verfügte, habe immer noch die Möglichkeit, ihren Platz in der Gesellschaft an der Seite eines wohlhabenden Mannes zu finden. *Frau* muss es nur klug genug anstellen. Yvette aber fehlte in diesen Dingen das richtige Händchen, wie Caro fand. Darum hatte sie sich ja auch in das Liebesleben ihrer Tochter einmischen müssen. Das Kind hatte ein viel zu gutes Herz.

»Hast du das mit den Keksen versucht?«

»Ja«, jammerte Yvette und nahm einen großen Schluck aus ihrem Glas. »Total verbrannt.«

»Warst du streng, aber liebevoll?«

»Ich denke schon. Ich habe sogar geschimpft, glaube ich.« Das Telefon zwischen Ohr und Schulter geklemmt, goss Yvette sich ein weiteres Mal das Weinglas voll. Jetzt war die Flasche leer. »Ich glaube, es war ein Fehler, Ben und die Kinder nach München zu holen«, schniefte Yvette verdrossen.

»Was redest du für einen Unsinn, Kleines.«

Yvette hörte, wie ihre Mutter sich eine Zigarette anzündete und den Rauch genüsslich hinauspaffte. Sie stellte sich Caro in dem riesigen Wohnzimmer in Bogenhausen vor, wie sie so auf dem weißen Ledersofa lag, den Blick aus dem Panoramafenster hinaus in den Garten richtete, während ein prasselndes Feuer im Kamin brannte. Und sie selbst? Steckte in einer Doppelhaushälfte mit den Kindern ihres Verlobten fest, der sie wegen seiner Ex-Schwiegermutter kurz vor Weihnachten sitzengelassen hatte. Hoffentlich kam er wenigstens rechtzeitig zur Bescherung zurück. Sollte aber wegen der alten Frau ihr Skiurlaub ausfallen, müsste Ben sich ein Donnerwetter anhören! Sie hatte sich doch so auf Tirol gefreut.

Yvette schniefte ein weiteres Mal, während ihre Mutter genau erklärte, warum sie sich keine Sorgen machen müsse.

»Du hast bisher alles richtig gemacht«, lobte sie Yvette. »Eine Fernbeziehung mit deinem Ben wäre gescheitert. Glaube mir. Zudem darfst du nicht vergessen, dass du ihn vielleicht vor Depressionen gerettet hast. Ich meine …«

Yvette hörte abermals, wie Caro den Zigarettenrauch ausatmete. Ihre Mutter legte Wert darauf, auch von der Tochter mit ihrem Vornamen angesprochen zu werden.

»… da oben im Norden, da war er viel zu dicht an seiner Vergangenheit dran, wenn du verstehst, was ich meine. Er musste Abstand gewinnen, um ein neues Leben mit dir beginnen zu können. Außerdem ist das Wetter in Hamburg grauenhaft.«

Yvette nickte. Sie legte großen Wert auf die Ratschläge ihrer Mutter, immerhin hatte diese es im Leben weit gebracht. Ach, dachte Yvette, hätte ich doch mehr von ihrer Art. Aber sie kam wohl eher nach ihrem Vater, der Caros erster Mann gewesen war. Wenigstens war er reich gewesen, hatte ihre Mutter später gesagt, wenn zufällig die Sprache auf ihn kam.

»Männer sind wie Rohdiamanten«, erklärte Caro jetzt. »Du musst ihn nach deiner Façon schleifen. Er darf es nur nicht merken. Das ist sehr, sehr wichtig, hörst du?«

Wieder nickte Yvette und war dankbar für all die Telefonate, die sie führten, wenn sie mal wieder der Zweifel überfiel.

»Hast du ihn wegen eines Hochzeitstermins gefragt?«

»Noch nicht.«

»Aber du willst ihn doch heiraten, oder?« Caros Stimme klang besorgt. »Immerhin seid ihr seit dem Sommer verlobt. Und die Jüngste bist du auch nicht mehr.«

»Mama!«

»Sag nicht Mama zu mir, Kind!«

»Entschuldige. Natürlich, Caro.«

»Also, ist bei euch alles in Ordnung? Ich meine, liebst du deinen Ben?«

»Ben ist ein … sehr … netter Mann«, sagte Yvette mit wenig Überzeugung. Sie selbst hätte sich einen anderen Typ Mann ausgesucht. Aber ihre Mutter meinte damals, er wäre genau der Richtige für ihre Tochter.

»Nett?« Caro lachte. »Das stimmt wohl. Leidenschaftlich scheint er wohl eher nicht zu sein.«

»Oh, er hat viele gute Seiten«, verteidigte Yvette ihn. »Er ist zuverlässig, er lügt nicht, schaut anderen Frauen nicht hinterher und kann sogar kochen … und er ist beruflich erfolgreich, mit Aussichten auf eine Karriere.«

»Genau das macht ihn zum perfekten Ehemann, glaube mir. Spaß kannst du ja beizeiten woanders finden.«

»Also bitte! Caro! So etwas tue ich nicht.«

Ihre Mutter lachte. »Abwarten, Kleines, abwarten. – Wie ist es mit dem neuen Posten als Dekan? Den müsste er doch bald bekommen.«

»Nun, er müsse sich wohl noch gedulden, meinte er. Im neuen Jahr wissen wir mehr.«

»Hm, das gefällt mir nicht. Konntest du herausfinden, wo die Gattin des Senators ihre freie Zeit verbringt? Ich hörte, sie sei sehr sportlich. Wenn der Herr Senator Bens Bewerbung unterstützt, steht dein Verlobter ganz oben auf der Liste.«

»Ja, ich habe mich schon im Fitnessclub angemeldet, wo die Gattin des Senators dreimal die Woche ist.«

Caro seufzte erleichtert. »Gut, hoffen wir, dass es nicht zu spät ist.« Dann wollte sie wissen, wo Ben sich gerade aufhielt.

»Ich weiß es nicht. Er ist nach Hamburg geflogen, um mit der Geschäftsleitung im Heim ein ernstes Wort zu reden. Nehme ich an.« Sie konnte sich ihren Ben nicht wirklich als jemanden vorstellen, der auf den Tisch des Hauses haute, aber sein Wunsch hochzufahren hatte sie derart überrascht, dass sie es ihm nicht mehr hatte ausreden können.

»Hat er sich schon bei dir gemeldet?«, fragte Caro.

»Ja, gleich nachdem er gelandet war.«

»Und hast du ihn regelmäßig angerufen, so wie ich es dir gesagt habe?«

»Ja, zweimal. Er war im Wagen unterwegs und hilft bei der Suche nach seiner Ex-Schwiegermutter.«

Caro seufzte. »Das hatte ich mir schon gedacht.«

»Was?«

»Bens Herz hängt noch immer an seinem alten Leben. Du musst dich mehr anstrengen, Yvette, sonst erreichst du dein Ziel nicht. In welchem Hotel übernachtet er?«

»Keine Ahnung. Als ich ihn das letzte Mal versuchte zu erreichen, war die Leitung unterbrochen.«

Stille in der Leitung. »Du weißt nicht, wo er ist?«, hakte Caro noch einmal nach, als könne sie nicht glauben, was sie eben gehört hatte. »Ruf ihn an. Sofort. Hörst du?!«

Kapitel 13

Was sie in der Dämmerung gesehen hatten, war kein Haus gewesen, sondern nur eine einfache Scheune mit einem Heuboden, auf den eine knarzende Holzleiter führte.

»Und jetzt?«, fragte Anna frierend mit Blick auf all das im Sommer getrocknete Gras. Sie hatte auf ein kleines Häuschen mit Kamin gehofft, auf nette Leute und ein leckeres Abendessen. Ihr Magen knurrte hörbar.

Ben schaute sich um. »Es ist Nacht. Der Wagen hat seinen Geist aufgegeben. Ich fürchte, wir müssen hierbleiben.« Er schaltete die Taschenlampenfunktion seines Handys ein. »Ich gehe zurück und hole ein paar Sachen aus dem Wagen.«

Zitternd stand Anna in der nachtschwarzen Scheune und wartete darauf, dass er zurückkam. Es roch nach getrocknetem Heu und Pferden, nach Holz und einer winterlichen Schneenacht. Irgendwo fiepte es. Mäuse, hoffentlich sind es nur Mäuse, dachte Anna.

Als Ben endlich zurückkam, legte er eine Notfalldecke und die Packung Kekse ins Heu, die sie an der Tankstelle gekauft hatten. »Wir werden nicht verhungern«, versprach er. »Außerdem habe ich dir meinen dicken Pulli mitgebracht. Dachte mir, dass du in deiner Schwesternuniform vielleicht frieren könntest.«

Dankbar nahm Anna den Wollpullover. »Selbst gestrickt?«,

fragte sie, während sie schnell ihre Jacke auszog und den Wollpulli überwarf.

Er lachte. »Ein Weihnachtsgeschenk aus dem letzten Jahr von Yvette. Nein, sie kann nicht stricken. Aber shoppen. Darin ist sie wirklich sehr, sehr gut.« Er lehnte sein Handy auf einen Querbalken in der Nähe, sodass das Taschenlampenlicht den Heuboden einigermaßen erhellte.

Bald nachdem Anna seinen Pullover angezogen hatte, hörte sie auf zu zittern. Sie schnupperte unauffällig am Ärmel. Der Pulli roch nach Ben. Und als könne er ihre Gedanken lesen, drehte er sich lächelnd zu ihr um. »Steht dir gut.«

Sofort wurden ihre Wangen ganz heiß. Schnell sah sie zu Boden. »Wir sollten schauen, ob wir es uns hier einigermaßen gemütlich machen können«, schlug sie hastig vor und begann sich in der Scheune umzusehen. Tatsächlich fand sie in einer Ecke einige Jutesäcke und eine verschlissene Pferdedecke. Stolz kam sie damit zurück. Gemeinsam stopften sie die Säcke mit Heu aus. »Das sind unsere Kissen«, sagte sie.

»Ziemlich kratzig, oder?«

»Weichspüler werden überbewertet. Außerdem sind sie nicht gut für die Umwelt.«

Er reichte ihr die isolierte Notfalldecke. »Ich bin ein Mann«, meinte er nur, als würde das alles erklären. Anna grinste leise vor sich hin. Niedlich.

»So, fertig!« Gemeinsam betrachteten sie die beiden provisorischen Nachtlager im Heu. Das eine links und das andere rechts. »Sieht doch eigentlich recht gemütlich aus«, meinte Anna, und er nickte.

Sie krabbelte unter die Pferdedecke und beobachtete Ben, wie er das Telefon vom Balken nahm und ausschaltete. Sofort umfing sie tiefe Dunkelheit. Anna erschrak.

Anna zog die Pferdedecke bis zur Nasenspitze hoch. Es müffelte. So romantisch die Idee, hier zu übernachten, im ersten Moment auch gewesen sein mochte, so sicher war sie jetzt, dass die Nacht trotz Bens Pulli verdammt kalt werden würde. Sie begann zu zittern.

Deutlich konnte sie durch die Ritzen der Schuppenbretter das Mondlicht sehen. Draußen schneite es immer noch. Ihre Füße wurden immer eisiger, und in den Fingern hatte sie bereits kein Gefühl mehr. Ihre Handschuhe hatte sie im Heim liegen lassen.

Ben war seinerseits über das trockene Gras in sein eigenes Lager gekrabbelt und versuchte, mehr recht als schlecht, die anderen Jutesäcke so über sich zu verteilen, dass sie ihn ein wenig wärmten. »Ich befürchte, es wird sehr kalt heute Nacht«, hörte Anna seine Stimme in der Dunkelheit.

»Ja, sehr kalt.«

»Die Körpertemperatur eines Menschen beträgt 37°C.«

»Ich weiß.«

»Sinkt sie auf 21°C, stirbt man.« Ben räusperte sich. »Also, was ich damit sagen will, ist ... rein logisch betrachtet ... Die Polarforscher machen es auch so ...«

»Was?«

»Also, es handelt sich um Thermoregulation ...«

»Um was?«

»Thermoregulation umfasst alle Mechanismen des menschlichen Körpers zur Aufrechterhaltung einer konstanten Körperkerntemperatur von etwa 37°C. Der Mensch befindet sich in einem ständigen Wärmeaustausch mit seiner Umgebung. Dieser beruht auf mehreren Mechanismen wie Konvektion, also Wärmeaustausch mit Luft oder Wasser, Radiation, also Wärmestrahlung durch elektromagnetische Wellen ...«

»Was genau willst du mir sagen?«, unterbrach Anna ihn, denn Ben trug seinen Vortrag mit immer schnelleren Worten vor. Schon drohten die einzelnen Buchstaben übereinanderzustolpern.

»… Und dann ist da noch die Konduktion«, fuhr er vorsichtig fort. Er räusperte sich. »Also die Wärmeübertragung durch direkten Kontakt.«

»Eine Heizung?«

»Haben wir nicht.«

»Ein Feuer?«

»Nicht empfehlenswert an diesem Ort. Außerdem rauche ich nicht. Habe kein Feuerzeug.«

»Verstehe.« Nein, sie verstand nicht. Jedenfalls nicht so ganz richtig.

»Nun ja, also, ich denke, es wäre besser, wenn wir …«

»Oh«, entfuhr es ihr da, als sie begriff. Sie spürte, wie ihr das Blut erneut in die Wangen schoss. »Ach so.«

»Bitte glaube nicht, dass ich daraus einen Vorteil … also, bestimmt nicht. Ich, ähm, also, dass ist eine rein physikalisch sinnvolle Entscheidung, wenn wir … nun ja, …« Er schluckte. »Also, was ich sagen will, ist …«

Anna setzte sich auf, griff nach der Pferdedecke und dem Heukissen sowie der Isodecke. Dann drapierte sie alles dicht neben Ben. »So?«

»Ja.«

Vorsichtig krabbelten sie in das gemeinsame Bett aus duftendem Heu. Dabei versuchte sie, jede direkte Berührung mit ihm zu vermeiden. Das aber war unmöglich, denn die provisorischen Decken, die sie nun immerhin übereinanderlegen konnten, waren recht schmal. Steif wie Schaufensterpuppen lagen Anna und Ben nebeneinander. Gerade mal ihre Schultern berührten sich.

Durch ein Loch im Dach über ihnen tanzten Flocken herein. Für einen Moment war der Mond am Himmel zu sehen.

Anna fröstelte. Sie würden erfrieren, da war sie mittlerweile sicher. Welch romantische Verschwendung. Sie hatte sich den Abend irgendwie anders vorgestellt.

»So wird das nichts«, riss Ben sie aus ihren trüben Gedanken. »Wir müssen ... also, dichter.« Er drehte sich zu ihr. »Vielleicht sollte ich meinen Arm unter deinen Kopf ...?«

Sie zögerte nicht. »Ja, das könnte helfen.«

Umständlich bugsierte er seinen Arm in die korrekte Position, und sie legte sich hinein. Als ihre Körper sich berührten, wurde ihr sogleich wärmer. Jetzt passte es auch mit den Decken, die sie eng um sich schlangen.

»Besser?«, fragte er leise.

»Ja.«

Mit offenen Augen blickte Anna in die Dunkelheit.

»Moment«, sagte Ben plötzlich, zog seinen Arm zurück, rappelte sich auf, krabbelte über das Heu, hin zu seinem Handy. Als er es wieder zurückstellte, flackerte auf dem Bildschirm eine Kerze. »Nicht warm, aber hübsch«, murmelte er und kroch unter die Pferdedecken, zurück zu Anna. »Und der Akku ist noch halb voll. Das müsste eine Weile reichen.«

Eng lagen Anna und Ben beieinander, während sie zur Kerze hinüberschauten.

»Noch so ein verrücktes Abenteuer mit dir«, sagte er leise.

Es dauerte nicht lange, da hörte Anna seinen gleichmäßigen Atem, spürte, wie sich seine Brust hob und senkte. Sie horchte in die Nacht hinaus. Irgendwo da draußen rief ein Käuzchen, und durch das Loch im Dach konnte sie sehen, dass es aufgehört hatte zu schneien. Der Mond schob sich zwischen den Wolken hindurch und tauchte den Himmel in ein silberfahles Licht. Die Stille umhüllte alles, wie ein sanfter Schleier, der sich auf die Sorgen ihres Lebens legte. Anna lächelte in die Nacht hinaus.

Friede auf Erden und den Menschen ein …

Plötzlich kippte die Kerze auf dem Balken um. Anna zuckte zusammen. Brummend begann das Handy zu vibrieren. Jemand rief Ben an.

Wie konnte das sein? Hatte er nicht gesagt, er hätte hier keinen Empfang? Sie schaute den schlafenden Ben an, der tief in seinen Träumen ruhte, während sein Handy surrte.

Vorsichtig rollte Anna sich aus seinem Arm und kroch zum Handy hinüber, dass sie aus dem Heu fischen musste.

Auf dem Display stand ein Name: Yvette. Dahinter das Bild einer lachenden blonden Frau, die eigentlich recht sympathisch wirkte.

Sollte sie den Anruf annehmen und sagen, dass Ben schlief? Nein, das würde die Dinge komplizierter machen, als sie eh schon waren. Sie starrte auf das Handy in ihrer Hand. Wie kam es nur, dass andere Frauen mehr Glück hatten als sie?

Plötzlich verstummte das Telefon.

Anna zögerte. Er war vergeben. Andererseits war er hier, bei ihr. Diese Gelegenheit würde sie nie wieder haben. *Once in a lifetime*, sozusagen. Sie schaltete das Handy aus und legte es zurück auf den Querbalken. Dann krabbelte sie zurück zu Ben.

Heute war heute, und morgen war morgen. Jetzt würde sie seine Wärme genießen. Um alles Weitere konnte man sich morgen immer noch kümmern. Sie kuschelte sich an ihn, und er seufzte wohlig im Schlaf, wobei er sie wie selbstverständlich dichter zu sich heranzog. Für diese Nacht gehörte er nur ihr.

Draußen schob sich eine Wolke vor den Mond und ließ die

beiden Menschen auf dem Heuboden in schützende Dunkelheit sinken. Anna ließ in diesem Moment keinen Gedanken zu, der ihr unverhofftes Glück jetzt störte, sie schloss ihre Augen und schlief ins Ben Arm gekuschelt ein.

❄

Der nächste Morgen war kristallklar. Und kalt. Vorsichtig robbte Ben zu seinem Handy, steckte es mit eisigen Fingern in seine Jackentasche und schlich leise zur Leiter hinüber.

Er warf einen letzten Blick auf Anna, die selig wie ein Engel unter der Pferdedecke und den Jutesäcken schlief. Eine Haarsträhne war in ihr Gesicht gefallen. Gerne hätte er sie vorsichtig zurückgestrichen, doch er musste unbedingt telefonieren. Das Handy sagte ihm, dass er vier Nachrichten auf der Mailbox hatte. Offenbar hatte er hier oben doch noch Empfang, zumindest zeitweise. Ben ahnte, dass die Nachrichten von Yvette sein mussten. Bestimmt machte sie sich Sorgen. Er hätte den einen Anruf nicht wegdrücken sollen. Das Donnerwetter, welches gleich über ihn hereinbrechen würde, würde biblische Ausmaße haben, da war er sicher. Und seine Verlobte hätte alles Recht der Welt dazu, denn er hatte sich nicht wie ein vernünftiger Mann benommen, sondern war wie ein Getriebener nach Hamburg aufgebrochen, unverzeihlich war das.

Aber, so fragte sich Ben, war es wirklich so schlimm, ein einziges Mal nicht an die Konsequenzen zu denken? Gestern Nacht jedenfalls hatte es sich richtig angefühlt. Umso schlechter fühlte er sich jetzt.

Zudem hatte sein blinder Aktionismus bisher nichts ergeben. Sie hatten Maria nicht gefunden. Hoffentlich war Leas Mutter mittlerweile wohlbehalten wieder aufgetaucht.

Sicherlich würde sich schon bald alles aufklären lassen, und die Sorge um Maria war völlig unbegründet gewesen. Eines Tages würden sie alle über die Angelegenheit lachen.

Er trat hinaus in den weißen Morgen. Der Atem gefror vor seinem Gesicht, als er die winterliche Schönheit betrachtete. Auf den Zweigen der Tannen lagen Mützen aus Schnee. Die tags zuvor noch matschige Wiese war nun unter silbergrauem klarem Himmel von einer dicken weißen Schneedecke verhüllt. Im Tal kroch Rauch aus den Schornsteinen der Häuser. Von irgendwo kam das Tuckern eines Treckers bei der Arbeit.

Ben ging durch den frisch gefallenen Schnee. Knirschend hinterließen seine Schuhe die ersten Spuren darin. Er erinnerte sich an seine Kindheit, als er Buchstaben im unberührten Schnee hinterließ, um den Engeln im Himmel eine Nachricht zukommen zu lassen. Ben dachte an die Rodelfahrten mit seinem besten Freund Jens und an die eiskalten Füße, wenn sie vom Schlittschuhlaufen zurückkamen. Und an die heiße Schokolade, die seine Oma ihnen dann immer gemacht hatte.

Mit einem Lächeln im Gesicht entfernte Ben sich von der Scheune, um zu telefonieren. Er wollte Anna nicht wecken.

Er dachte an den gestrigen Tag. Die Fahrt mit ihr war auf eine ungewohnte Art friedvoll gewesen. So anders als sonst, wenn er mit der Familie unterwegs war. Immer wieder hatte er Anna während der Fahrt aus den Augenwinkeln angeschaut, beobachtet, wie sie lachte und dabei ihre Haarsträhne hinters Ohr strich, als sei ihr das eigene Lachen ein wenig peinlich. Sie mochte die gleichen Kinofilme wie er und liebte kleine, freche Freiheiten, die sie sich manchmal gönne, wie sie sagte. Sie war da eindeutig mutiger als er. Einmal hatte sie in der Schlange an der Supermarktkasse angefangen zu singen. Einfach so, weil ihr die Leute so traurig erschienen waren. Er selbst wäre niemals auf den Gedanken gekommen, sich so gehen zu lassen. Aber bei ihr fand er es natürlich. Sie lachte gerne. Das gefiel ihm.

Und ihre kleinen Katastrophen! Wie wunderschön er selbst diese fand. So musste er sich nicht mehr wegen all der peinlichen Vorkommnisse in seinem Leben schämen. Sie lachte all die Blamagen einfach weg. Das wollte er auch können.

Mit jedem Schritt aber, den Ben die Scheune hinter sich ließ, drängte sich das schlechte Gewissen weiter in seinen Kopf. Jetzt musste er erst einmal Yvette anrufen. Mit einem Seufzen tippte er die Nummer ein und machte sich auf ein heftiges Donnerwetter gefasst. Den Rücken durchgedrückt horchte er auf das Läuten.

Wehmütig spürte er, wie der Friede der letzten Nacht in seiner Seele verblasste und zwischen jedem einzelnen Läuten der Alltag wieder das Regiment übernahm.

Da entdeckte er einen Trecker, der den Weg am Wald entlangrollte. Es musste jener sein, dessen Tuckern er eben noch in der Ferne gehört hatte. Vor dem blauen Mercedes hielt der Bauer das knatternde Ungetüm an. Ben winkte dem Mann zu. Vielleicht würde er sie mit ins nächste Dorf schleppen oder zur nächsten Werkstatt oder zur nächsten warmen Gaststube. »Hallo! Hier! Warten Sie! Das ist mein Wagen! Ich komme!«, rief er dem Bauern zu.

In diesem Moment hörte er Yvettes Stimme aus dem Handy kommen: »Wo bist du, Ben?«

Er riss das Handy an sein Ohr, während er über die Wiese eilte. »Kann jetzt nicht! Erkläre alles später«, schnaufte er nur und drückte das Gespräch im Laufen weg.

Stolpernd und zugleich winkend lief er über die Wiese.

Endlich hatte der Mann in der schweren Cordhose und mit der gefütterten Winterjacke ihn entdeckt. Der Bauer schob seine Wollmütze ein wenig nach hinten und kratzte seinen Kopf.

Keuchend erreichte Ben den Holzzaun. Jetzt rächte es sich, dass er sich dem täglichen Joggen Yvettes nie angeschlossen hatte.

»Ihr Auto?«, wollte der Bauer wissen, als Ben das Gatter zum Weg erreicht hatte.

Außer Atem nickte Ben, unfähig, ein Wort zu sagen. Dabei musste er seine Hände auf den Oberschenkeln abstützen, um wieder Luft zu bekommen. »Einfach … stehen geblieben.«

»Benzin?«

Bens Kopf fuhr hoch. »Nein! Natürlich nicht!«

»Hätte ja sein können, dass die werte Frau Gemahlin gefahren ist«, entgegnete der Mann und nickte zu einem Punkt hinter Ben. Der drehte sich um und entdeckte Anna, die über die Wiese kam. Der Wind spielte mit ihrem dunklen Haar.

Sie winkte ihm zu, und er winkte zurück.

Ben riss den Blick von Anna und wandte sich an den Bauern. »Könnten Sie uns zur nächsten Werkstatt bringen?«

Der Mann nickte gemächlich. »Ist aber heute zu, die Werkstatt. Sonntag, wissen Sie.«

»Guten Morgen!«, rief Anna ihnen bestens gelaunt zu.

Mit keinem Wort beschwerte sie sich über die spartanische Unterkunft der letzten Nacht. Kein Vorwurf kam über ihre Lippen, dass er nicht in der Lage gewesen war, den Wagen selbst zu reparieren. Stattdessen lächelte sie ihn an, als käme sie geduscht und wohl ausgeruht in den Frühstücksraum eines guten Hotels.

Ben hielt sich mit dem Wunsch zurück, ihr einen Kuss auf

die Wange zu geben, einfach nur dafür, dass sie ihm an nichts die Schuld gab.

Eine Viertelstunde später saßen sie im ausgekühlten Wagen und rollten dem Trecker an einem Abschleppseil hinterher. Der Bauer hatte sie zum Frühstück zu sich nach Hause eingeladen, damit sie sich aufwärmen könnten.

Stumm blickten Anna und Ben durch die beschlagene Windschutzscheibe. Da spürte Ben, wie sich Annas kalte Hand auf seine legte, die nicht minder kalt war. Er schluckte. »Ich bin vergeben«, sagte er leise.

»Ich weiß. Das sagtest du gestern. Trotzdem war es ein schöner Tag und eine schöne Nacht. Ich möchte dir dafür danken.«

Er schaute sie an, und die Traurigkeit eines langen Abschieds überfiel ihn. Er legte seine Hand auf ihre. »Vielleicht in einem anderen Leben.«

»Vielleicht.«

Kapitel 14

So gemütlich, wie Georg vermutet hatte, waren die Kinosessel leider doch nicht gewesen. Marias Nacken schmerzte, und im Rücken knackte es gefährlich, als sie sich aufsetzte. Sie war irgendwann eingeschlafen. Im Sessel in der Reihe vor ihr saß der Engel und starrte die Leinwand an, wo gerade der Abspann von der *Schneekönigin* lief. Ein wunderschöner Märchenfilm, in dem die Liebe über Herzenskälte siegt.

»Haben Sie gar nicht geschlafen?«, wollte Maria von ihm wissen, während sie sich mit schmerzverzerrtem Gesicht reckte.

»Engel schlafen nicht oft. Außerdem musste ich das Ding hier im Blick behalten.« Er hielt das Glitzerhandy in die Luft.

»Hat es noch immer nicht geklingelt?«

Er drehte sich zu ihr um. Eine Augenbraue hochgezogen, stellte er wortlos die eine Frage.

»Natürlich, stimmt, entschuldigen Sie. Wenn es so wäre, säße ich wohl nicht mehr hier.«

»Richtig.«

»Dann würden mir meine Knochen aber auch nicht mehr so wehtun«, gab sie zu bedenken. »Haben Ihnen die Filme gefallen, Georg?« Sie erhob sich und reckte ein wenig den Rücken. Natürlich würde sie ihm nicht sagen, dass sie deutlich gehört hatte, wie der Engel bei der einen oder anderen

Szene geschnieft hatte. Doch können Engel tatsächlich weinen?

»Welcher Film war für Sie der schönste?«

Georg sagte nichts, starrte nur vor sich hin.

Ob er noch geantwortet hätte, wusste Maria nicht, denn in diesem Moment kam Marvin in den mittlerweile leeren Saal. Das Pärchen hatte als Letzte das Kino schon vor einer Stunde verlassen. Maria sah, dass Marvin eine große weiße Papiertüte in Händen hielt, als er auf sie zukam.

»Habe uns etwas zum Frühstück geholt.« Er tippelte in eine der hinteren Reihen, wo zwischen den Sesseln kleine Tischchen mit roten Plüschlampen samt Bommeln standen. Die Logen.

»Ich dachte mir, dass Sie eher der Kaffeetyp sein könnten als ein Teemensch!«, rief er ihr zu und nahm zwei Pappbecher aus der Tüte.

Steif ging Maria zu ihm und nahm an dem Tischchen Platz, welches er für sie spartanisch eindeckte. Der Geruch starken Kaffees zog in ihre Nase. Tief sog sie die Würze in sich hinein. »Oh, wie recht Sie haben, Marvin!«

Sie dachte an den dünnen Blümchenkaffee im Seniorenheim, den man den Alten verabreichte, damit deren Blutdruck nicht unnötig belastet würde. Noch so ein überfürsorglicher Unsinn!

Sie fummelte den Plastikdeckel vom Pappbecher, nahm den Kaffee in beide Hände und schnupperte. »Hmm, riecht das himmlisch.«

Ihr Blick fiel auf Georg, der noch immer auf die Leinwand starrte, welche nun mittlerweile weiß war. Die Lichtgestalten der Filme waren verschwunden, doch Georg schien sie noch immer zu sehen.

Marvin biss in ein süßes Gebäck, aus dem Vanillepudding

herausquoll. »Wie wollen Sie denn jetzt nach München kommen?«, fragte er mit vollem Mund.

Maria wusste es nicht. Morgen war Weihnachten, und sie hatte noch nicht einmal die Hälfte des Weges geschafft.

Da sprang Georg auf und drehte sich zu ihr um. Maria zuckte zusammen.

»Draußen in der Gasse steht so ein lächerlicher Motorroller«, rief er. »Diese Dinger, mit denen sie in Rom umherkutschieren. Der fiel mir gleich auf, als wir gestern hier angekommen sind. Damit kommen wir zwar nicht bis nach München, aber wenigstens zur Autobahn. Von dort aus geht es dann per Anhalter weiter.« Er schien Feuer und Flamme für seine Idee zu sein. »Wir klauen das Ding, und ab geht die Post!«

Unmerklich schüttelte Maria den Kopf.

Über den Rand ihres Pappbechers beobachtete sie Marvin. »Wissen Sie zufällig, wem der Motorroller vor der Tür gehört?«

Der junge Mann nickte, während seine Zunge über den mit Puderzucker verschmierten Mund ging. Er schob seine rutschende Brille hoch. Jetzt schmückte eines der Brillengläser ein Puderzuckerfleck. »Klar, ist meiner.«

»Könnten Sie mich damit zur nächsten Autobahnraststätte bringen? Von dort komme ich per Anhalter bestimmt weiter.«

Marvin nahm einen großen Schluck aus seinem Becher. »Nein, geht leider nicht.« Er erklärte, dass sich der Chef angekündigt hätte. »Und ich habe die ganze Nacht nachgedacht, Maria.«

»Worüber?«

»Ob ich das mit dem Kino machen soll.«

»Und?«, wollte sie voll Neugier wissen.

Er strahlte sie an. »Kann es ja mal versuchen. Die Räumlichkeiten sind ja nur gepachtet. Und für die Technik und all das kann der Chef mir ja eigentlich nicht so viel abknöpfen, oder?« Er biss noch einmal von seinem Gebäck ab. Puderzucker rieselte wie Schnee auf seine Jeans. »Wissen Sie, Maria, ich denke, ich fange mit den Klassikern an, die die Leute lieben.« Er kaute. »Dann mache ich weiter mit den modernen Klassikern, wie *Matrix* Teil drei, zum Beispiel.« Er kräuselte die Stirn. »Oder noch besser *Spiderman* oder die *Avengers*. – Was denken Sie?«

»Schade.«

Entsetzt sah er Maria an. »Schade? Warum denn schade? – Denken Sie, es kommt bei den Leuten nicht an?«

»Nein, das meinte ich nicht. Sie sollten das wirklich machen … Aber …« Enttäuscht blickte sie in ihren Kaffee. »Es ist nur, dass ich wirklich dringend nach München muss und nicht weiß, wie ich es anstellen soll.«

Jetzt kam Georg zu ihnen. »Habe ich doch gesagt. Klauen und dann nix wie weg. – Ich könnte es dir beibringen, Maria«, schlug er vor. »Ich war früher ein ganz flotter Fahrer … glaube ich jedenfalls.«

Maria horchte auf. Hatte der Engel sie eben geduzt?

Sie musste sich geirrt haben. Georg mochte sie nicht. Und Leute, die man nicht mag, duzt man erfahrungsgemäß auch nicht. Sie seufzte, denn sie wäre gerne von einem netteren Vertreter seiner Profession abgeholt worden. Aber man kann nun einmal nicht alles haben, dachte sie. Und geduzt hatte er sie bestimmt nicht. Sie war einfach noch nicht richtig wach.

»Also?«, wollte Georg wissen, wobei er sich neben sie setzte und die Füße auf die Lehne der Vorderreihe legte, um wieder einmal stolz seine weißen Stiefel zu betrachten.

»In meinem Alter lernt man so etwas nicht mehr«, gab sie zu bedenken und hatte ganz vergessen, dass Marvin den Engel ja nicht sehen konnte. Schnell drehte sie sich zu dem überrascht dreinblickenden Kinoangestellten. »Ich dachte gerade, dass ich ja selbst fahren könnte«, entschuldigte sie sich.

»Haben Sie denn einen Führerschein?«

Georg schnaufte verächtlich. »Unwichtig.«

Nachdenklich wog Maria den Kopf hin und her. »Es ist Jahrzehnte her, dass ich etwas mit einem Motor gefahren bin. Das muss in den Siebzigern gewesen sein. Danach fuhr immer mein Mann unsere Autos.« Kurz fragte sie sich, ob sie ihren Hans da oben wohl auch treffen würde. Dann wären sie wieder eine Familie, der Hans, die Lea und sie. Maria beschloss, Georg später danach zu fragen.

Marvin überlegte. Und er überlegte lange. Es schien eine wichtige Frage, über die er nachdachte, denn er biss sich dabei auf die Unterlippe. »Also, wenn Sie mir versprechen, meine *Thunderbird* …«, er sah beschämt auf das halb gegessene Gebäck in seiner Hand, »so nenne ich sie, wegen Marlon Brandos Maschine in *The Wild One* …«

Georg lachte schallend auf. »Dieser dürre Hampelmann ist doch alles andere als ein Marlon Brando!«

»Für jemanden, der keine Ahnung hat, führen Sie aber eine recht kesse Lippe«, fuhr Maria den Engel an.

»Was?« Entgeistert starrte Marvin zu ihr herüber, und Maria wusste, dass sie schon wieder einen Fehler gemacht hatte.

Georg indes maulte, er würde Marlon Brando schließlich persönlich kennen. »Dachte aber immer, dass der Dicke mit den Filmsachen nur angibt.«

»Wissen Sie, aus welchem Film *dieses* Zitat mit der kessen Lippe war, Marvin?«, fragte Maria den jungen Mann schnell.

»Billiges Ablenkungsmanöver«, kommentierte Georg.

»Äh …« Marvin überlegte tatsächlich. Und er überlegte hart. »Nee, also … nee … das habe ich noch nie gehört. Kesse Lippe?« Mit schmerzvollem Blick sah er Maria an. »Eigentlich kenne ich sie alle.«

Maria zwang sich, nicht zu grinsen. Dann aber tat Marvin ihr leid. »Ich schätze, der Film lief noch nicht in diesem Kino«, gab sie zu bedenken. »Ist auch kein Klassiker, eher so etwas wie ein B-Movie. Heißt das heute noch so?« Jetzt hatte sie wirklich ein schlechtes Gewissen. Aber besser, Marvin grübelte darüber nach, aus welchem Film dieser bescheuerte Satz stammen könnte, als dass er sie für verrückt hielt.

Schweigend aßen sie ihre Donuts und die Plundertaschen und nippten am heißen Kaffee, während Marvin weiter angestrengt überlegte. Irgendwann aber gab er auf. »Möchten Sie, dass ich Ihnen zeige, wie man meine *Thunderbird* fährt? Ist nicht schwer. Und bis zur Autobahn sind es auch nur acht Kilometer. Sie müssen *Thunderbird* aber bei Kalle an der Tanke abgeben. Der fährt sie mir dann nach der Schicht zurück.«

»Kalle?«

Marvin nickte. »Der wohnt neben uns. Ich habe ihm mal einen Gefallen getan. Jetzt wäre der richtige Moment, eine Revanche zu fordern.«

Interessiert horchte Georg auf. »Revanche? Wofür?«

Maria ignorierte ihn. Dankbar nickte sie.

Da sprang Georg auf. Entsetzt sah er Maria an. »Ich ziehe die Idee zurück. Sofort! Sie war schlecht, grottendämlich-schlecht!«

Fragend schaute Maria ihren Engel an.

Georg schluckte. »Mit ist etwas klar geworden. Hatte vorher nicht daran gedacht. Und jetzt will ich mich nicht auf so einen Anfängerhobel setzen!«

Ihre Lippen formten ein tonloses »Warum?«.

Georg blickte an sich herunter. »Der Fummel! Der rutscht dann hoch, wenn ich da so sitze. Wie sieht das aus?« Pure Verzweiflung lag in seinem Blick.

Maria musste lächeln.

Kurz darauf rollte sie auf einer hellgrünen Vespa namens *Thunderbird* Richtung Autobahn. Hinter ihr hockte Georg, leise vor sich hin fluchend, wobei er ständig mit einer Hand versuchte, sein hochgerutschtes Engelskleidchen übers Knie zu ziehen, während er sich mit der anderen an Marias Mantel festklammerte. Auf das himmlische Handy hatte er sich sicherheitshalber draufgesetzt, um es nicht zu verlieren, denn das letzte Hemd, selbst wenn es aus dem Himmel kam, hat bekanntlich keine Taschen.

»Hören Sie auf zu schimpfen!«, rief Maria über ihre Schulter. »Wenn Sie ein echter Engel wären, mit Flügeln und so, dann bliebe Ihnen diese Peinlichkeit erspart.« Sie zuckelten die Landstraße entlang. »Außerdem kann Sie so oder so kein Mensch sehen. Also stellen Sie sich nicht so an.«

Die Lebenden aber waren Georg egal. Er war sicher, dass sich Gabriel und die anderen da oben gerade königlich amüsierten.

Während er sich hinter Maria auf ein Grummeln beschränkte, plagte ihn jedoch ein anderes Problem. Der Gedanke war ihm irgendwann in der Nacht gekommen zwischen diesem Ebenezer Scrooge und der Schneekönigin. All die Leute in den Geschichten erlebten kleine und große Wunder. Aus böse wurde gut. Aus arm reich. Natürlich waren all das nur ausgedachte Geschichten, dumme Filme, Herzschmerzgelaber, das man als intelligenter Engel nicht ernst nehmen musste. Aber dennoch war etwas geschehen.

Es war der Moment gewesen, als er in jedem dieser Filme Maria entdeckt hatte.

Erst dachte er, es sei eine Fata Morgana, eine Einbildung, doch dann bemerkte er, dass die Frau, die er abholen sollte, perfekt in all die Filme passte. Es war fast so, als sei sie von Anfang an Teil all dessen gewesen.

Mehr als einmal hatte er in der Nacht die Augen fest zugemacht, bis hundert gezählt und sie dann wieder geöffnet. Doch noch immer war sie da. Maria Lindhorst, die Frau, die längst im Himmel sein sollte, saß bei diesem miesepetrigen Ebenezer Scrooge am Bett, während der sich vor Angst vor dem dritten Geist fast in die Hose machte. Sie reichte der bösen Schneekönigin einen Spiegel und wärmte das Mädchen mit den Zündhölzern.

Wollten Gabriel und die anderen ihn etwa reinlegen? Georg war sich nicht sicher.

Oder hatte er sich all das nur eingebildet? Vielleicht war er schon zu lange auf der Erde. Dehydriert oder so.

Egal, was es war, Georg wurde dieses Gefühl nicht los, dass etwas in ihm ihm irgendetwas sagen wollte. Nur was, Himmel noch einmal?!

Er würde darüber nachdenken müssen.

Kapitel 15

Seit einer Stunde starrte er auf das Glitzerhandy, das vor ihm auf der Tischplatte des Schnellrestaurants an der Autobahnraststätte lag. Hier roch es um diese Uhrzeit nicht nur nach Kaffee, sondern auch schon nach Pommes, Schweinebraten und Rotkohl.

»Warum bimmelst du nicht?«, fragte er das Ding. »Du musst endlich klingeln, damit ich hier wegkomme, hörst du?« Das Telefon schwieg. »Die Frau, die macht mich wahnsinnig mit all ihrem Nächstenliebegequatsche. Ständig rettet sie die Welt. Ich will das nicht mehr, verstehst du? – Mein Job ist ganz einfach: abholen, abliefern und fertig. Alles andere gehört nicht dazu.« Er nahm das Telefon in die Hand und sprach hinein. »Hört mich da jemand?« Keine Antwort. Er legte es wieder auf den Tisch zurück und starrte es an. Würde mich nicht wundern, wenn sie mir absichtlich ein kaputtes gegeben hätten, ging es ihm durch den Kopf. Dann aber, so überlegte er, müsste er bis in alle Ewigkeiten auf der Erde wandeln. War es nicht das, worum er den Aloisius immer beneidet hatte? Plötzlich war Georg sich nicht mehr so sicher, ob er das noch wollte.

Da setzte sich jemand zu ihm an den Tisch. Es war wohl einer jener Lkw-Fahrer, die hier ihr Frühstück zu sich nahmen, bestehend aus Rührei, Würstchen, einer roten Pampe mit weißen Bohnen darin sowie zwei Käsebrötchen und einem

Becher Kaffee. Georgs Gegenüber blickte auf sein eigenes Handy, wischte ein wenig auf dem Display herum und tippte mit fettigen Fingern etwas ein. Dabei kaute er unablässig. Plötzlich vibrierte das Ding in der Hand des Mannes und gab einen hupenden Laut von sich.

Schnell legte er die Gabel beiseite, wischte sich mit dem Ärmel über die Lippen, griff nach seinem Telefon und sagte etwas in einer Sprache, die nach Polnisch klang. Ein kurzes Seufzen und ein resigniertes Nicken später erhob er sich, klemmte das Telefon zwischen Ohr und Schulter, nahm sein Tablett und verließ den Tisch.

Missmutig schaute Georg ihm nach, beobachtete, wie der Mann weiter mit dem Anrufer sprach, während er das Tablett in einen Gestellwagen schob, ohne sein Frühstück beendet zu haben. Voll Ingrimm blickte Georg sein eigenes Handy an. »Da! Nimm dir ein Beispiel an dem! Das klingelt, ganz so, wie es sich gehört. Warum machst du das nicht?« Zum tausendsten Mal nahm er es in die Hand und suchte einen Knopf oder Ähnliches. Doch da war nichts. Dieses dämliche Telefon war nur dazu da, einen Anruf zu empfangen. Mehr nicht. Eben nur ein Abholhandy.

Das Weihnachtsgedudel aus dem Lautsprecher über seinem Kopf ging Georg plötzlich entsetzlich auf die Nerven. Wütend schlug er mit der Faust auf den Tisch.

Niemand reagierte. Wie auch, er war ja unsichtbar.

Gerne hätte Georg sich jetzt mit Maria gestritten, irgendjemanden angemeckert, lauthals geflucht, ja, sich sogar mit irgendwem geprügelt, weil auch diese Abholung ein absoluter Reinfall war. Musste er jetzt auf ewig mit Maria … und dann auch noch im kurzen Kleidchen … Respektierte man ihn da oben denn überhaupt nicht? Plötzlich kam ihm die Registratur gar nicht mehr so schlimm vor.

Da erklang ein gottvoller Schall im Schnellrestaurant an der Autobahn, irgendwo zwischen Kilometer dreihundertfünfzig und vierhundert. Es war der himmlischste Klang, den auf Erden noch nie ein Mensch gehört hatte.

Und der Ton kam aus dem Handy vor Georg!

Er breitete sich zu einem elysischen Gesang wundervoller Laute aus, die sogleich den gesamten Speiseraum der Autobahnraststätte bis in den letzten Winkel erfüllten. Dann fiel er zurück in ein zartes Pianissimo, als schwirrten tausend Engelsflügel wie Schmetterlinge umher. Im nächsten Moment schwoll die Melodie, die mit keiner weltlichen Note hätte beschrieben werden können, wieder im Crescendo an, als gelte es, noch einmal aufzuerstehen.

Erschrocken fuhr Georg nach hinten. »Himmel, aber auch«, rutschte es ihm heraus, und er presste seine Hand an den Ort, wo einmal sein Herz gesessen hatte. »Hätten die mich nicht warnen können?«

Noch einmal hob und senkte sich der Engelsgesang, ohne dass auch nur ein Mensch im Raum ihn bemerkte. Georg wusste, sie hätten alle zu weinen begonnen, wäre diese himmlische Musik an ihre Ohren gelangt. Im Rhythmus zu diesem elysischen Klang glitzerte das Handy sternengleich auf und ab.

Schon wollte Georg zum Telefon greifen, als er plötzlich innehielt. Ein ungehöriger Gedanke schoss durch seinen Kopf: Wenn er den Anruf jetzt annahm, würde Maria sterben!

Dann wäre ihre Reise zu Ende, und sie würde ihre Enkelkinder nie mehr sehen können. Auch ihren Schwiegersohn Ben nicht, von dem sie eine Menge zu halten schien. Georg dachte an Marias Blick, als sie ihm davon erzählte, dass jemand ihr das gerahmte Foto gestohlen hatte. Sie war so traurig gewesen.

Er drehte sich um, schaute zum Ausgang, durch den Maria vor einiger Zeit verschwunden war, um ein Telefonat zu führen, wie sie gesagt hatte. Woher sie das Geld dafür nehmen wollte oder worum es ging, wusste er nicht mehr. Er war so in Gedanken gewesen, dass er ihr wieder einmal nicht richtig zugehört hatte. Maria hatte gerade diesem Kalle die *Thunderbird* übergeben, als sie ein Mädchen mit einer weihnachtsroten Strickmütze aus einem Auto hatte steigen sehen. Kurz darauf hatten die beiden in einer Ecke des Restaurants gesessen und geredet. Er erinnerte sich noch, dass die Kleine geweint hatte. Dabei wirkte sie anfangs recht tough auf ihn. Na ja, was verstand er schon von Kindern. Nun aber war Maria weg. Nur noch das Mädchen saß dort drüben in der Ecke. Wo war Maria?

Das Telefon vor ihm klingelte weiter.

Er schob es ein Stück von sich fort. Nur einen Moment noch, wollte er sagen. Nur einen kleinen Moment. Er musste ganz dringend über etwas nachdenken! Der Auftrag sollte ja korrekt abgeschlossen werden. Und wenn er das Telefon jetzt zur Hand nahm, könnte es ein Fehler sein. Er wollte sich nicht hetzen lassen, immerhin hatten sie ihn ja auch lange genug warten lassen.

Dieser Auftrag war ganz anders als die anderen. Maria behandelte ihn als … Freund. Freund? Unsinn. Sie waren keine Freunde. Engel hatten keine Freunde. Und niemand wollte Freund von jemandem sein, der einem sagte, dass man tot sei.

Vorsichtig ging Georgs Hand zum Glitzerding. Sofort hielt er nochmals inne. Wenn sie sich beeilten, könnten sie es bis München schaffen, überlegte er. Quatsch! Warum sollte er wegen einer alten Frau Ärger riskieren? Er hatte schon Ärger genug und war nur noch eine Engelshaarbreite von der

Registratur entfernt. Andererseits machte es ihm Spaß, sich nicht an Regeln zu halten. Na ja, zumindest, bis man ihn erwischte.

Ohne hohe Einsätze gab es auch keinen hohen Gewinn. Er blickte auf seine Stiefel, die er bei der letzten Pokerrunde von einem Typen gewonnen hatte, der behauptet hatte, er sei zu Lebzeiten Präsident von Amerika gewesen.

Er dachte an die letzte Nacht. Sein erster Kinobesuch. Ohne Maria hätte er all die Filme nicht sehen können. Er war hin und her gerissen, wusste zum ersten Mal seit Langem nicht, was er tun wollte. Sollte er wirklich einen höllischen Ärger mit Gabriel riskieren, nur damit eine alte Frau, die doch eh irgendwann sterben musste, zum Fest bei ihrer Familie sein konnte? Georg stöhnte auf. Die Frage war wirklich, wirklich nicht leicht zu beantworten.

Da hörte das Klingeln abrupt auf.

Wer immer es gewesen war … er hatte aufgegeben.

Im ersten Moment war Georg erleichtert.

Dann aber fiel ihm ein, dass der Anruf auch vom Chef höchstpersönlich gewesen sein könnte. Das warf auf die Sache ein ganz neues Licht. »Oje«, murmelte er leise und bedauerte, dass dieser Gedanke ihm zu spät gekommen war, denn das veränderte alles.

Er fuhr herum, ließ seinen Blick hektisch durchs Schnellrestaurant gehen, aus der puren Angst heraus, der Chef könnte persönlich erscheinen, um ihm eine Standpauke zu halten, die er bis in die nächsten tausend Ewigkeiten nicht mehr vergessen würde. Doch nichts passierte.

Warum auch? Er, Georg, war ein unbedeutender Wicht im ewig währenden Himmel.

Georg zwang sich zur Ruhe. »Alles ist bestens. Nichts passiert«, murmelte er. Zudem, überlegte er weiter, hatte es gewisse Vorteile, ein No-Name zu sein, weil vielleicht so niemand merken würde, dass es bei dieser Abholung gewisse unerwartete Verzögerungen gab. Seinem Vorgesetzten, es war der Erzengel Gabriel persönlich, könnte er sagen, er hätte das Bimmeln nicht gehört, weil das Ding irgendwie kaputt sei oder er es verloren hatte. Oder so.

»Georg«, raunte da jemand hinter ihm.

Entsetzt fuhr der Engel zusammen, bereit, alles zu beichten, was es zu beichten gab, zu schwören, ab sofort ein mustergültiger Himmelsbote sein zu wollen und nie wieder … Langsam drehte er sich um.

Doch statt des Chefs stand Maria da. Sie setzte sich zu ihm an den Tisch, wobei sie dem Rest der Gäste ihren Rücken zudrehte, damit keiner sah, dass sie mit sich selbst sprach. Sie hatte dazugelernt. »Ich habe die Mutter angerufen«, raunte sie.

»Mutter? Welche Mutter?«

Überrascht sah Maria ihn an. »Jules Mutter.«

Eilig nahm Georg das jetzt stille Glitzerhandy und versteckte es vor Maria unter dem Tisch. »Welche Jule?«

»Jule! Die Kleine, die mir am Bahnhof meine Reisetasche gestohlen hatte. Hören Sie mir denn gar nicht zu?«

»Ach die!« Georg schlug sich mit der flachen Hand an die Stirn. »Ja, ja, die Jule.« Er hatte keine Ahnung, wovon Maria sprach.

»Könnten Sie sich bitte zu uns setzen?« Sie deutete mit einem Nicken auf das Mädchen, das in der äußersten Ecke des Raumes auf einem Stuhl hockte und in ein halb leeres Glas Cola starrte. »Es betrifft auch Sie.«

»Mich? Warum mich?«, wollte Georg mit mulmigem Gefühl in der Magengegend wissen.

»Ihr Vater starb, als sie klein war. Jetzt will ihre Mutter

einen anderen heiraten. Jemanden, den Jule nicht leiden kann.«

»Und was hat das mit mir zu tun?« Mit heulenden Ladys hatte er schon zu Lebzeiten schlechte Erfahrungen gemacht, daran konnte er sich noch vage erinnern.

»Könnten Sie nicht versuchen, mit dem Vater Kontakt aufzunehmen? So von Engel zu Engel?«

Georg lachte schallend los. »Wissen Sie, wie viele es von uns da oben gibt? Und noch etwas: Jeder, der nach oben kommt, vergisst mit der Zeit, wer er auf Erden war.«

Überrascht sah Maria ihn an. »Oh«, hauchte sie. »Das wusste ich nicht.« Sie stockte. »Sind Sie da ganz sicher? Ich meine …«

Eine traurige Erkenntnis legte sich auf ihr Gesicht. Maria schluckte, und Georg sah, dass sie mit den Tränen rang. Sie dachte bestimmt an ihre Tochter und auch an ihren Mann.

Warum hatte sie ihn denn nicht früher gefragt? Er hätte es ihr erklärt. Jetzt war es zu spät.

Er griff über die Tischplatte und nahm Marias Hand. »Glauben Sie mir, es ist besser so. Wenn die Engel ihr Leben auf Erden nicht vergessen könnten, dann wäre der Himmel ein sehr, sehr trauriger Ort.«

Maria räusperte sich. »Und das wollen wir ja nicht, richtig?«

»Richtig. – Also gut, lassen Sie uns zu der Kleinen gehen. Mir wird schon etwas einfallen.«

»Lügen?«

»Nein, Trost.«

Sie gingen zum Tisch in der Ecke. Georg setzte sich den beiden gegenüber und schaute die Kleine lange an. Maria bat sie, noch einmal in Ruhe alles zu erzählen. Und Jule tat es, sagte, dass sie völlig ohne Plan nach einem Streit mit dem

Neuen ihrer Mutter weggelaufen sei. Einige Tage hätte sie bei netten Leuten gewohnt und versucht, irgendwo Geld zu verdienen. Doch niemand wollte ihr einen Job geben, weil sie zu jung sei.

»Das mit dem Stehlen hatte sich irgendwie ergeben, weil ich wirklich pleite war«, murmelte Jule. »Es ist ja nur, weil ich dringend nach Italien muss.«

»Italien? Warum denn gerade dorthin?« Maria sah Jule fragend an, da erzählte das Mädchen auch schon weiter.

»Es ist wegen Papa. Ich war vor vielen Jahren mit ihm dort. Damals war ich vier Jahre alt. Das ist lange her, und ich kann mich nicht mehr daran erinnern. Ich kann mich überhaupt gar nicht mehr an ihn erinnern.« Sie zog aus der Tasche ihrer Jacke einige zerknitterte Fotos. »Das ist er.«

Auf dem Bild sah Maria einen lachenden Mann in einem etwas zu bunten Hawaiihemd, der ein kleines Mädchen mit Zöpfen auf den Schultern festhielt, das munter an einem Eis schleckte. Ein weißer Klecks davon hing im Haar des Vaters.

»Hast du noch mehr Bilder?«

Jule legte weitere Fotos nebeneinander auf den Tisch, die sie in einem Umschlag in der Hosentasche aufbewahrte. Alle zeigten eine glückliche Familie im Urlaub, mal in Venedig und mal an einem Sandstrand am Meer. Jetzt legte Jule noch einen Zeitungsausschnitt dazu. »Es war ein Autounfall.« Sie schluckte ein paar Tränen herunter.

Maria, die neben Jule saß, nahm das Kind in den Arm. Auffordernd blickte sie Georg an.

»Sagen Sie ihr …«, mischte der sich vorsichtig ein. »Sagen Sie ihr, dass er sie lieb hat. Er ist jeden Tag bei ihr. Und wenn sie nicht bald wieder zur Schule geht, dann wird er sauer.«

Maria presste ihre Lippen aufeinander. Wütende Blicke schossen aus ihren Augen.

»Was habe ich denn nun schon wieder falsch gemacht?«, wollte Georg wissen. »Ich sollte doch etwas Nettes sagen.«

In stark abgewandelter Form übermittelte Maria seine Worte.

Georg beobachtete sie, wie sie mit dem Kind sprach, ihm Mut machte und all das. Er erfuhr, dass die Mutter niemals wirklich über ihren verstorbenen Mann hatte sprechen wollen, um das Kind zu schützen, hatte sie immer gesagt. Und mit den Jahren breitete sich ein Schweigen zwischen Mutter und Tochter aus, das Jule immer trauriger gemacht hatte. Eine Traurigkeit, die unerwartet und vehement in Wut umschlug, als Jule älter wurde und ihre Mutter einen neuen Mann fand.

Niemals hatte Georg sich darüber Gedanken gemacht, was mit jenen geschah, denen er das Liebste nehmen musste. Es war ihm bis eben auch schnurzegal gewesen. Jetzt aber … er sah das Mädchen an …

Plötzlich sprang er auf. »Wir müssen gehen!«

Entsetzt schaute Maria zu ihm hoch. »Jetzt? Aber Jules Mutter kommt gleich. Können Sie nicht oben Bescheid sagen, dass wir später kommen? Das Handy hat doch auch noch gar nicht geklingelt, oder doch?« Ahnte sie etwas?

Dann begriff Georg und hob die Hände. »Nein, nein! Nicht die Art von Gehen«, sagte er schnell, als er begriff. »Ich meinte, wir müssen uns eine Fahrgelegenheit nach München suchen. Die Zeit drängt.« Er hielt das Handy hoch. »Könnte ja jeden Moment losgehen. Und wenn wir zu lange hier warten, dann wird es nichts mehr mit den Enkeln und so.« Erleichtert sah er, dass wieder Farbe in Marias Gesicht kam.

»Mit wem reden Sie, Frau Lindhorst?«, mischte sich Jule vorsichtig ein.

»Oh, ähm, eigentlich mit niemandem«, stotterte Maria. »Wir Alten werden mit den Jahren manchmal komisch.«

Jule nickte langsam. »Ich weiß, ich habe eine Oma, die hat auch Alzheimer.«

Maria schüttelte den Kopf. »Nein, nicht die Art von eigenartig. Eher die etwas verschrobene Art. So, wie bei Künstlern, die mit sich selber reden, weil sonst kein anderes Genie im Raum ist, mit dem sie reden könnten.«

Erleichtert nickte Jule. »Ach so, dann ist ja gut.«

Georg ging hinaus auf den Parkplatz. Irgendwie beschlich ihn das Gefühl, nicht wirklich hilfreich gewesen zu sein. Aber die Sache mit diesem Mädchen war auch zu viel für ihn gewesen. Schon wieder war Maria in heiliger Mission unterwegs, statt sich um ihre Dinge zu kümmern.

Draußen auf dem Parkplatz sah er sich um, ob er einen vertrauenswürdigen Fahrer finden konnte, der noch Platz in seinem Wagen für eine alte Dame hatte. In den meisten Autos aber war das Reisegepäck bis zur Decke gestapelt mitsamt Koffern auf dem Dach, krakeelenden Kindern auf der Rückbank und genervten Müttern auf dem Beifahrersitz.

Georg schlenderte hinüber zu den Lkws, die ein Stück weiter entfernt standen. Dicke Dinger mit und ohne Anhänger, aus allen möglichen Ländern, meistens aber Polen und Litauen.

Er ging um einen roten Lastzug herum, dessen Windschutzscheibe ein blinkender Plastikweihnachtsbaum zierte und eine Girlande aus Tannenzweigen mit Kugeln auf dem Armaturenbrett. Ein Leuchtschild informierte, dass der Fahrer *Lech* heiße.

Georg schaute besagten Lech an. Es war der Pole von eben. Er saß hinter dem Steuer und telefonierte noch immer.

Die Fahrertür stand offen, und Georg lugte in die Kabine. Ein kleines Foto klemmte am Armaturenbrett. Es zeigte eine lachende Frau und kleine Kinder sowie ein altes Ehepaar, das Händchen hielt. Der Fahrerraum war aufgeräumt und sauber, keine Wodkaflaschen in der Tür, keine leeren Pappbecher oder Bierdosen auf dem Boden. Und der Beifahrersitz wirkte geräumig und war bestimmt auch beheizt. Ja, Wagen und Fahrer schienen Georg als Mitfahrgelegenheit für Maria geeignet. Er musste sie nur schnell genug hierherbringen, denn wie es schien, würde Lech jeden Moment losfahren.

Georg eilte zurück zum Restaurant. Dort kamen gerade Maria und Jule durch die Glastür heraus. Sie gingen auf eine Frau zu, die aus einem kleinen Wagen stieg und auf sie zulief. Das musste die Mutter von der Kleinen sein, überlegte Georg. Sie rannte auf Jule zu, schien sie in den Arm nehmen zu wollen, doch sie stockte einen kurzen Moment. Georg sah, dass Maria etwas zu der Fremden sagte. Was auch immer es war, es hatte das Eis gebrochen. Jetzt nahm die Frau Jule in ihre Arme, und das Kind klammerte sich an der Mutter fest. Beide schienen zu weinen. Verrückte Welt. Warum weinte der Mensch, wenn er besonders glücklich war? Georg hatte das noch nie verstehen können.

Er ging hinüber und stellte sich neben Maria. Schweigend betrachteten sie Mutter und Tochter.

»Italien?« Die Stimme der Mutter war belegt. »Warum Italien?«

»Wegen Papi.«

Die Mutter schluckte. Dann riss sie ihre Tochter noch einmal an sich. »Warum hast du denn nichts gesagt?«

»Du hast nie zugehört«, schniefte Jule in den Mantel ihrer Mutter.

»Weißt du was …« Die Mutter kämpfte sichtlich mit ihren Tränen. »Wir fahren zusammen. Und zwar sofort.«

»Jetzt?«

»Jetzt. Wir fahren all die Orte an, wo wir damals mit Papa waren. Und wir essen Eis am Markusplatz. Ganz so wie damals.«

»Und dein Neuer?«, wollte Jule vorsichtig wissen.

»Christian wird warten müssen, bis wir zurück sind. Du gehst vor.«

Jule strahlte über das ganze Gesicht.

Georg sah, dass Maria milde lächelte. Da fiel ihm ein, dass Lech nicht ewig warten konnte. »Wir müssen los«, raunte er Maria zu, als befürchte er, Mutter und Tochter zu stören. »Jetzt.«

Langsam nickte Maria. Dann trat sie an Jule und ihre Mutter heran, um sich zu verabschieden. Man umarmte sich, und die Mutter versprach, in Kontakt zu bleiben. Maria aber lächelte nur. »Wer weiß, was uns das Morgen bringt«, sagte sie.

»Weihnachten!«, rief Jule glücklich und reichte Maria ihre Reisetasche.

»Aus dem Portemonnaie fehlt nicht viel«, gab Jule kleinlaut zu. »Ich gebe Ihnen das Geld zurück. Ich hatte mir dafür etwas zu essen gekauft. Auch das Geld für die Fahrkarte bekommen Sie wieder. Ich verspreche es. Ich hatte dafür zwanzig Euro genommen«, sagte sie schnell. »Sie wohnen in diesem *Altenheim Möwe* in Hamburg, richtig?«

Altenheim, oje, das klang wie weggesperrt. War aber auch nur um einen Hauch schlechter als Seniorenheim, dachte Georg.

»*Möwenstrand*. Ja.« Ein letztes Mal nahm sie Jule in den Arm. »Und denke daran: Dein Papa ist Tag und Nacht bei dir, solange du ihn brauchst.« Jule nickte. »Schicke mir eine Postkarte aus Italien, ja?«

Jule versprach, es zu tun. Dann lief sie zum Wagen ihrer Mutter und stieg ein. Als die beiden an Maria und Georg vorbeifuhren, winkte Jule Maria zu.

Gemeinsam sahen die alte Frau und der Engel den Wagen auf den Zubringer zur Autobahn rollen.

Kapitel 16

Maria hatte dem Lastwagenfahrer einfach ihre Hand gereicht und gesagt, wie sie hieß. »Und Sie?« Zögerlich hatte er geantwortet: »Lech.«

Ob das sein Vor- oder sein Nachname war, wusste Maria nicht. Zumindest hatte er noch gesagt, dass er nach Österreich fahre. Und sie hatte gesagt, dass sie bloß bis München mitfahren wolle. Ohne ein weiteres Wort war man sich handelseinig gewesen.

Nicht sonderlich elegant, und nur dank der Hilfe des Fahrers, war es Maria gelungen, in den Truck zu klettern. Als sie aber dort oben auf dem Beifahrersitz saß, gefiel ihr der Platz außerordentlich gut. »Ich fühle mich, als wäre ich im ersten Stock eines fahrenden Hauses«, sagte sie lachend, während der Truck auf die Autobahn rollte. Sie lehnte sich zurück, legte ihre Arme auf die Lehnen und schaute sich um. »Und alles ist so fein eingerichtet. Fast wie in einem Wohnzimmer oder in einem Flugzeug.« Sie entdeckte einen Knopf am holzbraunen Armaturenbrett. »Was ist das?« Ihr Finger hatte den Knopf schon fast erreicht.

»Nix anfassen!«, rief Lech.

Schnell zog Maria die Hand zurück.

»Na, das kann ja eine lustige Fahrt werden«, kommentierte Georg hinter ihr, der auf einer Art Liege saß, die dem Fahrer wohl als Bett diente. Er schaute zwischen Maria und diesem Lech hindurch auf die Straße. »So richtig gesprächig scheint mir unser Chauffeur nicht zu sein.« Mit diesen Worten machte es sich der Engel hinten gemütlich. Er legte sich hin, verschränkte die Arme hinter dem Kopf und schaute auf seine Cowboystiefel. »Aber ihr, meine Freunde, gehört genau hierher«, sagte er liebevoll zu seinem Schuhwerk.

Kurz darauf fiel er in sein sonores Schnarchen.

Zufrieden, dass ihre Reise endlich weiterging, beobachtete Maria die vielen Wagen, die vor dem Truck fuhren. Sie wirkten wie Spielzeugautos. Wie anders doch die Welt von hier oben aussah.

Soeben passierten sie die Ausfahrt Bad Kissingen/Oberthulba mit exakt achtzig Stundenkilometern. In Bad Kissingen war Maria vor vielen Jahren einmal zur Kur gewesen. Sie lächelte, als sie sich an den Oberarzt erinnerte, der so schrecklich gelispelt hatte und dazu auch noch Ziemsen hieß. Aber singen konnte er wie Caruso. Es hatte Maria einiges an Überredungskunst gekostet, den Herrn Doktor zu beschwatzen, bei der Adventsfeier mitzusingen. Sie sah noch, wie gerührt das Publikum von seiner Darbietung gewesen war. Sein *Ave Maria* war einfach umwerfend gewesen. Und der Applaus mehr als verdient.

Ach ja, auch das war schon lange her. Aber es war nun einmal so, dass sie seit Kurzem ständig an das Vergangene in ihrem Leben dachte, was nicht verwunderlich war, denn im Himmel würde sie alles vergessen, hatte Georg ihr gesagt. Da wollte sie sich diese schönen Gedanken jetzt noch einmal gönnen. Ob ihre Tochter sie schon vergessen hatte? Das wäre wirklich sehr, sehr schade. Maria seufzte und beschloss, an etwas anderes zu denken.

Bald schon genoss sie das gleichmäßige Brummen des

Motors, als sie an weiten Feldern vorbeizogen und schneebezuckerten Tannenwäldern in der Ferne. Gemütlich rollte der Wagen an einem blauen Verkehrsschild vorbei. Unwillkürlich zog Maria den Kopf ein. Lech grinste.

»Tschuldigung«, murmelte sie. »Ich dachte, wir würden dagegen stoßen.« Jetzt lachte auch sie.

Nur noch einhundertfünfzig Kilometer bis Nürnberg, hatte auf dem Schild gestanden. Und von dort aus war es ein Katzensprung bis München, das wusste sie.

Ein klein wenig überkam Maria das Gefühl von Stolz, als ihr klar wurde, dass der Weg schon bald zu Ende sein würde. Sie würde es rechtzeitig zu Ben und den Kindern schaffen.

»Ich besuche meine Enkel, wissen Sie«, erklärte sie Lech, ohne zu wissen, ob er sie verstand.

Über der Mittelkonsole der Fahrerkabine hing das Bild einer lachenden Frau mit zwei Kindern. Einem Jungen und einem Mädchen. »Sind das Ihre?«, fragte Maria und schaute auf das silbergerahmte Bild.

Er schüttelte den Kopf. »Magda, Frau von Bruder, Kinder Boris und Tascha.«

»Und Ihr Bruder? Hat er die Aufnahme gemacht?« Als er nichts sagte, verstand sie, dass etwas mit dem Bruder passiert sein musste. »Verzeihen Sie, ich wollte nicht neugierig sein.«

Sie überlegte, ob Lech darum so schweigsam war und in seinem Blick so viel Traurigkeit lag. Andererseits gab es viele Gründe, warum ein Mensch nicht viel redete. Vielleicht hatte er nur zu wenig geschlafen.

»Na, ein Vielredner ist er ja nicht gerade«, höhnte Georg hinter ihr mit geschlossenen Augen.

»Ach, wer fragt Sie schon.«

Lech drehte seinen Kopf. »Ich nix fragen.«

Maria unterdrückte den Wunsch, sich schon wieder zu entschuldigen. »Ich habe mit meinem Engel geredet. Er verfolgt mich schon seit Hamburg«, sagte sie, denn sie war des Lügens müde.

Erstaunlicherweise schien diese Information für Lech kein Problem zu sein. Stattdessen nickte er nur und wies zu einem katholischen Kreuz, das an einer silbernen Kette am Rückspiegel hing. »Engel gut. Dann du immer Glück im Leben.«

Maria warf einen kurzen Blick nach hinten. »Na, ich weiß nicht recht.«

Georg hob die Augenbrauen. »Besseres gibt es heute leider nicht.«

»Verbringen Sie Weihnachten zu Hause?«, wollte Maria von Lech wissen und wies auf die Straße hinaus. »Oder müssen Sie arbeiten?«

Er nickte, und sein Gesicht verfinsterte sich eine Spur. »Anruf von Chef. Nix Urlaub zu Hause. Wien.«

»Oh, Wien! Wie schön!«, rief Maria aus und erzählte Lech, dass sie und ihr seliger Mann Hans damals die Flitterwochen dort verbracht hatten. Sie geriet ins Schwärmen über die schönen Gebäude, die Oper und den Charme der Wiener sowie ihren ausgezeichneten Kaffee. »Sie müssen unbedingt ins Café Central gehen, wenn Sie dort sind. Es liegt in der Herrengasse, im Palais Ferstel.« Sie sah, dass er lächelte, und so erzählte sie weiter. »Ich glaube, es ist schon fast hundertfünfzig Jahre alt. Es ist dort so schön gediegen. Irgendwie hatte ich damals immer erwartet, dass Kaiser Franz Josef höchstselbst eintreten würde. – Ach«, seufzte sie. Versonnen blickte sie auf die Straße hinaus. »Im Café Central«, fuhr sie fort, »gibt es eine hervorragende Patisserie, und im Hintergrund spielt ein Pianist, wussten Sie das?« Sie malte das Wien ihrer Jugend in satten bunten Farben, summte einen Walzer und versuchte, den Wiener Schmäh zu imitieren, was ihr schrecklich misslang.

Lech lachte. »Ich nix glauben, dass ich Zeit für Café werde haben«, sagte er dann. »Aber schön, Sie singen.«

Plötzlich stimmte auch er ein Lied an. Es kam wohl aus seiner Heimat, und er sang es mit der Schwermut eines Mannes, in dessen Herzen Heimweh lag. Seine Stimme war tief und klar, wie ein endloser Märchenwald zwischen Hügeln und Bergen. Und auch wenn Maria kein Wort verstand, so wusste sie doch, dass es ein Weihnachtslied war.

»Es ist ein Wiegenlied für Jesus«, hörte sie da Georgs Stimme hinter sich.

Als er Marias überraschten Blick sah, erklärte er, dass Sprachen eine Erfindung der Lebenden seien. Im Himmel gäbe es solche Unterschiede nicht. Irgendwie könne jeder jeden verstehen. Und somit kann er auch Polnisch verstehen, ohne es eigentlich zu können. Wie das ginge, wisse er nicht. Dann schloss er wieder die Augen.

Als Lech geendet hatte, klatschte Maria und lobte seine schöne Stimme. Nun war es an ihr, ein Lied für ihn zu singen. *Maria durch den Dornwald ging* war eindeutig ihr Lieblingslied zum Weihnachtsfest. Es war anspruchsvoll, und sie traf wohl auch nicht jeden Ton, aber Lech schien es zu gefallen. Vor allem das *Kyrie eleison.*

»Dabei bin ich gar nicht gläubig«, meinte sie, als das Lied zu Ende war.

Plötzlich begann Lech etwas aufzusagen. Seine Stimme erfüllte den Innenraum des Wagens, wie ein Opernsänger den Zuschauerraum mit seinem Tenor durchfluten konnte. Lech modulierte das Gesagte, flüsterte an der einen oder anderen Stelle, zischelte und wisperte, raunte und säuselte.

»Himmel!«, hörte Maria da hinter sich Georgs Stimme. »Was haben Sie denn mit dem gemacht? Der redet ja wie ein Wasserfall.«

Maria antwortete nicht, sondern lauschte Lech, wie er die Worte durch die Luft fliegen ließ, als seien sie der Schlitten des Weihnachtsmanns, der über den Himmel sauste. Dann wieder fiel Lech in einen zarten Singsang, schien etwas zu fragen, und Maria ahnte instinktiv, dass er jetzt von Kindern sprach, die auf das Christkind warteten. Im nächsten Moment flogen seine Worte über Eis, ließen Schnee aufstieben, ging eine rasante Pferdeschlittenfahrt durch einen tief verschneiten Birkenwald hin zu einem schneebedeckten Häuschen, wo ein behagliches Feuer loderte und ein Teller Suppe auf dem Tisch stand.

Fasziniert blickte Maria Lech an.

»Ein Gedicht für Winter«, erklärte Lech.

»Das dachte ich mir. Von wem ist es?«

Er zögerte einen Moment. Dann gab er kleinlaut zu, dass es von ihm sei.

»Sie schreiben Gedichte?« Damit hatte Maria nicht gerechnet und Georg offensichtlich auch nicht, so viel stand fest, denn der Engel begann zu lachen. Er konnte sich gar nicht mehr beruhigen, während er prustete »Ein dichtender Brummifahrer … haha … Himmel, früher haben nur Klempner gedichtet … haha …« Er setzte sich auf und beugte sich zu Maria. »Kennen Sie den Witz mit dem Polen und …«

Marias Kiefer mahlte, so wütend war sie auf diesen ungehörigen Engel. Er war respektlos. »Kulturbanause«, zischte sie ihm über ihre Schulter entgegen.

Leider aber hatte Lech das Wort gehört. »Was ist Kulturban…«

»…ause«, ergänzte Maria halbherzig. Sie würde ihm natürlich nicht erzählen, was es war. Stattdessen wechselte sie schnell das Thema. »Ich habe von Ihrem schönen Gedicht kein Wort verstanden, aber es klang wundervoll. Vielleicht sollte ich Ihre Sprache lernen«, überlegte sie. Dummerweise, ging es ihr durch den Kopf, würde sie dafür wohl nicht mehr genügend Zeit haben.

Wieder schwiegen sie eine Zeit lang. Nur kam es Maria dieses Mal nicht unangenehm vor, sondern schien eher ein Einklang unter Freunden zu sein.

Da warf Lech ihr einen fragenden Blick zu. »Warum per Anhalter wie junges Mädchen? Flugzeug schneller. Bahn *gemutlicher.*« Er setzte den Blinker und überholte einen klapprigen Kombi mit Anhänger, auf dem unzählige Tannenbäume mit einem Gurt festgeschnallt lagen. Gemächlich rollte Lechs Truck neben dem kleinen Gefährt her, wie ein riesiger Wal, der gemütlich an einem Ruderboot vorbeizog. Maria konnte die Kraft des Lkws unter ihren Füßen spüren.

Dann scherte Lech wieder ein. »Also? Warum?«

»Ach, das ist eine lange Geschichte«, antwortete Maria leise. Sie überlegte, dass sie den Rest der Reise in diesem Wagen tatsächlich bequem und *gemutlich*, wie Lech es sagte, hinter sich bringen könnte. Sie hatte ihre Reisetasche zurück und auch ihr Portemonnaie. Alles schien sich zum Guten zu wenden. Seit ihr Abenteuer begonnen hatte, waren ihr unglaublich interessante Menschen begegnet. Menschen, denen sie nie und nimmer im Seniorenheim über den Weg gelaufen wäre. Jule und ihre Mutter, die sicherlich jetzt schon auf dem Weg nach Italien waren. Oder auch Herr Seiler, der Busfahrer, dem sie von ganzem Herzen wünschte, dass seine Helga eines Tages wieder vor ihm stünde. Sie dachte an Marvin, den jungen Mann vom Kino, dessen unentdecktes Talent hoffentlich bald Zuschauer finden würde. Und hier nun saß Lech, der dichtende Lkw-Fahrer.

»Ich habe es nicht eilig«, beantwortete sie seine Frage. »Und es ist bei Ihnen hier oben viel gemütlicher als in einem Flieger oder der Bahn.«

»Aber morgen Weihnachten«, widersprach er. »Sie dann zu Hause?«

»Bestimmt. – Und Sie? Feiern Sie in Ihrem Truck? Oder wartet Ihre Frau zu Hause auf Sie?« Die ganze Zeit schon fragte Maria sich, warum Lech das Bild seiner Schwester hier hängen hatte, nicht aber ein Foto seiner eigenen Familie.

Er seufzte. »Ich nix Familie. Nur Papa, Mama, Frau von Bruder und Kinder.« Er lächelte. »Gute Kinder. Kluge Kinder. Können sprechen drei Sprachen.« Er schüttelte den Kopf, als wäre das für ihn unvorstellbar. Dann erzählte er von zu Hause. »Papa gute Bäckerei in Warschau. Von seinem Papa und seinem Papa. Frau von Bruder helfen in Laden. Sie wunderbar backen können Faworki und Piernik.« Lachend gestikulierte er, wie es Italiener zu machen pflegen, wenn sie ganz begeistert sind. Ein Küsschen an die Fingerspitzen, dann mit Schwung in die Welt hinausgeworfen. Stolz berichtete Lech, dass er mit seinem Verdienst seine Schwägerin und die Kinder unterstütze sowie seine Eltern, die wohl schon recht alt waren. Er strahlte, als er von seiner Familie erzählte.

»Ich glaube, Sie sind ein sehr guter Sohn und Onkel.«

Das Lob machte ihn wohl etwas verlegen, denn er schwieg wieder. Dennoch fand Maria, dass diese traurige Aura ihn noch immer nicht verlassen hatte. Ein so schmucker Mann konnte doch unmöglich ohne eine Frau sein. Oder etwas Ähnlichem. Jeder Mensch brauchte sein kleines Glück. Vorsichtig erkundigte sie sich, ob er denn niemanden für sein eigenes Herz hätte.

Georg setzte sich auf. »Warum fragen Sie denn das? Das geht uns nichts an.«

Maria war von Georgs plötzlichem Taktgefühl überrascht, doch diese Überraschung hielt nur kurz an, denn er stellte klar, dass er tränenschniefendes Liebesgeschwafel nicht ausstehen könne.

Es dauerte eine Weile, bis Lech wieder seine Worte fand. Er gab zu, dass da jemand war, den er mochte. »In kleine Stadt. Manchmal ich fahren zu Tankstelle, um zu sehen schöne Frau gegenüber in Café.«

»Oh, wie romantisch. Seit wann sind Sie denn ein Paar?«, wollte sie von Lech wissen und schaute mit erhobenem Haupt zu Georg hinüber, der nur mit den Augen rollte.

»Nix Paar.«

»Nein? Warum? Ist sie verheiratet?«

Lech schüttelte den Kopf. »Nein. Ist, weil ich nix gut sprechen kann. Sie deutsch. Ich Pole.« Seine Schultern sackten herunter. Er schaltete das Radio ein. Die Weihnachtsmusik aber, die aus dem Lautsprecher plärrte, schien ihm noch weniger Freude zu machen. Er drehte sie wieder ab.

»Fahren Sie oft hin?«

Hinter ihr stöhnte Georg auf. »Nun lassen Sie den armen Kerl doch in Ruhe. Sie sind wirklich eine Nervensäge, Maria.«

»Viel wie möglich«, antwortete Lech auf Marias Frage. »Route München–Hamburg, ich Abstecher nach Grundlingen. Dort Autohof mit Tankstelle. Gut für Pause. Ich dann über Straße gehen und trinken Kaffee bei ihr. Sie Chef von Café. Backen Torte wie Meister«, schwärmte er.

Maria lächelte, als sie seinem Redeschwall so lauschte und ein Entschluss in ihr reifte.

Abrupt setzte sich Georg hinter ihr auf. »Nein! Nein«, rief der Engel, »das tun Sie nicht!«

Fast hätte Maria sich erschreckt. Aber nur fast, denn sie hatte sich an seine dramatischen Auftritte schon ein wenig gewöhnt.

»Sie wollen zu Ihren Enkelkindern, Maria! Vergessen Sie das nicht. *Das* ist das Ziel der Reise. Nicht irgendeine Konditorei im Nirgendwo.«

Maria legte ihre Hand auf Lechs Arm. »Es ist Weihnachten, Lech. Und Ihr Chef wird sicherlich zu Hause bei seinen Lieben sitzen und feiern. Sie aber sollen für ihn fahren?«

»Gutes Geld«, widersprach Lech halbherzig.

»Ist Grundlingen weit von unserer Route entfernt?«

Lech zögerte. »Ich verlieren zwei Stunden«, gab er zu bedenken. »Und wenn Café zu? Ich dann Dummkopf.«

Maria lachte. »Jemand, der so schöne Gedichte schreiben kann, ist unmöglich ein Dummkopf.«

Georg schüttelte seinen Kopf. »Der Typ ist verliebt. Und verliebte Leute sind dumm. Also ist er ein doppelter Dummkopf, wenn wir da ankommen und es ist geschlossen.«

Maria schaute auf die Uhr am Armaturenbrett. »Es ist noch keine vier Uhr durch. Das schaffen wir.« Sie sah Lech an. »Los, fahren wir nach Grundlingen.«

Lech zögerte.

»Doch! Lassen Sie uns fahren. Ein Mann muss um die Frau, die er liebt, kämpfen.«

Hinter ihr schnaufte Georg verächtlich.

Noch immer zögerte Lech. Dann aber gab er sich einen Ruck. »Kann Chef sagen, Umleitung wegen Unfall, oder?«

»Genau!«, rief Maria. »Und was sind schon zwei Stunden im Vergleich zu einem glücklichen Leben?«

Lech legte den Blinker ein, um auf der nächsten Ausfahrt

die Autobahn zu verlassen. Georg aber schüttelte nur den Kopf. »Das geht in die Hose, aber so was von in die Hose!« Er wandte sich Maria zu. »Und sagen Sie ja nicht, ich hätte Sie nicht gewarnt.«

Kapitel 17

Ben und Anna saßen gerade in der Küche des Bauern und aßen Rührei mit Speck, als das Telefon klingelte und man ihnen mitteilte, sie könnten den Wagen abholen.

Anna schluckte schwer. Nicht nur, weil sie Maria Lindhorst nicht hatten finden können. Nein, es war auch, weil ihr jetzt nur noch wenige Stunden mit Ben blieben. Dann würden sich ihre Wege trennen.

Zurück in der Werkstatt bedauerte der Meister, nicht die richtigen Diagnosewerkzeuge für einen Wagen dieser Marke zu haben. Er repariere eigentlich nur landwirtschaftliche Nutzfahrzeuge. »Also Traktoren, Heuwender oder Pflüge und so.«

Zumindest leuchte die rote Warnleuchte nicht mehr, und der Mercedes rolle wieder. Die Sache mit dem Weihnachtsbaum aber sei heikel, das Ding tanze noch immer.

»Vielleicht ein Virus oder so etwas«, vermutete er vorsichtig. »Sie brauchen auf alle Fälle ein Software-Update, glaube ich. Nun ja, wenigstens können Sie weiterfahren.« Dabei warf er dem Wagen einen unsicheren Blick zu, als sei er nicht wirklich sicher, ob die Hightechkiste es schaffen würde, auch nur vom Hof zu kommen. »Fahren Sie am besten möglichst langsam«, schlug er vor.

Und so mied Ben Autobahnen und fuhr den Wagen, der

sonst problemlos seine 200 Stundenkilometer hätte schaffen können, im Omatempo auf der Landstraße. Fiat Pandas und uralte VW Bullis überholten den Mercedes, ihre Fahrer schauten mal amüsiert, mal wütend zu Ben, während sie an ihnen vorbeizogen. Unterdessen zappelte munter das Bäumchen auf dem Bildschirm und sandte dabei Glitzersternchen aus.

Sicherheitshalber und schweren Herzens beschlossen Ben und Anna, statt mit dem kaputten Wagen nach Hamburg zu fahren, eine Dependance der Autovermietung aufzusuchen, die nur knapp achtzig Kilometer entfernt in der nächsten Stadt lag. Am Hauptbahnhof würde Anna den ICE zurück nach Hamburg nehmen und Ben den Wagen tauschen, um nach München zu seinen Kindern und der Verlobten zu fahren. Es sei logisch und vernünftig, hatte er gesagt. Und sie hatte ihm still zugestimmt.

Da das Navi an Bord nicht funktionierte, versuchte Ben eine App auf seinem Handy zu starten, die ihnen sagen konnte, wo sie entlangfahren sollten. Doch auch das klappte nicht. Irgendwie schien die Technik sich gegen ihn verschworen zu haben.

»Gut, dann eben nicht«, beschloss er nach dem dritten vergeblichen Installationsversuch. »Dann müssen wir es eben auf die gute altmodische Art machen. Wir fahren nach Straßenschildern. So schwer kann es ja nicht sein.«

Anna nickte traurig. »Ein kleines letztes Abenteuer.«

So war das Leben nun einmal. In all seiner Ungerechtigkeit am Ende auch noch logisch. Und mit jedem Kilometer, den sie hinter sich ließen, drohte auch die Erinnerung an die letzte Nacht zu verblassen.

»Vielleicht solltest du in Hamburg anrufen und fragen, ob Maria schon zurück ist oder ob man etwas gehört hat«, schlug Ben plötzlich vor. »Es wäre doch möglich, dass sie mittlerweile zu Hause im Warmen sitzt, während wir uns noch immer Sorgen machen.«

Er reichte ihr sein Handy.

»Und wenn sie nicht da ist? Suchen wir dann doch weiter?«

Ben zögerte. »Das wäre nicht logisch.«

»Nein, natürlich nicht.« Anna wählte die Nummer vom *Seniorenheim Möwenstrand* und hielt das Handy an ihr Ohr. Sie wartete auf das Freizeichen.

Unterdessen erreichten sie einen kleinen Ort mit einem Weihnachtsmarkt auf dem Marktplatz vor der Kirche. Ein hoher, mit Lampen geschmückter Tannenbaum stand vor dem alten Rathaus. Buden kuschelten sich auf dem Kopfsteinpflaster um einen Kandelaber herum. Ein Weihnachtsmann in rotem Mantel stand mitsamt frierenden Engeln mitten auf der Straße, hielt die Autos an, verteilte Süßigkeiten und wünschte ein schönes Fest.

Es hatte sich schon eine Wagenschlange gebildet. Gleich waren sie dran. »Wir müssen uns keine Sorgen um Maria machen«, meinte Ben, während Anna unruhig weiter darauf wartete, dass jemand im Büro des Heims das Telefonat annahm. »Sie ist bestimmt schon zu Hause.« Er sagte es mit einer Überzeugung, die ihn selbst zu überraschen schien.

Zu Hause?, dachte Ben. War das entsetzlich überteuerte Endreihenhaus in München sein Zuhause? Manchmal fühlte er sich dort wie sein eigener Gast. Yvette sagte, er müsse mehr Geduld haben.

Jetzt trat der Weihnachtsmann an den Mercedes, um auch Ben und Anna etwas zu schenken, doch Ben winkte ab.

»Danke nein, wir müssen weiter!«, rief er durch das geschlossene Seitenfenster und fuhr an.

Endlich ging jemand im Seniorenheim ans Telefon.

»Anna hier. Ist Frau Lindhorst wieder da?«

»Na, du hast Nerven, hier so einfach anzurufen!«, kommentierte Hannes, der Pfleger, und Anna erfuhr, dass er ihretwegen Dienst hatte, dass die Fellbacher-Greulich stinkwütend auf sie sei und dass Frau Lindhorst noch immer nicht zurück war. Man gedenke Anna eine Abmahnung zu erteilen, weil sie sich unentschuldigt vom Dienst entfernt habe und nicht einmal heute Morgen zu ihrer Schicht erschienen sei.

»Hast du ihr denn nicht gesagt, dass ich Frau Lindhorst suche, Hannes?«

»Nö, ich dachte, dass du das selber machst.« Anna konnte sein Grinsen förmlich hören. »Wenn du zurückkommst, sollst du zur Chefin kommen. Echt, Anna, da hast du einen richtigen Bock geschossen«, sagte Hannes.

Ohne einen Gruß legte Anna auf.

»Ärger?«

Anna zuckte mit den Achseln, als würde sie sich nicht sorgen. »War zu erwarten«, meinte sie betont lässig.

Besorgt schaute Ben zu ihr rüber. »Kann ich irgendwie helfen? Also, vielleicht könnte ich behaupten, ich hätte dich entführt, oder so.«

Anna lachte. »Danke, aber wir sollten es nicht noch komplizierter machen, als es schon ist.« Sie ließ das Fenster herunterfahren, spürte die kalte Winterluft hereinströmen. Tief atmete sie ein. »Wer braucht schon Arbeit?!«, rief sie hinaus in die Welt.

Ben musste an die letzte Nacht denken und wie sein Herz erfüllt gewesen war, als Anna in seinem Arm gelegen hatte. Sie war so ungekünstelt, voll Wärme und dabei so aufrichtig. Mit ihr konnte er lachen und hatte dabei nicht das Gefühl, sich ständig entschuldigen zu müssen.

Plötzlich bremste er.

Erschrocken fuhr Anna zu ihm herum. »Was ist passiert?«

»Da war doch eben dieser Weihnachtsmarkt, richtig?«

Anna verstand nicht.

»Als du gerade im Heim anriefst, fuhren wir an dem Marktplatz vorbei. Da waren Buden und ein riesiger Tannenbaum.«

»Der Weihnachtsmarkt auf der Straße?«

»Genau der.«

Sie verstand noch immer nicht.

»Möchtest du mit mir auf den Weihnachtsmarkt gehen?«, fragte er mit gepresster Stimme, während er ihren Blick mied und auf die Straße hinausstarrte. »Ich meine, du musst natürlich nicht, aber ... also, vielleicht ... hast du ja Hunger. Also ich hätte. Aber, wie gesagt, du musst ja nicht.«

»Gerne«, unterbrach sie sein Gestammel.

Er drehte sich zu ihr. »Echt?«

Sie nickte. »Was ist daran so ungewöhnlich?«

Überrascht wendete er den Wagen. »Frauen zum Essen einladen ist nicht so meine Stärke, weißt du. Mir fehlt da wohl der Hang zur typischen Romantik, glaube ich. Lea brauchte keine Kerzen und keinen Rotwein, wenn es um solche Dinge ging. Sie fand ein Essen in der Mensa auch romantisch, irgendwie.« Als hätte er schon zu viel erzählt, schwieg er plötzlich. Er ließ den Wagen zurück zum Marktplatz rollen.

»Verstehe. Und Yvette? Wie habt ihr euch denn kennengelernt?«

Das Ortseingangsschild kam in Sicht. »Sie sprach mich an. Ich hätte mich nie getraut. Zu hübsch. Zu beliebt. Zu energisch.«

Er parkte den Wagen. Auf der anderen Straßenseite war

der Weihnachtsmann noch immer unermüdlich dabei, den Leuten Süßigkeiten ins Wageninnere zu reichen und ein schönes Fest zu wünschen. Mittlerweile hatte die Dämmerung eingesetzt, und der Marktplatz erstrahlte im Meer der Weihnachtslichter. Als sie über die Straße gingen, erkannte der Weihnachtsmann sie sogleich und winkte ihnen zu. »Na, haben Sie es sich doch anders überlegt?«, rief er, und Anna winkte zurück.

»Ich frage mich schon oft«, fuhr Ben in Gedanken fort, »was Yvette überhaupt an mir findet. Sie könnte ganz andere Männer haben. Sie ist unglaublich aktiv. Joggt, macht Yoga, fährt Ski … hatte ich schon erzählt, dass ich Skifahren lernen muss?«

»Warum *muss?*«, wollte Anna wissen und steuerte einen Stand an, von dem ein köstlicher Geruch nach gebrannten Mandeln ausging.

»Wohl aus dem gleichen Grund, warum sie mich beim Golfkurs angemeldet hat.«

Ein Posaunist, der neben der hohen Tanne Aufstellung genommen hatte, spielte dem Publikum *Oh, du Fröhliche* vor, und einige der Leute sangen sogar mit.

»Das verstehe ich nicht? Warum sollst du Golf lernen?«

Überall roch es herrlich nach Weihnachten.

»Yvette hat sich in den Kopf gesetzt, dass ich mehr aus mir machen müsse. Karriere, du verstehst. Im nächsten Jahr geht der Dekan in Rente. Ich habe mich beworben.«

»Die Sache mit dem Beamer?«

Er nickte verzagt.

»Oje.« Sie hakte sich bei ihm ein.

»Yvette meint, um die richtigen Posten zu bekommen, muss ich nun einmal die richtigen Leute kennen. Wir sind eine Privatuniversität und haben Geldgeber, die umgarnt werden wollen.« Er kaufte ein Tütchen Mandeln, die sie sich teilten, während sie weiter an den Buden vorbeischlenderten.

»Und solche Leute trifft man eben nur auf dem Golfplatz oder beim Après-Ski im Sporthotel?«

Er seufzte. »So ist es. Sie hat alle meine Lieblingshosen und -pullis zur Altkleidersammlung gegeben und mich komplett neu eingekleidet.«

»Nein!«

»Doch. Aber sie hat recht: Um neu anzufangen, muss ich das Alte hinter mir lassen.«

Immer mehr Leute strömten auf den Weihnachtsmarkt, und Anna und Ben drohten sich im Gedränge zu verlieren. Er drückte ihren Arm fester in seinen.

»Hast du es ihr gesagt? Ich meine, das mit den Kleidern und dem Skifahren und dem Golf, dass es nicht deins ist.«

Er schüttelte den Kopf. »Sie meint es ja nur gut.«

»Oje«, sagte Anna noch einmal.

»Nein, nein, sag das nicht. Sie gibt sich sehr viel Mühe, alles richtig zu machen. Max und Frieda können manchmal wirklich schwierig sein. Und Yvette hat viel Geschmack, was Möbel und so etwas angeht. Ich kann mich völlig auf sie verlassen.« Er lächelte verlegen. »Ich bin in solchen Sachen nämlich ein völliger Einfaltspinsel, sagte sie erst neulich, und es stimmt.«

Sie blieben an einem Stand stehen, wo es köstlich nach Schmalzgebäck roch. »Ich weiß, die Dinger machen dick, aber vielleicht möchtest du trotzdem?«, fragte er vorsichtig.

»Unbedingt!«

Er kaufte eine Schale mit vier prächtigen Exemplaren, und sie schlenderten weiter, bis sie eine kleine Bühne erreichten, auf der eine Gruppe Kinder das Krippenspiel zum Besten gab. Über ihre warmen Winterjacken hatten die Hirten Jutesäcke mit Löchern für die Arme gezogen. Die heilige Maria saß, wohlfrisiert und leicht geschminkt, mit einer Puppe im Arm auf ihrem Hocker, während Josef gelangweilt neben ihr stand. Der Engel der Verkündigung, gekleidet in ein weißes Gewand, das früher einmal ein Betttuch gewesen sein mochte, hatte unterdessen seinen Text vergessen, was die heilige Maria mit einem genervten Blick quittierte.

Über ihren Köpfen hing ein von innen beleuchteter Stern, von denen es zur Weihnachtszeit Hunderte in den Geschäften und Straßen gab. Aber diesen fand Anna besonders schön.

Als könne Ben ihre Gedanken lesen, sagte er ebenfalls begeistert, dass diese Art Stern nicht einfach nur ein Stern sei, sondern ein Herrnhuter Stern mit fünfundzwanzig Zacken, davon siebzehn viereckige und acht dreieckige. »Ein Mathematiklehrer hat ihn Ende des 19. Jahrhunderts entwickelt, um seinen Schülern den Geometrieunterricht anschaulicher zu machen, heißt es.«

Überrascht sah Anna zwischen dem Stern und Ben hin und her.

»Man erhält einen Stern, wenn man von einem sogenannten Polyeder ausgeht, also einem Vielflächner. Das sind dreidimensionale Objekte, die von mehreren Ebenen begrenzt …« Sie legte ihm ihre Finger auf den Mund und lächelte. Er schwieg.

Im Publikum hatte sich mittlerweile Unruhe bemerkbar gemacht, was den armen Engel auf der Bühne vollends aus der Fassung zu bringen drohte. Da drückte Ben die halb leere Schale Schmalzgebäck Anna in die Hand und eilte hinter die Bühne. Sie sah noch, wie er sich hinter die Kulisse stellte und dem panisch ins Publikum starrenden Engel etwas zuflüsterte. Kurz darauf entspannten sich die Gesichtszüge des Jungen, und er sagte seinen Text brav auf. Strahlend berichtete er nun den Hirten, dass der Heiland geboren sei und sie sich auf den Weg machen sollten, ihn zu begrüßen.

Das Stück nahm seinen Lauf, der Engel hatte seine Angst verloren, und die heilige Maria richtete nun ihren Unmut auf Josef, der mit einem Niesanfall zu kämpfen hatte.

Ben kam zurück. »Als Max den Engel spielte«, erklärte er, »haperte es an der gleichen Stelle. Außerdem weiß ich, wie schrecklich es sich anfühlt, wenn Leute einen anstarren und man irgendetwas Wichtiges sagen muss, das einem partout in dem Moment nicht mehr einfallen will.« Wohlwollend sah er zum Engel hinüber, der jetzt über das ganze Gesicht strahlte und den Applaus dankbar entgegennahm.

Anna und Ben schlenderten weiter.

»Magst du Sterne?«, wollte Anna von ihm wissen.

Und als er nickte, wollte sie wissen, welche Art Stern sein liebster sei. »Der Herrnhuter?«, vermutete sie.

»Er ist schön, aber der allerschönste Stern ist für mich kein Stern, sondern eine Kugel.« Fragend schaute sie ihn an. »Es ist sozusagen ein Stern, dem die Zacken fehlen.« Er lachte verlegen. »Ich mag das Runde lieber als das Spitze. Ein Philosoph soll mal gesagt haben, man könne die ganze Welt in zwei Kategorien einteilen. Ping und pong. Jeder Mensch kann intuitiv entscheiden, was ping ist und was pong. Also für mich sind Stifte, Schraubenzieher, Kinnhaken und Steuererklärungen ping. Pong aber ist alles, was rund ist und sich gut anfühlt. Also eine Umarmung oder eine Kugel.«

»Also sind Weihnachtssterne für dich ping, richtig?«

Er nickte. »Und Weihnachten pong, und du bist für mich …«

In diesem Moment klingelte Bens Handy. Er schaute aufs

Display, zögerte. »Da muss ich ran«, murmelte er und trat einige Schritte zur Seite, um den Anruf anzunehmen. »Hallo, Yvette.«

Anna drehte ihm den Rücken zu. Er sollte nicht sehen, wie enttäuscht sie war. All das war eben zu schön, um wahr zu sein. Plötzlich hatte sie keinen Appetit mehr auf Schmalzgebäck oder gebrannte Mandeln. Sie ließ die fast leere Tüte und die Schale in einen Mülleimer fallen, der in ihrer Nähe stand.

Hinter sich hörte sie Bens Stimme, wie er umständlich versuchte zu erklären, warum er sich gerade auf einem Weihnachtsmarkt befand, statt auf dem kürzesten Weg nach Hause zu kommen.

»Ich habe nur einen Zwischenstopp gemacht. Das Auto … es musste in die Werkstatt …«, hörte Anna ihn sagen. »Was? Nein! Wie kommst du darauf? Ich bin alleine hier …«

Anna zuckte zusammen. Das tat weh!

Aber was hätte er seiner Verlobten auch sonst sagen sollen? Dass er die Nacht mit einer anderen Frau in einer Scheune verbracht hatte und mit ihr nun über einen romantischen Weihnachtsmarkt schlenderte? Nein, er tat das einzig Richtige, versuchte sie sich zu beruhigen. Ohne Erfolg.

Wütend stampfte Anna auf. »Warum bloß war dieser Mann schon vergeben?« Sie fühlte sich schrecklich. Einfach nur schrecklich. Und plötzlich wünschte sie sich ganz weit fort. Am besten zurück nach Hamburg, wo sie all das hier schnell vergessen könnte.

Grimmig trat sie auf Ben zu, der sein Bestes tat, die Anruferin am anderen Ende der Leitung milde zu stimmen. Anna stellte sich vor ihm auf und sah ihn scharf an. »Können wir jetzt weiterfahren?«, fragte sie laut genug, damit Yvette jedes Wort mitbekam.

Ja, es war eine kleingeistige Rache, und die aufgebrachte Stimme dieser Yvette hörte Anna noch fünf Meter weiter.

Trotzdem! Sie konnte keine Männer leiden, die nicht die Wahrheit sagten. Feige, total feige! Wie die anderen auch!

Und so einen Mann wollte sie niemals nie nicht, unter keinen Umständen und überhaupt … Eine Träne lief ihre Wange hinunter.

Kapitel 18

Die Zugmaschine donnerte über die Landstraße und ließ die Häuschen am Straßenrand winzig wirken. Lech kannte den Weg genau. Etwas schien ihn förmlich nach Grundlingen zu ziehen, denn anders als zuvor fuhr er jetzt stets einen Tick zu schnell.

»Grundlingen? Wer wohnt schon in einem Dorf mit dem Namen Grundlingen«, moserte Georg vor sich hin. »Der Name hat bestimmt mehr Buchstaben als das Dorf Einwohner. Da wette ich drauf.«

Maria schwieg verbissen. Sein ständiges Nölen ging ihr mächtig auf die Nerven. »Wie heißt die Frau aus der Konditorei eigentlich?«, fragte sie Lech, in der Hoffnung, Georg möge mit seinem Gejammer aufhören.

Lech zuckte mit den Achseln. »Ich nix fragen. Besser so.«

»Trägt sie einen Ehering?«

Georg warf seine Hände gen Himmel. »Wird das ein Verhör? Der arme Kerl!«

Doch Maria wollte es wissen. »Also?«

Lech schüttelte den Kopf. »Nix Ring, aber Tochter.«

»Oh!«, freute sich Maria. »Wie alt ist sie?«

»Alt wie Tascha.«

Maria schaute noch einmal auf das Bild an der Mittelkonsole. »Also etwa vier oder fünf Jahre. Ein wunderbares Alter. So alt ist auch meine Enkelin Frieda«, sagte sie und fügte leise hinzu: »Sie wird mich bestimmt nicht mehr erkennen.«

Lech aber schüttelte den Kopf und schlug sich mit der Faust auf die Brust, an die Stelle, wo das Herz saß. »Familie hier. Und hier Mensch sehen besser als mit Augen.«

»Wie recht Sie doch haben, Lech.«

Bald darauf rollten sie in Grundlingen ein, das weitaus größer war, als Georg angenommen hatte. Am Ortseingang befand sich jene Tankstelle, die Lech offenbar immer anfuhr, wenn er hierherkam. Sofort fiel Maria auf, dass diese auch von anderen Truckern genutzt wurde, immerhin stand auf dem recht großen Parkplatz ein weiterer Lastwagen.

Lech stellte seinen Truck daneben, als er auch schon von dem Kollegen mit viel polnischem Hallo begrüßt wurde. Lech sprang aus dem Fahrerhäuschen und umarmte den anderen herzlich.

Unterdessen nahm Maria ihre Reisetasche, öffnete die Beifahrertür und machte sich dran auszusteigen. Ein wenig umständlich und unter Zuhilfenahme des Haltegriffs hatte sie bald festen Boden unter den Füßen.

»Ich finde übrigens, dass Sie mehr Ihr Ziel im Auge behalten sollten, Maria«, moserte Georg hinter ihr. »München. Wenn wir ständig Umwege fahren, kommen wir nie an.«

»Wer immer nur an sich denkt, kommt niemals irgendwo an, lassen Sie sich das gesagt sein, mein Freund.«

Sie schaute zu Lech hinüber, der offenbar gerade erklärte, was er hier mache. Dabei druckste er herum und warf Maria einen unsicheren Blick zu.

Maria ging zu den Männern hinüber. »Ihr Freund war so nett, mich hierherzubringen, weil ich drüben in der Konditorei etwas sehr Wichtiges zu erledigen habe«, erklärte sie dem anderen und zeigt auf die gegenüberliegende Straßenseite, wo sich in einem Fachwerkhäuschen besagte Konditorei mitsamt einem kleinen Café befand.

In den Fenstern brannte Licht, und die Tür stand offen. Sie hatten also Glück. Ohne ein Widerwort zu dulden, hakte Maria sich bei Lech ein und schob ihn Richtung Konditorei. »Kommen Sie, wir haben einen Termin.«

An der Straße wollte Lech dann aber doch nicht weiter. »Was ich sollen sagen?« Er schüttelte den Kopf. »Das alles dumme Idee. Frau werden lachen.«

»Haben Sie keine Angst, Lech. Wir trinken nur eine Tasse Kaffee. Sie müssen nicht reden. Das können Sie mir überlassen.« Wieder hakte sie sich ein, schaute, ob Autos kamen, und als dem nicht so war, marschierte sie über die Fahrbahn, den leise jammernden Lech an ihrer Seite mitziehend.

Das kleine Café war ein Schmuckstück und hätte an einem See mit einem Wald stehen müssen, vielleicht auch auf dem verträumten Marktplatz einer kleinen Stadt mit Kirche.

Maria und Lech traten ein. Überall standen alte Biedermeiersofas mit Tischen aus dunklem Holz, hingen gerahmte Gemälde an den Wänden, standen Tannengestecke und liebevoll ausgewählter Nippes herum. Auffallend aber war der große Adventskranz, der mitten im Café von der Decke hing und auf dem bereits vier Kerzen brannten.

Morgen war Weihnachten, fiel es Maria wieder ein. Georg hatte recht gehabt. Sie sollte nicht allzu viele Umwege zum Ziel machen.

Dennoch, es war wirklich sehr hübsch und gemütlich hier, fand Maria. Und ohne diesen kleinen Umweg hätte sie dieses nette Café nie gesehen.

Hinter dem Kuchentresen stand eine blonde Mittdreißigerin. Sie trug eine dieser altmodischen weißen Rüschenschürzen, wie Maria sie von früher aus den Konditoreien ihrer Kindheit kannte. Sie war gerade damit beschäftigt, Filterkaffee aufzugießen. Der würzige Duft der gemahlenen Kaffeebohnen strömte durch den Raum, sodass Lech ein leiser Seufzer entfuhr. Vielleicht aber war es auch nur ein Stöhnen, weil er lieber wieder gegangen wäre. Bevor sein restlicher Mut ihn gänzlich verließ, schob Maria ihn zu einem freien Tisch hinüber.

»Ich bin gleich bei Ihnen!«, rief die Dame hinter dem Tresen.

»Lassen Sie sich Zeit, meine Gute«, rief Maria freundlich zurück. »Wir haben es nicht eilig.«

Sie setzten sich an den Tisch. Maria auf das hübsche, aber schon recht durchgesessene alte Sofa, Lech auf den Stuhl, der dem Ausgang am nächsten war.

»Armer Kerl«, raunte Georg mitfühlend, als er sich neben Maria auf das Sofa fallen ließ. »Warum müssen Sie nur immer die Leute mit dieser Gutmenschlichkeit so quälen? Das ist nicht nett. Sie machen ihm Hoffnungen, die sich allesamt in Luft auflösen werden.«

»Scht«, zischte sie leise. »Sie kommt.«

Aufmerksam beobachtete Maria die Frau, die nun an ihren Tisch trat. Sie trug ihr blondes Haar hochgesteckt, was ihr eine gewisse vornehme Note gab. Ihr Blick war offen und freundlich, ihr Lächeln hatte etwas Verschmitztes. Maria mochte sie sofort. Sie reichte ihr die Hand. »Guten Tag. Ich heiße Maria Lindhorst. Und das ist Lech.«

Überrascht schaute die Frau erst auf Lech und dann auf die ihr dargebotene Hand von Maria. Zögerlich nahm sie sie und lachte. »Susanne Thews, angenehm. Aber sagen Sie Sanne zu mir. Das machen alle.«

»Sie haben hier ein sehr schmuckes Café, liebe Sanne«, lobte Maria aus vollem Herzen.

Die Frau sah sich mit einem stolzen Blick um. »Danke für das Kompliment. Ich habe es selber eingerichtet.« Dann wandte sie sich an Lech. »Wie schön, dass Sie auch wieder da sind. Ich hatte Sie schon vermisst, Herr Lech.«

Georg brüllte auf, als er sah, dass Lech puterrot im Gesicht wurde und außer einem Kopfnicken und etwas unklar Gemurmeltem nichts rausbrachte. Maria knuffte Georg in die Seite.

»Endlich lernen wir uns kennen«, fuhr Sanne fort, ohne den Blick von dem Lkw-Fahrer zu lassen. Das aber trieb noch mehr Röte in Lechs Gesicht. Er nickte kurz.

An Maria gewandt erklärte Sanne, dass Lech schon seit zwei Jahren auf einen Kaffee zu ihr komme und schon so etwas wie ein Stammkunde sei. Unterdessen saß Lech auf der Stuhlkante und wirkte, als wolle er sogleich aufspringen und flüchten.

»Kein Wunder, dass der noch Single ist, wenn er bei allen Frauen so rangeht …«, stöhnte Georg.

Maria bestellte zwei Kaffee und dazu je ein Stück der Weihnachtstorte. Als die Cafébesitzerin gegangen war, beugte sie sich zu Lech hinüber. »Na, das läuft doch prima.«

Lech stöhnte mit schmerzverzerrtem Gesicht auf. »Wir gehen, ja? Bitte.«

»Nein.«

Maria ignorierte Lechs wehleidiges Gesicht und schaute sich im Raum genauer um. Aus dem kleinen Lautsprecher in der Ecke kam leise Musik. An den Tischen saßen Alt und Jung vor Tellern mit leckeren Sahnetorten oder einem heißen Kakao. Maria entdeckte ein antikes Schreibset auf einer Anrichte, wie man es vor über hundert Jahren fand.

Es bestand aus einem Tintenfass mitsamt marmorner Ablage für die Feder, die ihrerseits in einem goldfarbenen Fässchen stand. Über der Anrichte hing ein Bild mit handgeschriebenen Zeilen in einem einfachen Holzrahmen. Maria kniff die Augen ein wenig zusammen. Und weil sie dennoch die eng beschriebenen Zeilen nicht entziffern konnte, stand sie auf und ging hinüber.

Sie beugte sich dicht an das Bild. »Oh«, hauchte sie. Dann stellte sie sich auf und fragte zu Sanne hinüber: »Ist das echt?«

Diese kam gerade mit einem Tablett in der Hand zum Tisch zurück. In den beiden Tassen darauf dampfte der Kaffee. »Ja, mein Großvater schrieb das Gedicht für meine Oma.« Sie stellte die Tassen auf den Tisch und warf Lech ein flüchtiges Lächeln zu, das er noch flüchtiger erwiderte.

»Ihr Großvater war Dichter?«, hakte Maria nach und warf Lech einen vielsagenden Blick zu.

Sanne lachte. »Nein, ihm gehörte der Kaufmannsladen am Marktplatz. Dort, wo heute der Supermarkt steht. Aber er wäre gerne ein richtiger Dichter geworden.«

»Mein Freund Lech ist auch Dichter.« Maria sah zu dem blassen Mann mit dem geneigten Kopf, der ganz offenbar überall sein wollte, nur nicht hier.

»Oh, wirklich?« Sanne schaute ihn interessiert an.

Lech stöhnte auf, während er sich ein verkrampftes Lächeln abrang. »Nur polnisch Gedichte«, murmelte er dem Stückchen Sahnetorte vor sich entgegen.

Maria aber war anderer Meinung. »Auf dem Weg hierher hat er mir eines seiner Werke vorgestellt. Ich spreche ja nicht ein Wort Polnisch, aber ich konnte jedes Wort verstehen. Ist das nicht eigenartig?«

Sanne begriff, was Maria meinte. »Gute Gedichte sind

mehr als nur Worte«, sagte sie und warf Lech einen langen Blick zu.

Der sprang plötzlich auf, starrte die beiden Frauen an, murmelte etwas Polnisches und rannte hinaus.

»Das war zu viel für den Guten«, kommentierte Georg. »Warum quälen Sie ihn nur so? Respektieren Sie doch einfach, dass er damit sehr glücklich war, die Frau hin und wieder zu besuchen und sie still anzuschmachten.« Kopfschüttelnd erhob sich der Engel und folgte Lech. »Jetzt haben Sie ihn verschreckt. Der redet nie wieder mit einer Frau.« Er warf Maria einen wütenden Blick zu. »Und mit Ihnen schon gar nicht!«

Dann verließ auch Georg das Café.

Fassungslos blieb Maria zurück.

Als Maria kurz darauf ebenfalls aus dem Café hinaustrat, hatte sie noch immer ein schlechtes Gewissen. Weder Lech noch Georg waren irgendwo zu sehen. Langsam schlurfte sie über das Tankstellengelände zum Truck hinüber und fand Lech auf dem Fahrersitz. Sie öffnete die Tür und schaute zu ihm hoch. Verbissen blätterte er irgendwelche Papiere auf seinem Schoß durch. »Es tut mir leid. Ich hatte es nur gut gemeint.«

Er ignorierte sie. »Ich müssen noch tanken. Dann ich fahren zurück auf die Autobahn«, sagte er endlich. »Kollege Waszlaw werden dich mitnehmen bis Nürnberg.«

Maria schaute zu dem anderen Truck. An dessen Beifahrertür entdeckte sie ihre Reisetasche.

»Wirklich, Lech. Es tut mir unendlich leid. Ich dachte …«

Georg, der neben Lech auf dem Beifahrersitz saß, schüttelte missbilligend den Kopf. »Vielleicht lernen Sie endlich etwas, Frau Lindhorst«, sagte er, und es klang nicht hämisch, so wie sonst. Nein, es klang niedergeschlagen. »Sie können das Glück nicht erzwingen.«

Offenbar hatte sie nicht nur Lech wehgetan, sondern auch ihren Engel enttäuscht.

Lechs Kollege Waszlaw kam um seinen Truck herum und nahm Marias Tasche, um ihn in seinem Wagen zu verstauen. Er war ein kleiner runder Mann mit üppigem Oberlippenbart. »Halbe Stunde, ja?!«, rief er Maria zu.

Müde nickte sie. Sie fühlte sich schrecklich. Irgendwie hatte sie sich die Sache anders vorgestellt. Vielleicht aber lag Georg gar nicht falsch: Man konnte das Glück nicht zwingen. Und nun hatte sie Lechs kleinen Traum wie ein Trampeltier zerstört. Zwar geschah es in bester Absicht, aber kaputt war er dennoch. Lech würde niemals wieder einen Fuß in das Café setzen. Und schuld war sie. Traurig schloss sie die Wagentür, ohne sich von Lech zu verabschieden. Er hätte es nicht gewollt.

»So ist es, wenn man sich in Dinge einmischt, die einen nichts angehen«, kommentierte Georg, der plötzlich neben ihr auftauchte.

»Ach, was wissen Sie schon«, murmelte sie und marschierte hinüber zum Shop der Tankstelle. Sie musste unbedingt etwas Proviant für die Weiterfahrt kaufen, denn nach Lechs Flucht aus dem Café hatte sie Kuchen und Kaffee einfach stehen lassen, um Lech zu folgen. Enttäuscht hatte Sanne ihr die Rechnung gebracht.

Jetzt knurrte vernehmlich Marias Magen. Mit schweren Schritten schlurfte sie zu dem Flachbau bei den Zapfsäulen, wo es einen Laden und die Kasse der Tankstelle gab. Sie zog die Tür auf. Sogleich kam ihr der Geruch von abgestandenem Kaffee entgegen.

Maria sah sich um. Zu ihrer Rechten konnte man Zeitschriften, Kalender, Süßigkeiten und Weine kaufen. Linker Hand lag die Kasse, an deren Tresen sich ein weiterer Tresen für die Ausgabe von Gebäck und besagtem abgestandenen Kaffee anschloss.

Außer ihr gab es nur den jungen Mann an der Kasse, der von den Seiten eines Magazins aufsah. Schnell legte er es weg und schaute Maria erwartungsvoll an. Sie ging zum Glastresen mit dem Plundergebäck. Unschlüssig schaute sie die Stücke an. »Geben Sie mir bitte von dem da eines«, sagte sie matt und zeigte auf ein rundes Ding, welches einigermaßen appetitlich aussah, es mit dem Tortenstück im Café gegenüber aber nicht im Geringsten hätte aufnehmen können.

Während der junge Mann es einpackte und noch fragte, ob das alles sei, blickte Maria durch das Schaufenster auf die andere Straßenseite zum Café hinüber. Leise seufzte sie und bestellte noch einen Becher Kaffee mit viel Sahne zum Mitnehmen.

»Sechsneunzig«, sagte der Tankstellenwart, als er ihr die Papiertüte und den Pappbecher über den Tresen reichte.

In diesem Moment wurde die Glastür aufgerissen, durch die Maria eben eingetreten war. Ein Vermummter stürzte herein. Er trug eine Skimütze über dem Kopf. Deutlich sah Maria die weit aufgerissenen Augen in den Schlitzen.

Wild fuchtelte er mit einer Waffe herum. »Geld her! Überfall!« Seine Stimme überschlug sich.

Der junge Mann hinter dem Tresen hatte bereits die Hände gehoben, so wie der Typ es befahl.

»Ach je«, murmelte Maria, die unschlüssig den Becher und die Tüte in Händen hielt. Wie sollte sie denn …

»Hände hoch!«, brüllte er sie an.

»Ja, wie denn?« Ängstlich blickte sie den ganz in Schwarz

gekleideten Mann an. Die Jacke schien ihm etwas eng zu sein und spannte über einem leicht dicklichen Bauch. Auch wirkte er nicht wirklich beängstigend, eher unsicher. Doch waren es nicht immer die ängstlichen Hunde, die am ehesten bissen? Vorsichtig hob sie die Tüte und den Becher auf Schulterhöhe.

Der Räuber widmete sich nun dem jungen Mann, der erstaunlich gelassen blieb und schon mal zur Kasse latschte. »Geld her, aber flott!«

»Ist nicht viel drin.«

Der Vermummte trat an den Tresen, beugte sich hinüber und schaute in die Kasse. »Wo sind die Scheine?«

Irritiert sah der junge Mann ihn an. »Ey, die Leute zahlen heutzutage mit Karte. Schon mal davon gehört?«

Für einen Moment schien der Mann darüber nachzudenken, ließ sogar kurz die Hand mit der Waffe sinken. Schon hoffte Maria, er würde aufgeben. Doch dann drehte er sich zu Maria. »Geld. Schmuck. Los. Schnell.«

Bevor Maria antworten konnte, stürzte Lech herein. Er brüllte etwas auf Polnisch, das in Marias Ohren recht gefährlich klang. Das schien auch der Bewaffnete so zu sehen. Er fuhr herum, sah Lech wie einen wild gewordenen Stier auf sich zu stürmen. Der Gangster stieß einen Schrei aus, warf Lech die Waffe entgegen und rannte dann durch den Zeitungsgang, hinüber zur Glastür, stieß sie auf und gab Fersengeld.

Lech wiederum wich der Waffe geschickt aus, wobei er einen Korb mit Weihnachtskarten umstieß und kurz ins Straucheln kam. Schnell rappelte er sich auf. »Okay, Frau Maria? Nix kaputt?«

Maria, die noch immer die Hände halb hochhielt, schüttelte ängstlich den Kopf.

Schon stürmte Lech dem Dieb nach.

»Oje, oje, oje«, murmelte Maria und eilte zum Schaufenster. Von dort sah sie Lech an den Tanksäulen vorbeirennen, hinüber zu der kleinen Buchsbaumhecke, die die Tankstelle vom Grünstreifen neben der Straße trennte. Auf der anderen Straßenseite trat gerade Sanne neugierig aus ihrem Café, während sie sich die Hände an einem Tuch abtrocknete.

Der Fliehende hatte bereits die Fahrbahn überquert und rannte jetzt Richtung Felder. Mit einem enormen Sprung setzte Lech über die kniehohe Buchsbaumhecke.

Ein Schrei! Dann war er plötzlich weg.

Maria ließ den Kaffee zu Boden fallen. Hatte der Gangster geschossen? Sie hatte gar keinen Schuss gehört. Sicherheitshalber drehte sie sich um. Nein, die Waffe lag noch immer mitten in einem Haufen Festtagskarten, die allesamt ein friedliches Weihnachtsfest und ein glückliches neues Jahr wünschten.

»Scheiße«, murmelte der junge Mann an der Kasse und nahm endlich die Hände herunter, um zu seinem Handy zu greifen. »Schon wieder so ein Irrer.« Er tippte auf dem Display herum. »Polizei? Ja, hier Didi von der Tankstelle. Tut mir leid, aber ihr müsst mal wieder rüberkommen.«

Draußen sah Maria, wie Sanne über die Straße rannte und zu Lech lief, der sich vor Schmerz schimpfend vom Boden aufzurappeln versuchte, um humpelnd die Verfolgung aufzunehmen. Doch sofort knickte er wieder ein.

Maria rief dem Tankstellenwart eine Entschuldigung wegen der Sauerei mit dem Kaffee zu, dann lief auch sie hinaus.

Von Weitem sah sie Georg herbeirennen. »Was ist passiert? Geht es Ihnen gut?«

Maria antwortete nicht, sondern eilte zu Lech. Georg

folgte. Als sie ihn erreichten, hockte bereits Sanne an Lechs Seite.

»Er muss zum Arzt«, sagte sie ruhig und geschäftsmäßig. »Mein Wagen steht da drüben.« Sie zeigte zu einem roten Golf, der neben dem Café stand. »Kann uns jemand fahren?«

»Ich fahre«, rief Waszlaw. »Schlüssel?«

»Hängt am Brett hinter dem Tresen.«

»Nix passiert. Alles gut.« Lech versuchte aufzustehen. Sogleich sackte er vor Schmerz stöhnend zurück zu Boden.

Waszlaw warf ihm etwas auf Polnisch entgegen, und Lech nickte. »Vernünftiger Vorschlag«, kommentierte Georg.

»Was hat er gesagt?«, wollte Maria wissen.

»Klappe halten, Frauen machen lassen.«

Das erschien Maria tatsächlich vernünftig.

Waszlaw rannte über die Straße, um den Wagen zu holen. Und Lech, der vor Schmerzen seinen Knöchel hielt, schaute Sanne halb ängstlich, halb glücklich an, wie sie so dicht bei ihm hockte und ihren Arm schützend um ihn legte. »Nix nötig. Nur bisschen kaputt. Bein morgen wieder okay.«

Doch Sanne sah es anders. Energisch schüttelte sie ihren Kopf. »Erst röntgen. Dann sehen wir weiter. Und bis dahin bleibe ich bei Ihnen, Herr …«

Lech, der den Blick nicht von ihr lassen konnte, lächelte. »Sagen Lech, bitte, ja? Nur Lech.«

Sie nickte. »Dann sagst du aber auch Sanne.«

»Sanne«, hauchte er, und es klang ein wenig wie Sahne.

Kapitel 19

Kurz darauf waren Waszlaw und Lech mit Sanne im roten Golf die Straße hinunter verschwunden. Verlassen standen die beiden Trucks auf dem Parkplatz.

Georg warf die Hände gen Himmel. »Na super, jetzt ist unsere einzige Mitfahrgelegenheit futsch.« Kopfschüttelnd sah er Maria an, als sei sie schuld an allem. »Haben Sie eigentlich einen Lkw-Führerschein?«, wollte er plötzlich von ihr wissen.

»Um Himmels willen, Georg!«, rief sie. »Das Mofa von heute Morgen war schon aufregend genug.«

»Schade«, murmelte er.

In diesem Moment rollte ein Polizeiwagen mit Blaulicht, aber ohne Sirene auf das Gelände der Tankstelle und hielt vor dem Eingang zum Shop. Gelassen stiegen die beiden Uniformierten aus, setzten ihre Mützen auf und gingen mit federnden Schritten in den Laden.

Neugierig folgte Maria den Beamten. Etwas an dem missglückten Überfall stimmte nicht, und das gedachte sie den Polizisten zu sagen.

Im Shop begrüßte Didi die Männer wie alte Freunde, die kurz auf ein Schwätzchen vorbeigekommen waren.

»Na, der Wievielte war es denn in diesem Monat«, wollte der größere der beiden Polizisten wissen.

»Der dritte«, stöhnte Didi. »Ich meine, echt jetzt, eigentlich hätte ich in einer halben Stunde Schichtwechsel. Stattdessen seid ihr wieder hier.«

»Ach, Herr Dietelheimer«, sagte der andere Polizist und grinste, während er ein Foto von der Waffe auf dem Boden machte. »Wir kommen doch gerne vorbei.«

Sein Kollege lachte, und Didi rollte mit den Augen. »Okay, aber jetzt nicht schon wieder fragen, wie ich heiße und wo ich wohne. Das müssten Sie langsam irgendwo in Ihrem Computer haben.«

»Und der Täter?«

Didi sah ihn verdutzt an. »Woher soll ich denn wissen, wie der heißt oder wo er wohnt?«

Maria trat zu den Männern. »Ich glaube, der Herr Kommissar möchte wissen, wie der Täter aussah und woran Sie sich sonst noch erinnern können«, übersetzte sie für Didi.

»Ach so. Also der hatte etwas Südländisches an sich. So einen Akzent würde ich mal sagen.«

Akkurat, ja fast schon geübt, berichtete Tankstellenkassierer Didi nun auch, was genau vorgefallen war.

Da trat ein junges Pärchen durch die Glastür in den Laden. Sie, toupierte blonde Haare mit kleinen Weihnachtskugeln als Ohrringen, die perfekt zu ihrem Strickpulli samt Rentierkopf und Tannenbaum passten. Er, zwei Köpfe größer als sie, ein Endzwanziger-Adonis mit dunklem Teint und schwarzem Haar, auf dem sinnloserweise eine dunkle Sonnenbrille thronte.

Der Jüngere der beiden Beamten drehte sich zu ihnen um und scheuchte das Mädchen sowie seinen Begleiter freundlich, aber bestimmt wieder hinaus. Man müsse für kurze Zeit den Laden sperren. Sie versuchte noch, um den Polizisten herumzuschauen. »Wurde jemand erschossen?«, wollte sie hoffnungsvoll wissen und zückte bereits ihr Handy.

Der Beamte versperrte ihr den Blick. »Es dauert nicht lange. Bitte warten Sie draußen«, sagte er, schob das Pärchen hinaus und schloss die Tür. Neugierig blickten die beiden durch die Schaufensterscheibe herein.

»Warum passiert so etwas immer in meiner Schicht?«, murmelte Didi zum wiederholten Mal, während er seine Jacke anzog.

Einer der beiden Beamten bückte sich, um mit seinem Kugelschreiber die Waffe vom Boden aufzunehmen, indem er ihn in den Lauf steckte. Er seufzte. »Schon wieder so ein Witzbold.«

Sein Kollege drehte sich um. »Spielzeug?«

»Och neee!« Didi schüttelte den Kopf. »Das darf doch nicht wahr sein! All der Ärger wegen einer blöden Kinderknarre? Ich glaub's nicht!«

Maria aber war nicht überrascht. Der vermeintliche Dieb hatte auf sie vom ersten Moment an keinen professionellen Eindruck gemacht. Da war die sich überschlagende Stimme, die aufgerissenen Augen, der ängstliche Tippelschritt, als wolle er lieber woanders sein als gerade hier.

All das sagte sie auch den Beamten, die ihr mitteilten, dass sie ebenso wie Didi eine Zeugin sei und darum mit auf die Wache müsse.

»Das geht nicht«, raunte Georg, der hinter Maria stand, ohne die Polizisten aus dem Blick zu lassen. »Vergessen Sie nicht, wir haben einen dringenden Termin mit Ihrer Familie!«

Warum er leise sprach, wusste Maria nicht, denn die Beamten konnten ihn ja weder sehen noch hören.

»Kommen Sie! Wir hauen einfach ab«, flüsterte er in ihr Ohr. »Sagen Sie, Sie hätten eine schwache Blase. Dann gehen Sie zu den Toiletten. Da ist meistens ein Hinterausgang oder ein Fenster über dem Waschbecken, durch das Sie krabbeln können. Wir treffen uns dann draußen.«

Sprachlos sah Maria ihn an. Irgendwie konnte sie sich nicht vorstellen, auf der Flucht vor der Polizei durch ein Fenster zu klettern. Wollte er sie veralbern? Doch die Furcht in seinen Augen war echt. Maria fragte sich, ob Georg ein generelles Problem mit Obrigkeiten haben könnte.

Dennoch, Georg hatte recht. Allzu viel Zeit durfte sie jetzt nicht mehr vertun. Die Zeit drängte. »Dauert das mit der Aussage sehr lange?«, wollte sie von dem Beamten mit der Waffe wissen. »Es ist nämlich so, dass ich dringend zu meiner Familie nach München muss. Ein weihnachtlicher Notfall, sozusagen. Es geht um Leben und Tod.« Sie legte noch ein wenig Zittern in ihre Stimme. Als der Beamte nicht sofort reagierte, befürchtete sie das Schlimmste. Sie hatte wirklich keine Zeit, stundenlang auf einem Revier herumzusitzen. Schnell kramte sie ihren Ausweis aus der Tasche. »Vielleicht können wir es ja so machen: Ich sage Ihnen, was ich gesehen habe, und wenn ich auf dem Heimweg bin, komme ich bei Ihnen im Revier vorbei und unterschreibe alles.«

»Das geht leider nicht, gute Dame«, bedauerte der eine Beamte, doch sein Kollege sah es anders.

»Sie wird nichts anderes gesehen haben als Didi.« Mit einem Lächeln wandte er sich Maria zu. »Ich mache Ihnen auch einen Vorschlag: Wir nehmen Ihre Personalien auf. Dann sagen Sie uns, wo wir Sie in München erreichen können. Und falls wir noch Fragen haben, rufen wir Sie an.«

»Prima«, gab Maria strahlend zurück und fummelte die mittlerweile recht zerknickte Postkarte für Ben aus ihrer Manteltasche. »Hier ist die Adresse. Da fahre ich jetzt hin.«

Sie reichte die Karte mitsamt ihrem Ausweis dem Polizisten. Während dieser alles notierte, warf Maria Georg schnell einen Siehst-du-geht-auch-so-Blick zu.

Unterdessen stand das Pärchen noch immer am Fenster und schaute neugierig auf die Szenerie. Dabei machte das Mädchen unentwegt Aufnahmen mit seinem Handy.

»Kollege, geh mal raus und sag der Kleinen, sie soll das gefälligst lassen. Das hier ist ein Tatort.«

Aufmerksam beobachtete Maria, wie der andere Polizist alles Nötige notierte. Dann gab er ihr Ausweis und Zettel zurück.

»Gute Reise noch«, wünschte er ihr, während sie alles in ihre Manteltasche stopfte.

Kapitel 20

Als Maria aus dem Laden der Tankstelle trat, überlegte sie, wie sie jetzt nach München kommen könne. Der Versuch, die beiden netten Polizisten zu bitten, sie zu Ben zu bringen, war bedauerlicherweise an irgendwelchen Landesgrenzen oder Reviergrenzen oder Ähnlichem gescheitert. Und einen Bahnhof oder eine Bushaltestelle gäbe es weit und breit leider auch nicht, hatte Tankwart Didi erklärt.

»Was ist denn dadrinnen passiert?«

Maria zuckte zusammen, als sie die junge Frau mit der Weihnachtskugel im Ohr erkannte. Ihr Freund stand hinter ihr und zündete sich gerade eine Zigarette an.

»Ich glaube, das ist hier nicht erlaubt«, wies Maria mit einem Kopfnicken zu einem Schild hin, auf dem etwas von Rauchverbot stand.

Er betrachtete das Schild, murmelte ein »Mist« und steckte die Zigarette artig zurück in die Schachtel.

»Also, was war da los?«, insistierte das Mädchen.

»Nichts Besonderes. Jemand wollte die Tankstelle überfallen, überlegte es sich dann aber anders.«

»Ach, mehr nicht? Schade, ich dachte, da wäre vielleicht geschossen worden oder so.«

Marias Blick fiel auf den grünen BMW, der an Säule zwei stand. »Ist das Ihrer?«, wollte sie von den beiden wissen.

Er nickte.

Voll Hoffnung auf eine Mitfahrgelegenheit, erzählte Maria den beiden, dass sie nach München müsse. »Fahren Sie rein zufällig in diese Richtung?«

Das Mädchen strahlte. »Aber klar. Da wollten wir auch gerade hin. Ich bin übrigens Kiki.« Den Einspruch ihres Freundes, dass sie genau in die entgegengesetzte Richtung führen, wischte sie mit einer Handbewegung fort. »Hören Sie nicht auf José«, sagte sie lachend und hakte sich bei Maria ein, um sie zum Wagen zu geleiten. »Und während wir nach München fahren, erzählen Sie uns alles, was eben in der Tankstelle passiert ist, ja? Ganz so harmlos war es doch sicherlich nicht. Immerhin war die Polizei da und sagte etwas von einem *Tatort.*«

Man holte noch schnell Marias Gepäck aus Waszlaws Truck. Dann sollte die Reise in einem froschgrünen Auto weitergehen.

Beim Einsteigen aber warnte der junge Mann Maria noch: »Dass Sie mitdürfen, das macht sie nur, um Sie auszufragen und dabei auch noch zu filmen. Sie hat nämlich einen Blog.«

Maria wusste nicht, was er meinte. Es interessierte sie allerdings auch gerade nicht.

Anders aber Georg, der sich neben Maria auf die Rückbank setzte. »Sie hat einen Blog? Das klingt irgendwie ungesund.« Er sah sich das Mädchen genauer an, welches nun auf dem Beifahrersitz Platz nahm und sich anschnallte. »Dabei sieht sie gar nicht krank aus.«

José stieg ein und ließ den Motor röhrend an. »Eigentlich heißt sie auch gar nicht Kiki, sondern …«

Das Mädchen unterbrach ihn. »Das ist doch total unwichtig. Meine Follower kennen mich als Kiki.« Dann erklärte sie Maria, dass sie nicht irgendeine banale Bloggerin für Mode oder Schminktipps sei, sondern eine Gesellschaftsbloggerin.

Bei diesem Wort hob sie ein wenig das Kinn. »So ähnlich wie es bei Ihnen früher die Literaten machten, also Schriftsteller und so.«

José lachte. »Du hast doch noch nie ein Buch gelesen, Kleine.«

»Klappe«, zischte sie. Dann wandte sie sich wieder an Maria. »Sie wissen schon, Goethe, Schiller und so. All die Schriftsteller aus Ihrer Kindheit. Kannten Sie welche davon? Ich meine persönlich und so.«

Maria fragte sich, für wie alt die Kleine sie eigentlich hielt. »Was genau machen Sie denn da so in diesem *Block*?«

Plötzlich verdüsterte sich Kikis Gesicht, und auf ihrer makellos glatten Stirn entstand eine kleine Falte, die ihr wohl das gewisse Intellektuelle geben sollte. »Also, ich sehe mir genau an, was um mich herum passiert, und darüber mache ich mir dann Gedanken. Und die stelle ich ins Internet. Mit Film, logo.« Jetzt war ihre Denkerstirn wieder verschwunden, und sie schenkte Maria ein strahlendes Lächeln. »Ich habe schon vierhundertachtzig Follower. Und es werden mehr.« Sie wandte sich wieder ihrem Handy zu, und ihre spontan gute Laune verflog wie ein Schmetterling im Kühlschrank. »Echt total Asche, dass wir zu spät waren. Ich hätte den Terroristen gerne im Film gehabt. Shit.«

Hier musste Maria korrigierend eingreifen. »Ich glaube nicht, dass es ein Extremist war. Eher ein kleiner Dieb. Und dazu noch ein nicht sonderlich erfolgreicher.«

Kiki sah auf. »Echt? Aber der Tankwart hat doch gesagt, dass der einen ausländischen Akzent hatte. Etwas Südliches oder so.«

Maria schüttelte den Kopf. »Das hat nichts zu sagen. Nicht jeder, der aus dem Süden kommt, ist gefährlich. Ich zum Beispiel komme aus Hamburg. Und von mir aus gesehen liegt München im Süden. Sind darum alle Münchner gefährlich? Außerdem hatte er nur eine Spielzeugpistole dabei und ist auch noch zu Fuß weggelaufen. Ich nehme an, es ist nur eine Frage der Zeit, bis man ihn findet. Immerhin hatte die Tankstelle eine Videokamera an der Decke.« Als sie das enttäuschte Gesicht des Mädchens sah, schaffte sie es nur knapp, ein Lächeln zu unterdrücken. »Es ist so lieb von Ihnen, dass Sie uns … ich meine, mich mitnehmen«, trällerte sie über Kikis Schulter nach vorne. Das junge Mädchen prüfte gerade die Qualität ihrer Handyaufnahmen von der Tankstelle. Sie schien nicht sonderlich zufrieden zu sein, weil es wohl in der Schaufensterscheibe zu Spiegelungen gekommen war, die die Aufnahmen ruiniert hatten.

»Loser, sage ich nur«, kommentierte indes Kikis Freund José. »Ich meine, ey, der ist echt zu Fuß abgehauen? Für einen Überfall braucht man doch eine anständige Karre.« Er klopfte mit der Hand auf das Lenkrad, als sei es ein Pferd. »Wer geht denn zu Fuß los, um Tankstellen zu überfallen?« José schüttelte seine viel zu lange Lockenpracht, der Maria zu gerne einen Friseur vermittelt hätte. »Mensch, so etwas muss man doch planen.« Dann schickte er noch ein verächtliches »Anfänger« hinterher, dem Georg aus vollem Herzen zustimmte.

»Genau, Anfänger.«

Wie erwartet bat Kiki Maria dennoch um eine detaillierte Beschreibung der Vorgänge in der Tankstelle, aber Maria wollte nicht so recht. Ihr wäre es lieber gewesen, nur aus dem Fenster zu schauen. Sie musste nachdenken, über Lech, über ihre Enkelkinder, vor allem aber über Georg, der auf dem Parkplatz gemeint hatte, man könne das Glück nicht zwingen. Zudem ging ihr der nervöse Räuber nicht aus dem Kopf. Und so murmelte sie etwas von polizeilicher Untersuchung, der sie nichts vorwegnehmen wolle, und dass sie darum Fragen auch nicht beantworten könne. So eine Floskel hatte sie mal im Fernsehen gehört.

Georg grinste Maria an. »Ich fresse einen Besen, wenn die Kleine sich so einfach abwimmeln lässt.«

Er sollte recht behalten. Kiki ließ nicht locker, zog alle Register, die ihr zur Verfügung standen, als da waren: an Marias Verpflichtung zur Wahrheit appellieren, mit vorgeschobener Unterlippe mucksch sein oder hervorheben, wie gut es einem nach einer derart traumatischen Erfahrung doch täte, wenn man darüber reden könne. »Lassen Sie es raus, Maria«, säuselte sie.

Irgendwann gab Maria sich geschlagen und erzählte zumindest die Kurzfassung des Überfalls: Mann mit Skimütze stürzt herein, brüllt nach Geld, Hände hoch, anderer Kunde kommt rein, erschreckt Räuber, der rennt weg, verliert dabei seine Spielzeugwaffe, alles gut, keiner verletzt, nur ein Schreck. Während sie das sagte, hielt Kiki ihr das Handy zwecks Videoaufnahme vor die Nase, unterbrach sie ab und an, sprach dann selbst in die Kamera, um eine Frage zu stellen oder die künftigen Zuschauer mit recht plakativen Formulierungen trotz Marias langweiliger Beschreibung bei der Stange zu halten.

Sie waren noch nicht weit gekommen, als der BMW vor einer Kurve ein Warndreieck passierte. José bremste ab und rollte langsam an dem liegengebliebenen Wagen am Straßenrand vorbei. Ein Fahrer war weit und breit nicht zu sehen. Den aber entdeckten sie ein paar Hundert Meter weiter. Er trug schwarze Kleidung und hielt einen Benzinkanister in der Hand. Mit hängenden Schultern schlurfte er am Straßenrand entlang, als läge das Unglück der ganzen Welt auf seinen schmalen Schultern. Irgendwie kam der Mann Maria bekannt vor. Sie überlegte noch, wo sie ihn gesehen haben mochte, als José schon wieder Gas gab. Da fiel es ihr wieder ein. »Halt!«, brüllte sie.

José stieg auf die Bremse. Alle wurden nach vorne geworfen. Kiki und Georg schrien auf.

»Das ist er!«, rief Maria und drehte sich um. Der Mann am Straßenrand blieb stehen, schaute erschrocken zu ihnen herüber.

»Wer ist das?«, wollte Kiki wissen.

»Der Räuber von eben.« Maria zeigte durch das Rückfenster. »Das ist er.«

Kiki grinste. »Cool.« Bevor jemand sie aufhalten konnte, öffnete sie die Beifahrertür.

»Hallo, Sie!«, rief Kiki dem Mann zu, der ein ganzes Stück hinter ihnen wie angewurzelt dastand. Sie winkte ihm zu. »Sollen wir Sie bis zur nächsten Tankstelle mitnehmen?«

»Spinnst du?«, rief José ihr zu.

Gespannt verfolgten alle im Auto die Szenerie. Auch Georg.

Als der Mann nicht antwortete, sondern wie ein erschrockenes Kaninchen nur dastand, strahlte Kiki ihn mit einer entwaffnenden Unbekümmertheit an, die Maria sprachlos machte. »Sprechen Sie Deutsch?«, wollte das Mädchen wissen und ging ein paar Schritte auf ihn zu. Er sah aus, als käme er aus Italien oder Griechenland.

Langsam nickte der Mann.

»Toll. Sollen wir Sie mitnehmen? Sie können doch nicht den ganzen Weg laufen.«

Im Auto stöhnte José unterdessen. »Das macht sie immer.«

»Was meinen Sie?«

»Immer bringt sie mich in Schwierigkeiten.« Er drehte sich zu Maria. »Jetzt mal ehrlich, sie kann doch keinen

Schwerverbrecher in mein Auto holen! Stattdessen sollten wir die Polizei rufen.«

»So gefährlich wirkt er gar nicht auf mich«, gab Maria zu bedenken. »Ohne Skimütze finde ich ihn sogar recht sympathisch. Vielleicht etwas bekümmert, aber ansonsten ganz nett.«

José rollte mit den Augen. Dann kam ihm ein Gedanke. »Vielleicht hat ja jemand ein Kopfgeld auf ihn ausgesetzt.« Jetzt wirkte er an einer Mitfahrt des Mannes nicht mehr ganz so uninteressiert.

Da stand der Räuber auch schon mit Kiki am BMW. »Danke, dass Sie mich mitnehmen«, murmelte er und kletterte zu Maria auf die Rückbank. Das allerdings war für Maria ein wenig problematisch, denn nicht nur sie saß dort, sondern auch Georg. Und so rutschte Maria auf der Bank ein Stück weiter, während Georg über sie kletterte, um sich dann zwischen sie und den Räuber zu quetschen.

Kurz nickte der Fremde Maria zu und stellte den leeren Benzinkanister auf seinen Schoß.

Kiki stieg wieder ein, und José fuhr mit durchdrehenden Reifen los. Das Mädchen gab sich redlich Mühe, ihre Aufregung hinter viel Gerede zu verstecken, während José auf die Straße starrte, als sei er eingefroren. Unauffällig beobachtete Maria den Mann neben sich, derweil Georg ihn ungeniert von oben bis unten musterte. »Sieht gar nicht aus wie ein echter Räuber, finde ich.« Er beugte sich ein wenig vor, um den Mann genauer betrachten zu können, der aus dem Fenster starrte. »Warum hat er das gemacht? Ich meine, das ganze Ding war doch von vornherein eine Lachnummer.« Er wandte sich an Maria. »Der Junge neben der Quasselstrippe hat recht: So etwas muss man doch vorbereiten, mit einem Fahrzeug, das wenigstens genug Benzin für die Flucht im Tank hat.«

»Sie kommen nicht von hier, oder?«, unterbrach Maria Kiki, die dem Fremden gerade von ihrem Blog erzählte, ohne dass er zuhörte. »Lassen Sie mich raten«, fuhr Maria fort, »Griechenland?«

Er nickte. »Kreta.« Kiki zog ihr Handy hervor. Erschreckt sah er sie an. »Bitte nicht, Fräulein. Ich … ich …«

Maria warf Kiki einen strengen Blick zu, und das Mädchen legte ihr Handy wieder zurück auf den Schoß. Ließ es aber nicht los.

»Leben Sie schon lange in Deutschland?«

Er nickte. »Seit fast vierzig Jahren.« Tatsächlich, der südländische Slang, den Didi gehört haben wollte, war noch da. Ein leichtes Rollen, etwas eckig vielleicht. Sein Akzent klang noch immer nach Sonne und geharztem Wein.

»Haben Sie Kinder?«

Georg mahnte Maria zu mehr Vorsicht. Dennoch hörte er aufmerksam zu, als der Mann von seiner Familie erzählte. Da seien seine Frau Elaia, die Kinder Niko und Sofia, die Nichten Eleni und Kassandra, welche über die Feiertage extra aus Heraklion gekommen seien, um mit Großmutter Helena Melomakarona und Kourambiedes zu backen. »Das sind Honiggebäck und Butterplätzchen mit Mandeln nach einem Rezept meiner Ururgroßmutter«, erklärte er, und ein kleines Lächeln ging über sein Gesicht. Doch ebenso schnell, wie es gekommen war, verschwand es auch wieder.

Kiki hielt erneut ihr Handy hoch. »Erzählen Sie doch einmal, wie man in Griechenland Weihnachten feiert.«

Matt schüttelte er den Kopf. Doch Kiki ließ mal wieder nicht locker. »Ich denke, ich werde eine Interviewreihe darüber machen, wie unterschiedlich die Leute in Europa das Fest der Feste feiern«, sagte sie und schien von der Idee sichtlich angetan. »Ich bin nämlich eine Gesellschaftsbloggerin«, erklärte sie dem Mann, woraufhin dieser Maria fragend anschaute.

Maria aber zuckte nur mit den Achseln. »Ich weiß auch nicht so recht, was das ist. – Bei uns«, begann Maria dann, »gab es zu Weihnachten immer erst Geschenke, wenn es draußen dunkel wurde. Vorher schmückten wir gemeinsam den Weihnachtsbaum. Dann lief meine Tochter Lea in ihr Zimmer und machte sich hübsch, während ich die Kerzen am Baum entzündete, und mein Mann sich so richtig schick machte, mit Fliege und allem Drum und Dran. Und dann läutete ich das Glöckchen, und Lea kam aus ihrem Zimmer geflitzt. Dann haben wir gesungen und mit einem Glas Sekt angestoßen. Die Kleine bekam natürlich Apfelsaft, aber in einem hübschen Kristallglas. Danach war Bescherung, und dann gab es Kartoffelsalat mit Würstchen.« Der Gedanke an damals wärmte Marias Herz. Der Fremde lächelte. »Wie heißen Sie eigentlich?«, fragte Maria ihn plötzlich. »Ich bin Maria Lindhorst aus Hamburg.« Sie reichte ihm die Hand.

Ganz automatisch ergriff er sie. »Dimitri.«

Leise fragte er, ob man ihn vielleicht statt zur Tankstelle nach Hause bringen könne. »Ich wohne nicht weit entfernt.«

»Aber der Wagen?«, wollte José wissen.

Dimitri antwortete nicht gleich. Es schien, als sei alle Kraft aus ihm gewichen und er nur noch eine Hülle. Dann endlich meinte er, sein Schwager Patros könne den Wagen später abholen. »Ich fühle mich gerade nicht so wohl.«

Beunruhigt sahen sich Maria und die anderen an.

José schaute erschreckt nach hinten. »Aber nicht in mein Auto kotzen, Mann.«

Maria schüttelte den Kopf. »Ich glaube, Herr Dimitri ist einfach nur sehr, sehr müde.«

Der Mann nickte.

»Na dann«, rief José erleichtert. »Klar, logo. Wo soll es hingehen?«

Dimitri nannte den Namen eines Dorfes ganz in der Nähe. Dann schaute er wieder schweigend aus dem Fenster.

Keiner sagte ein Wort, doch Maria bemerkte, wie Kiki unruhig auf ihrem Sitz hin- und herrutschte. Offenbar wollte sie endlich wissen, warum dieser nette Herr eine Tankstelle hatte überfallen wollen. Auffordernd sah das junge Mädchen Maria an, sie solle Dimitri weiter ausfragen, aber Maria schüttelte den Kopf. Etwas sagte ihr, dass all das niemanden etwas anging, außer Dimitri selbst.

Da aber begann Dimitri von sich aus zu erzählen. »Man denkt, die Zeiten seien modern«, sinnierte er scheinbar ohne Zusammenhang. »Aber das stimmt nicht. Eine alte Geschichte aus meiner Heimat besagt, dass Kobolde zu Weihnachten aus der Unterwelt entfliehen und zwölf Tage lang die Menschen ärgern. Wir nennen sie Kalikanzari. Man muss ein ordentliches Feuer machen, um sie zu vertreiben.« Er lachte trocken auf. »Ich hätte im letzten Jahr öfter den Kamin anzünden sollen, aber ich war zu geizig, wollte Holz sparen. Darum sind sie geblieben, die Kobolde, und haben mir das ganze Jahr sehr, sehr schwer gemacht.«

»Die Kalikanzari?«, fragte Maria vorsichtig nach.

»Mein Vermieter, er hat die Miete für mein Restaurant erhöht. Das *Hellas*, gleich an der Landstraße hinter dem Ortsschild. Es gehört mir und meiner Familie seit sieben Jahren. Es brachte nie viel ein, aber genug, um glücklich zu sein. Und das zählt doch, oder?« Fragend schaute er Maria an. »Dreimal hat er die Miete erhöht. Ich musste die Speisekarte dreimal neu drucken lassen, mit immer höheren Preisen. Selbst unsere Stammkunden blieben irgendwann weg. Jetzt muss ich aufgeben. Schulden. Ich weiß nicht, wie ich es meiner

Elaia und den Kindern erklären soll.« Er legte seine Hände vor das Gesicht. »Aber schlimmer noch ist etwas anderes, denn ich habe eine sehr große Dummheit begangen. Diese Dummheit wird noch viel, viel mehr Schande über mich und meine Familie bringen. Ich weiß nicht, wie ich damit leben soll, verstehen Sie das?« Er nahm die Hände herunter und sah Maria an. In seinen Augen lag tiefer Schmerz. »Ein Mann wie ich trägt doch Verantwortung für die Seinen. Und ich habe versagt.«

»Aber es wurde doch niemand verletzt«, unterbrach Kiki ihn.

Dimitris Kopf schoss herum, sodass Kiki zurückschreckte. Alle im Wagen zuckten zusammen.

Entsetzt blickte Dimitri die anderen an. »Sie wissen es? Woher?«

»Also, wir haben nichts gegen Räuber. Bestimmt nicht«, mischte José sich nervös ein. »Darum bringen wir Sie ja auch nach Hause. Wir sagen auch niemandem etwas. Also, keine Polizei und so.« Wie ein Stock saß er hinterm Steuer. »Alles total locker, echt jetzt. Kein Grund, nervös zu werden, Mann.«

Jetzt mischte sich Maria ein. »Junger Mann, ich habe nicht den Eindruck, dass Herr Dimitri nervöser ist als nötig.«

José schaute über seine Schulter zu dem ungewollten Fahrgast. »Nein?«

»Nein«, erklärte Maria. »Nun fahren Sie ganz ruhig weiter. Es wird sich alles klären.«

Da hob José eine Hand vom Lenkrad, als melde er sich. »Aber eine Frage habe ich noch. Wie kann man einen Überfall planen und nicht genug Sprit im Tank haben? War die Karre geklaut?«

»Das würde mich auch interessieren«, murmelte Georg.

Wild schüttelte Dimitri den Kopf. »Nein! Nein! Das ist mein Auto. Ich stehle nicht.«

Georg schüttelte sein Haupt. »So ein Anfänger.«

»Das eigene Auto für einen Raub benutzen?« José stöhnte auf, als schmerze ihn etwas. »Und dann noch mit fast leerem Tank?« José war sichtlich enttäuscht. »Oh Mann, hoffentlich sind Sie ein besserer Gastwirt. Als Räuber haben Sie jedenfalls total versagt.«

Beschämt sackte Dimitri zusammen. »Der Mann, der mir aus der Tankstelle folgte …«, begann er vorsichtig.

»Lech«, erklärte Maria. »Er ist ein Lastwagenfahrer aus Polen.«

»Hat er sich sehr verletzt? Ich wollte zurücklaufen und ihm helfen, aber ich …«

»… Sie hatten Angst«, beendete José den Satz und ließ seinen BMW nun flott über den Asphalt gleiten. Seine Stimmung hatte sich erheblich gebessert, jetzt da er sicher sein konnte, dass es sich bei dem gesuchten Terroristen in seinem Wagen nur um ein armes Würstchen handelte.

»Ich nehme an, die Polizei sucht mich, oder?«

Maria wiegte ihren Kopf hin und her. »Nun, es wird wohl eine Anzeige geben. Zum Glück ist ja nicht wirklich etwas passiert.«

»Die Schande! Noch nie wurde jemand aus meiner Familie von der Polizei gesucht. Was sollen meine Kinder von mir denken?«

»Das hätte er sich vorher überlegen sollen«, kommentierte Georg, eingezwängt zwischen Maria und dem unglücklichen Griechen.

Kapitel 21

Es war längst dunkel. Der Schnee vor Dimitris Restaurant *Hellas* lag unberührt da, als der BMW auf dem leeren Parkplatz hielt.

Dimitri blickte zum Haus hinüber, dessen Schild über der Tür im Dunkeln lag, wie auch die Fenster des Gastraums. Ein tiefer Seufzer entfuhr ihm. »Ich ging mit leeren Händen und komme mit noch leereren Händen zurück.«

Keiner von ihnen stieg aus. Auch Dimitri nicht.

»Wissen Sie«, sagte Maria in die Stille hinein, »ein guter Freund von mir sagte einmal, dass Familie mehr sei als das, was man sieht.« Sie schlug sich mit der Faust auf die Brust. »Familie geht viel tiefer. Vertrauen Sie darauf. Manchmal glaubt man, ganz allein zu sein, und irrt sich mehr, als man denkt.«

Sie öffnete die Wagentür und stieg aus. Kiki tat es ihr gleich, doch José blieb sitzen. »Los komm«, raunte das Mädchen ihrem Freund zu.

»Bin doch nicht verrückt«, antwortete José. »Bin schon froh, dass der draußen ist. Wer weiß, ob der und seine Familie wirklich so harmlos sind, wie er tut. Das hier könnte eine Falle sein. Mafia und so.«

»Du guckst zu viele schlechte Filme. Merkst du nicht, dass er am Boden zerstört ist? Wer weiß, was er noch für Dummheiten macht.«

»Genau! Sag ich ja.«

Kopfschüttelnd stieg sie aus. »Ich jedenfalls gehe mit. Und wenn du kein Feigling bist, kommst du auch.«

»Feigling? Ich?« Das wollte José nicht auf sich sitzen lassen. Grummelnd stieg er aus.

Mit ihm verließ auch Georg den Wagen. Er fand es vollkommen überflüssig, hier noch länger herumzulungern, statt endlich weiterzufahren. »Aber auf mich hört ja keiner«, schimpfte er und war sicher, dass es nicht mehr lange dauern konnte. Man hatte ihn und Maria auf dem Schirm. Dass das Handy so lange nicht mehr geklingelt hatte, musste einen Grund haben. Vielleicht schickten sie einen anderen Engel, um den Job zu machen. Und dann hieß es: ab in die Registratur. Georg seufzte. Dann warf er einen langen Blick in den Nachthimmel hinauf und einen kurzen auf das himmlische Handy in seiner Hand.

Bevor José die Wagentür zufallen ließ, warf er das Glitzerding in seiner Hand schnell auf die Rückbank. »Ist eh egal«, meinte er zu sich selbst und folgte den anderen. Ärger war ihm im Himmel so oder so sicher.

Jetzt standen sie gemeinsam an der Eingangstür zu Dimitris Restaurant. Ein Schild hing im Fenster: *Heute geschlossen!* Zögernd griff Dimitri nach dem Knauf und zog die Tür auf, als sei dies der schwerste Gang seines Lebens.

Der Vorraum mit Garderobe an der Wand und bodentiefem Spiegel gegenüber war dunkel. Durch die rauchglasverzierte Tür in dem Gastraum sah man ein schwaches Licht kommen. Dimitri zögerte, wollte umdrehen, wieder hinausgehen, doch Maria stellte sich ihm in den Weg. »Ihre Familie hat die Wahrheit verdient«, sagte sie nur.

Plötzlich wurde die Tür zum Gastraum aufgerissen. Ein

Junge von vielleicht acht Jahren stand dort. »Papa!«, rief er. Dann rannte er zurück in den Gastraum. »Ο μπαμπάς επέστρεψε!«

»Was hat er gesagt?«, wollte Maria wissen.

Ein schmerzvolles Lächeln ging über Dimitris Gesicht. »Papa ist gar nicht tot. – Sie dachten wohl, ich wolle mich …« Dimitri warf die Hände ein weiteres Mal vor sein Gesicht. »Oh Gott, was habe ich ihnen nur angetan!«

In diesem Moment stürzte eine Frau mit einem Kleinkind auf dem Arm aus der Küche. »Dimitri!«

Das muss Elaia sein, dachte Maria.

Dimitris Frau drückte die Kleine dem Jungen in den Arm. Dann rannte sie auf ihren Mann zu, umarmte und küsste ihn, weinte, während ein Wortschwall ihrem Mund entwich, der tausend Worte umfasste und offenbar noch viel mehr sagte, denn auch Dimitri kämpfte mit den Tränen.

Etwas unbeholfen standen Maria und die anderen daneben.

Von all den griechischen Gefühlen peinlich berührt, wussten Georg und José gar nicht, wo sie hingucken sollten. Kiki indes seufzte voll Glück über diese Szene und zückte schon wieder heimlich ihr Handy.

Endlich trat Elaia einen Schritt zurück, prüfte die Unversehrtheit ihres Mannes von oben bis unten. Dann ging sie zu Maria und den anderen. »Sie haben mir meinen Mann zurückgebracht! Wir haben uns schlimme Sorgen gemacht.« Sie nahm Marias Hände in ihre. »Kommen Sie herein! Bitte! Seien Sie unser Gast.«

Mittlerweile war die gesamte Familie in den Gastraum gelaufen, um den verlorenen Vater, Bruder, Sohn und Onkel zu begrüßen. Von einer alten Frau mit vielen tiefen Falten im Gesicht erhielt Dimitri erst einmal eine deftige Ohrfeige.

Dann zog sie ihn an ihren Busen und küsste seine Stirn wieder und wieder.

»Das ist Großmutter Helena«, erklärte Dimitris Frau. »Helena Xantakis aus Panormo.«

Vor Glück strahlend stellte Elaia den Gästen die gesamte Familie vor, zu der die beiden Nichten aus Heraklion gehörten, eine rundliche Tante und der Onkel namens Patros sowie Dimitris Kinder Niko und die kleine Baby-Sofia sowie einige Freunde, die in Wahrheit Schwager und Schwägerinnen dritten und vierten Grades von irgendjemandem waren. Man umarmte erst den Heimgekehrten, dann Maria und Kiki samt José, der bei der fünften Umarmung aufgab, sich zu wehren.

»Wir sind so glücklich, dass Sie meinen Enkel zurückgebracht haben«, übersetzte Elaia die Worte der alten Helena, die offenbar kein Deutsch konnte. Schon holte eine der Nichten eine große Flasche mit klarer Flüssigkeit aus dem Schrank, und der erste Raki wurde gereicht. Elaia und Großmutter Helena drängten die Gäste an einen langen Tisch. Sie sollten bestellen, wonach immer ihnen der Sinn stand.

Kopfschüttelnd stand Georg ein wenig abseits. Sie hatte es schon wieder getan. Wie war das nur möglich?

Da hörte er ein tiefes Brummen vor der Tür. Er beugte sich zum Fenster. Draußen vor dem Lokal hielt ein Truck. Einer von der größeren Sorte. Zwei Männer sprangen aus dem Fahrerhäuschen, sprachen kurz miteinander, schienen zu überlegen, ob sie am rechten Ort waren. Dann traten sie ein.

»'n Abend«, brummte der eine und sah sich im Halbdunkel des Gastraums um.

Elaia ging zu den Männern und erklärte, dass bedauerlicherweise geschlossen sei, als der Größere von beiden nickte.

»Klar, haben ja alles gehört. War im Funk. Lech hat Bescheid gesagt. Der kommt nachher mit seiner neuen Flamme auch noch vorbei.« Er sah sich um. Dann hielt er auf einen kleinen Tisch in der Ecke zu und legte einen Fünfzigeuroschein neben die Speisekarte. »Einmal Gyros überbacken und ’n großes Bier … bitte.« Sein Kumpel tat es ihm gleich, wollte aber lieber Souflaki mit Pommes.

Elaia ging zu ihrem Mann. »Lech? Kennst du einen Lech?«

Dimitri zuckte zusammen. Mit fragendem Blick drehte er sich zu Maria. »Der Lech?«

Maria zuckte mit den Achseln. »Ich glaube, ja«, antwortete sie unsicher, fragte sich jedoch, wie Lech vom *Hellas* erfahren haben konnte.

Da ein guter Grieche – und vor allem ein Mann aus Kreta – niemals einen Gast vor die Tür setzen würde und Lechs Freunde ab sofort auch seine waren, beschloss Dimitri, dass die beiden Trucker heute Abend zur Familie gehörten. Er schob den Geldschein zurück. »Sie sind unsere Gäste.«

Die beiden Männer sahen sich an. »Wenn du meinst«, sagten sie nur und stießen mit dem Raki in der Hand auf Dimitris Gesundheit an.

Sie sollten nicht die einzigen unerwarteten Gäste an diesem Abend bleiben. Kurz darauf kam eine Familie mit drei halbwüchsigen Kindern herein. Man hätte auf Instagram von der Sache gehört. »Total abgefahren«, kommentierte eine der Töchter und lief auf Kiki zu. »Ey, ich bin ein totaler Fan von dir.« Die Mädchen umarmten sich, als würden sie sich schon lange kennen. »Der Film war echt cool. Stimmt das alles, was du gepostet hast?« Kiki nickte stolz.

Überrascht sah Maria Kiki an. »Hast du mir etwas zu sagen?«

Schnell versteckte Kiki ihr Handy hinterm Rücken.

Es kamen immer mehr Leute. Schon musste Dimitris ganze Familie hinterm Tresen und in der Küche mit anpacken, um all die Bestellungen aufzunehmen und die Leckereien zu kochen, die die unerwarteten Gäste orderten.

Von ihrem Platz aus beobachtete Maria, wie er freudestrahlend von Tisch zu Tisch ging, die Gäste begrüßte, mit ihnen plauderte und um Geduld bat, da man gerade heute nicht mit so viel Zulauf gerechnet habe. Er wirkte so glücklich und schien den Vorfall an der Tankstelle vergessen zu haben. Man setzte fremde Leute gemeinsam an Tische, denn der Platz wurde nun wirklich knapp. Doch das schien die Stimmung eher noch zu verbessern. Muntere Gespräche und eine Menge Lachen erfüllten zum ersten Mal seit Monaten wieder das *Hellas*, und Dimitris Familie verköstigte jeden Gast, als sei er ein guter alter Freund.

Onkel Patros machte sich am CD-Player hinterm Tresen zu schaffen, und schon bald erklangen aus den Lautsprechern echte griechische Lieder. Nicht die griechischen Schlager, wie man sie sonst hörte, sondern Musik aus Dimitris kretischer Heimat.

Onkel Patros rief seinem Schwager etwas zu und warf ihm einen aufmunternden Gruß zu. Daraufhin stellte Dimitri sich lachend in die Mitte seines Restaurants. Mit kleinen Schritten tanzte er zur Musik. Onkel Patros warf das Geschirrtuch in seiner Hand über die Schulter und ging grinsend hinüber. Die Männer nahmen sich bei den Händen und tanzten. Schon schaute Elaia aus der Küche, lachte und lief ebenfalls zu ihrem Mann, wobei sie sich noch die Hände an ihrer Schürze abwischte. Auch die beiden Nichten kamen herbei. Alle stellten sich zu den anderen in die Reihe und begannen, zu den leichten Klängen der Musik langsam zu tanzen.

Es waren komplizierte Schritte, die von Generation zu

Generation weitergegeben wurden. Man übte sie nicht, man lebte sie. Die Musik wurde schneller, die Schritte ebenso, schon begannen die Gäste im Takt zu klatschen.

Jetzt erhob sich einer der beiden Trucker, trat zu den Tänzern und legte seinen schweren Arm auf die Schulter von Onkel Patros, um mitzumachen. »Hab ich mal im Kino gesehen!«, rief er laut. »Alexis Sorbas, stimmt's?« Doch die Schrittfolge war zu schwierig, und der große bullige Fahrer kam recht schnell ins Stolpern. Alle lachten. Auch er. Danach versuchte man es mit einem einfachen *Sirtaki*, dem Tanz, den Anthony Quinn damals in dem berühmten Kinofilm tanzte und der überhaupt nicht aus Griechenland stammte, sondern bis heute nur der Unterhaltung von Touristen dient. Dem Mr Quinn waren die Schrittfolgen nämlich auch zu kompliziert gewesen.

Jetzt ging es besser, und zwei andere Gäste trauten sich ebenfalls. Die Gästeschar war allerbester Laune.

Großmutter Helena trat zu Maria. Voll Dankbarkeit nahm sie Marias Finger in ihre faltigen Hände und sah sie an. Es bedurfte keiner Worte. Dimitris Sohn Niko, der noch immer stolz die kleine Schwester auf dem Arm umhertrug, kam ebenfalls zu Maria. »Mein Papa ist heute Abend ein sehr glücklicher Mann«, erklärte er und setzte der überraschten Maria die kleine Sophie auf den Schoß, damit er mit den Erwachsenen tanzen konnte. Überwältigt schaute Maria das kleine plappernde Etwas auf ihrem Schoß an, dem es nichts auszumachen schien, herumgereicht zu werden. Im Gegenteil.

Neben Maria saß Kiki und hielt alles mit ihrem Handy fest. Maria sah sie so streng wie möglich an. »Stellst du das etwa auch in dieses Internet?«

Zwischen platzendem Stolz und schlechtem Gewissen hin- und hergerissen, nickte Kiki. »Ist doch ein voller Erfolg. Über zweitausend Likes! Die sind alle hier, weil sie auf meinem Blog davon gehört haben.«

Verständnislos sah Maria in das rosig aufgeregte Gesicht. »Wo?«

»Ihr Blog. Hat sie doch schon erklärt.« José nahm noch einen Schluck Bier aus dem Glas vor sich. »Sie ist so etwas wie eine Internet-Tratschtante.« Sofort hatte er Kikis Ellbogen in der Seite und spuckte das Bier zurück ins Glas. »Ey! Was soll das? Stimmt doch, was ich sage.«

»Ich bin Social-Bloggerin.«

»Sag ich doch, Tratschtante.«

Maria sah sich im Gastraum um. »Die alle kennst du?«

Kiki lachte. »Nein. Aber viele Likes heißt, dass viele Leute von Dimitris Kummer erfahren haben. Sie haben es geteilt. Und haben es dann weiter geteilt.«

Diese Erklärung half Maria nicht wirklich.

»Ich habe dazu aufgerufen, dass alle ins *Hellas* kommen sollen, um Dimitri zu helfen. Er kann doch nichts dafür, dass man ihn und seine Familie rauswerfen will.« Kiki strahlte in die Runde. »Das Ding geht voll viral!«

Fragend sah Maria José an, der sich gerade eine Gabel Reis in den Mund schob. »Jeder hat es gesehen, und es werden immer mehr«, erklärte er mit vollem Mund.

»Aber es hilft Dimitri nicht, wenn sie ihm die Haare vom Kopf fressen«, gab Maria zu bedenken, während ihr Blick besorgt durch den überfüllten Gastraum ging, wo jeder einen vollen Teller und etwas zu trinken vor sich stehen hatte. »Die alle zu verköstigen kostet ein Vermögen. Man sollte Freundschaft nicht so ausnutzen.«

Kiki lachte und zeigte auf ein großes Bonbonglas, das auf dem Tresen stand. Statt Bonbons aber lagen darin Geldscheine. »Alle werden bezahlen, und zwar großzügig.«

»Das wird Dimitri beleidigen, denke ich«, überlegte Maria.

Kiki grinste. »Es ist eine Weihnachtsspende für einen Freund in Not. Das kann selbst ein stolzer Mann aus Kreta nicht ablehnen.«

Als die Tür kurz darauf ein weiteres Mal aufging, verhießen die neuen Gäste jedoch nichts Gutes. Es waren die beiden Beamten, die den Fall in der Tankstelle aufgenommen hatten. Hinter ihnen trottete Tankwart Didi herein. Sogleich erstarben die Gespräche an den Tischen, und die Tänzer in der Mitte blieben abrupt stehen.

Mit ernstem Gesicht gingen die Beamten auf Dimitri zu, der mit kreidebleichem Gesicht und hängenden Schultern dastand.

»Was ist passiert?« Elaia klammerte sich an seinen Arm.

Kiki sprang auf. »Sie dürfen ihn nicht verhaften!«, rief sie den Polizisten zu. »Das ist Polizeiübergriff oder so«, brüllte sie mit zitternder Stimme und hielt das Handy auf die Szene in der Mitte des Raumes.

Maria erhob sich und drückte das aufgebrachte Mädchen auf den Stuhl zurück. »Nun warte doch mal ab, was die Herren zu sagen haben.«

»Dimitri Xantakis?«

Stumm nickte der Gefragte.

»Werden Sie ihn mitnehmen?«, fragte Maria die Polizisten.

Die Beamten nahmen ihre Mützen vom Kopf und klemmten sie unter ihren Arm. »Nein.«

»Nein?« Maria schien sich nicht sicher, ob sie richtig gehört hatte.

Jetzt schob Didi sich zwischen die Beamten. »Mein Chef stellt keine Anzeige«, sagte er.

Der jüngere der beiden Beamten ergänzte, dass man es bei

einer Ordnungswidrigkeit belassen würde. Man sei nur vorbeigekommen, um Herrn Xantakis das zu sagen. »Sie müssen sich also keine Sorgen machen. Aber machen Sie so eine Dummheit nicht wieder, verstanden?«

Ungläubig schüttelte Dimitri den Kopf. »Keine Anzeige …«, wiederholte er leise, und die Beamten lächelten.

Elaia sah ihren Mann fragend an. »Was ist denn passiert?«

Die Gäste aber applaudierten, denn dank Kiki wussten alle Bescheid. Man lud die Herren von der Polizei zum Essen und auf einen Raki ein, doch beide lehnten bedauernd ab, weil sie noch im Dienst seien. Mit einem »Schönes Fest noch!« verabschiedeten sich die Beamten.

In der Tür begegnete ihnen ein Mann im Smoking, der es an Leibesfülle nötig machte, dass die Polizisten einen Schritt zurücktraten, damit er hereinkommen konnte.

»Oje«, entfuhr es Dimitri. Er ging auf den Mann zu, hinter dem eine nicht viel weniger füllige Dame mit Aufsteckfrisur, Diamantenohrringen und langem Abendkleid eintrat. »Herr Semmlinger.« Dimitri verneigte sich unwillkürlich vor seinem Vermieter. »Wie schön, dass Sie zu unserer kleinen Feier gekommen sind.« Er wandte sich an dessen Gattin. »Und wie hübsch Ihre Gattin wieder aussieht«, versuchte er es mit einem Kompliment.

Elaia klammerte sich am Arm ihres Mannes fest. »Sie sagten, wir müssten erst zum 1. Januar gehen. Nicht heute!« Ihre Stimme zitterte. »Morgen ist doch Weihnachten!«

Kiki brüllte, dass es ja wohl nicht anginge, die arme Familie an die Luft zu setzen. So mancher im Raum stimmte ihr zu. Plötzlich war die Stimmung eine ganz andere als noch vor einer Minute. Die Unterhaltungen erstarben. Besorgt schauten alle zu Dimitri und den Semmlingers hinüber, die in der Mitte des Raumes standen, wo eben noch getanzt worden war.

Der Vermieter fühlte sich sichtlich unwohl, dennoch straffte er sein Kreuz, wobei er Dimitri um einen halben Kopf überragte. Er sah sich um. »Viel los hier. Dachte, der Laden läuft nicht. Na, Herr Xantakis, dann können Sie ja Ihre Mietrückstände bei mir begleichen.«

Seine Frau knuffte ihn in die Seite. »Du wolltest etwas anderes sagen, Schatz!«, zischte sie, wobei sie unsicher in die Menge lächelte.

»Wollte ich nicht.« Herr Semmlinger wies mit der Hand in die Runde. »Läuft doch, der Laden. Das Gejammer war nur Show. Ein schlechter Kaufmann ist er, wenn er bei so viel Kundschaft keinen Gewinn macht und die Miete nicht bezahlen kann.«

Energisch trat sie gegen sein Schienbein. Er stöhnte auf. Dann nickte sie zu Kiki hinüber, die die ganze Szenerie mit ihrem Handy aufnahm.

Dimitri rang die Hände. »Das sind alles Freunde, keine Gäste. Kein Freund von Dimitri Xantakis bezahlt sein Essen.«

»Genau!«, rief Kiki. »Das nennt man Gastfreundschaft!« Unerschrocken hielt sie ihr Handy hoch. José erhob sich von seinem Stuhl und schob schon mal die Ärmel seiner Jacke hoch. Er schien von einem handfesten Verlauf des weiteren Abends auszugehen.

Schnell schubste Frau Semmlinger ihren störrischen Mann beiseite. »Er will Ihnen sagen, dass der Mietvertrag nicht gekündigt wird. Lassen Sie uns noch sechs Monate warten, bevor wir eine Entscheidung treffen.« Siegessicher sah sie sich im Raum um, wohl in der Annahme, die Anwesenden würden ihre Großzügigkeit zu schätzen wissen. Doch niemand rührte sich.

»Und die Mieterhöhungen?«, rief Kiki, während sie das

Handy erbarmungslos auf jene Leute richtete, die sie für die Missetäter hielt.

»Die letzten beiden Erhöhungen ziehen wir zurück«, sagte sie leise.

Entsetzt sah ihr Mann sie an. »Bist du verrückt? Wir sind doch keine Verteilstelle für Almosen!«

Sie würdigte ihn keiner Antwort. Stattdessen wandte sie sich noch einmal an Kikis Handy. »Wie gesagt: keine Mieterhöhung.«

»Und der Supermarkt?«, unterbrach ihr Mann sie.

Die Frau hob das Kinn. »Den lassen wir eben woanders bauen.«

»Das war also der Grund für die Schikane!«, rief Kiki. »Sie wollten die Familie raushaben, damit sie hier einen Supermarkt bauen können?«

»Schämen Sie sich!«, rief jemand im Restaurant, und die anderen stimmten ein.

Frau Semmlinger und ihr Mann schauten sich nervös um. »Aber wir nehmen die Mieterhöhungen und die Kündigungen ja zurück. Herr Xantakis kann bleiben.«

»Wie lange?«, wollte Kiki kämpferisch wissen.

Das Ehepaar sah sich an. »Na ja …« Der Vermieter räusperte sich. »Solange er will, denke ich, oder? Der Laden brummt ja.«

Jemand im Raum begann, vorsichtig zu klatschen. Dann fielen andere ein, während Dimitri ungläubig seinen Vermieter ansah. Plötzlich riss er die Arme hoch und umarmte Frau Semmlinger. »Danke!«, rief er immer wieder. »ευχαριστώ! Danke!«

Elaia ergriff ebenfalls die Hände der Semmlingers und schüttelte sie herzlich, während Onkel Patros schon mal die nächste Rakiflasche und ein Tablett mit weiteren Gläsern holte. Oma Helena wischte eine Träne von der Wange und schickte ein Dankgebet gen Himmel. Auch ohne Worte wusste sie, was gerade geschehen war.

Seufzend schaute Maria all die glücklichen Menschen um sich herum an. Wie schön dieser Abend war. Eines Weihnachtsabends würdig, dachte sie. Da entdeckte sie Georg, der am Fenster zur Straße stand. Er starrte hinaus, als hätte er einen Geist gesehen.

Kapitel 22

Sie hatten den kleinen Ort mit dem Weihnachtsmarkt hinter sich gelassen und fuhren nun schon seit einiger Zeit durch die Dunkelheit ohne ein Wort.

Anna starrte aus dem Seitenfenster. Der Anruf von dieser Yvette hatte ihr klargemacht, dass sie sich absolut keine Hoffnungen auf Ben zu machen brauchte. Egal, wie schön die Zeit mit ihm gewesen war.

Zwischen ihnen tanzte noch immer das Tannenbäumchen auf dem Display.

»Es tut mir leid«, sagte Ben plötzlich.

»Was tut dir leid? Dass sie anrief? Das muss dir nicht leidtun. Sie ist deine Verlobte.«

»Nein«, sagte er leise. »Es tut mir leid, dass ich sagte, ich sei alleine.« Er schaute sie an. »Ich wollte dir nicht wehtun. Wirklich. Es war nur so …«

»… kompliziert?«, half sie ihm aus, doch ein gewisser Unterton war nicht zu überhören.

»Genau. Kompliziert.« Es schien ihm wirklich leidzutun.

Tief in Gedanken versunken, blickte Anna nun wieder aus dem Fenster. Es hatte erneut zu schneien begonnen. Das Ende ihrer Reise stand kurz bevor. Es konnte nicht mehr weit bis zur Stadt sein. Sie mussten nur eine Bundesstraße oder Ähnliches erwischen, wo Verkehrsschilder ihnen den Weg weisen würden.

Anna gestand sich ein, dass sie traurig und zugleich wütend war, weil Ben vergeben war, weil er gelogen hatte, weil die Nacht in der Scheune nur eine kurze Episode in ihrem Leben sein sollte, weil sie wieder in ihre kleine Wohnung unterm Dach zurückmusste, wo niemand auf sie wartete.

Um die Stille zu füllen, schaltete sie das Radio ein.

»Örtlich starke Schneefälle in weiten Teilen Hessens …«, meinte gerade der Sprecher.

»Und nicht nur dort«, murmelte Ben und beugte sich mit leicht zusammengekniffenen Augen weiter über das Lenkrad, um die Straße besser sehen zu können.

Im Licht der Scheinwerfer schossen immer mehr Schneeflocken auf den Wagen zu, während der Wind Schlieren weißer Pracht über den lakritzfarbenen Asphalt schob. Hin und wieder fuhr der Wagen durch eine Schneewehe, die sich bereits am Fahrbahnrand gebildet hatte. Der Wald um sie herum lag schwarz und still.

Da! Ein Schild! Nur noch zwanzig Kilometer bis zur Stadt.

Annas Herz sank noch weiter hinab, weil das Unausweichliche nun einmal nicht verhindert werden konnte. Darum war es ja unausweichlich.

In dem Moment verschwand plötzlich der sternenglitzernde Weihnachtsbaum, und eine Landkarte erschien auf dem Display zwischen Ben und Anna, in dessen Mitte sich ein roter Punkt langsam über eine blaue Linie schob, die die Straße darstellte, auf der sie sich befanden.

»Was ist denn jetzt los?«, wollte Ben wissen und sah auf das Display, als plötzlich ein Reh ins Scheinwerferlicht des Mercedes sprang. Dann noch eines und noch eines.

Anna schrie auf.

Ben riss das Lenkrad herum. Der Mercedes schoss auf die andere Seite der Landstraße und hüpfte über einen Graben.

Die Wucht des Aufpralls warf Ben und Anna nach vorne in die Airbags.

Dann stand der Wagen, zwischen hohen Tannen, mitten im Gehölz. Anna sah noch die aufgeregten Tiere Richtung Unterholz davonspringen.

Stille.

»Ist alles in Ordnung? Hast du dich verletzt?«, hörte Anna Bens zitternde Stimme.

Sie tastete ihren Körper ab, bewegte Arme und Beine. »Ich glaube, es geht mir gut. Und du?«

Da hörten sie eine metallisch klingende Frauenstimme im Wagen. »Sie haben Ihr Ziel erreicht.«

»Ach, halt die Klappe«, murmelte Ben das Navi an. Er löste den Sicherheitsgurt und quälte sich aus dem Wagen.

Auch Anna stieg aus, blickte noch einmal in den dunklen Wald hinein, den die Scheinwerfer des Mietautos mehrere Meter weit ausleuchteten. Die Rehe waren verschwunden. Annas Puls raste noch immer. »Und nun?«, wollte sie von Ben wissen, der sich bereits den Schaden am Wagen ansah.

»Hauptsache, ich habe keines der Tiere getroffen. Hast du den Blick vom ersten gesehen?«

Anna wusste, was er meinte. Auch sie hatte die erschrockenen braunen Rehaugen gesehen, wie sie auf den herannahenden Mercedes starrten.

Ben trat gegen das völlig verzogene Vorderrad. »Ich weiß, ich hätte die Spur halten sollen, aber ich konnte nicht. Diese Augen. Ich hätte sie für die nächsten Jahre jede Nacht gesehen. Ich *musste* ausweichen.«

Anna ging zu ihm. »Es ist alles gut gegangen. Wir hatten Glück. Und dass du das Reh nicht … Es war richtig von dir. Ich hätte es auch so gemacht.«

Er schüttelte den Kopf. »Nein, ich habe uns gefährdet.«

»Ich glaube nicht. So langsam, wie du gefahren bist, hätten die Rehe es vielleicht sogar noch ganz gemütlich auf die andere Seite geschafft.«

»Oder gefragt, ob sie das Auto anschieben sollen«, kam da eine tiefe Männerstimme von der Straße herüber.

Anna und Ben fuhren herum. Am Straßenrand stand ein wuchtiger Mann in langem Mantel und Gamsbarthut auf dem Kopf. Er wies zu einem alten Wagen am Fahrbahnrand, der schon bessere Tage gesehen hatte. »Ich fahre seit fast fünf Kilometern hinter Ihnen her. Sicher ist sicher.«

Fragend sahen die beiden ihn an.

»Na ja, wenn die Viecher vor *Ihre* Stoßstange laufen, ist das besser als vor meine. Hier wimmelt es von Rehen um diese Jahreszeit.«

»Ach so, ja klar«, rief Ben. »Darum haben Sie auch nicht überholt. Ich sah Sie im Rückspiegel.«

»Wie ich schon sagte: lieber Sie als ich. Ist hier nämlich eine wilde Strecke, wenn ich das mal so sagen darf. Aber so langsam, wie Sie gefahren sind … und ich dachte immer, diese Mercedesse haben mehr PS unter der Haube.«

Nun hätten Anna und Ben ihm von der Werkstatt erzählen können und von den technischen Problemen und dem tanzenden Weihnachtsbaum, aber sie taten es nicht. Stattdessen stützte Ben sich plötzlich auf der Motorhaube seines Wagens ab. Anna erschrak.

»Ich glaube, mir ist übel«, sagte Ben leise.

»Gehirnerschütterung«, vermutete sie und stützte ihn. »Könnten Sie uns zu einem Arzt oder ins Krankenhaus bringen?«, rief sie dem Fremden am Straßenrand zu.

»Kein Problem. Kommen Sie.«

Er half ihr, Ben zur Straße zu bringen, wo sein Wagen stand, der von Nahem betrachtet noch sehr viel rostiger aussah als von Weitem. Der alte Mann bemerkte Annas skeptischen Blick. »Keine Panik. Bis zur Klinik macht der es noch.«

Kapitel 23

Das war es dann wohl«, murmelte Georg, als er draußen auf dem Parkplatz die Gestalt stehen sah. Ein Engel, stolz und schön, würdig und groß, erhaben und herrlich, stand mitten im Schneegestöber im Licht einer Straßenlaterne. Er war nicht so eine Witzfigur wie Georg, sondern einer von der richtigen Sorte. Mit weiten opalglänzenden Flügeln und langem Kleid unter einem reichlich mit Rot und Gold bestickten Umhang. Und er schaute verdammt wütend drein.

Jetzt hatte der Erzengel auch Georg am Fenster entdeckt. Sogleich wurde Gabriels Blick um einige Schattierungen finsterer. Georg seufzte. Fast hätten Maria und er es geschafft. Aber eben nur fast.

Mit hängenden Schultern bahnte Georg sich einen Weg durch die tanzende Gästeschar, das Lachen und die Musik. Er warf Maria noch einen letzten Blick zu, die sich gerade mit Großmutter Helena und dieser verrückten Kiki unterhielt.

Er seufzte. Was immer Maria anfasste, schien wie von Wunderhand gut zu werden. Doch jetzt war es vorbei. Denn dass Gabriel nur auf ein Schwätzchen vorbeigekommen war, konnte Georg sich nicht vorstellen. Der Typ wollte den Job machen, für den man ihn, Georg, eigentlich geschickt hatte.

Er selbst hatte es vergeigt. Schon wieder. Dabei wunderte es ihn, dass es ihm gerade dieses Mal so leidtat.

»Tja, da will man einmal etwas richtig machen, und dann ist es doch verkehrt.« Er schüttelte den Kopf und trat seinen letzten Gang auf Erden an.

Langsam stapfte er durch den Schnee auf Gabriel zu, der diesen göttlich strafenden Blick von Mal zu Mal perfekter zu beherrschen schien.

Als Engel muss man eben wissen, wann man verloren hatte, dachte Georg und schlurfte weiter. »Andererseits«, schoss es ihm da durch den Kopf, »bin ich nicht der Typ, der allzu schnell aufgibt.« Auch wenn das Blatt noch so mies sein mochte, meistens fand er eine Möglichkeit, die Dinge zu richten, na ja, zumindest nicht alles komplett zu ruinieren.

Was hatte Maria noch gesagt? Es ist die Hoffnung, die zuletzt stirbt. Und wo Hoffnung ist, sei ein Licht.

Zögerlich ging er auf den strahlend weißen Engel zu, der ihn noch immer aus schmalen Augen anstarrte.

»Denk nach«, dachte Georg bei sich. »Irgendetwas muss dir doch einfallen.« Seine Schritte wurden immer langsamer, doch sosehr er sich auch bemühte, ihm wollte nicht einfallen, was er noch für Maria tun konnte. Sie würde sehr traurig sein, so kurz vor dem Ziel abgeholt zu werden. Vielleicht aber auch nicht, immerhin würde sie von einem richtigen Engel begleitet werden und nicht von einer Schießbudenfigur im Nachthemd.

»Hi Gabi!«, rief Georg betont munter, als er seinen Kollegen erreichte. Der Erzengel war mindestens einen Kopf größer als er. Noch so ein Psychospiel, auf das Georg nicht stand.

»Du sollst mich nicht Gabi nennen. Ich heiße Gabriel, und ich bin ein Erzengel!«

»Ok, Gabi-el.«

Der Engel knurrte vernehmlich zu ihm herunter. Ihre Feindschaft dauerte nun schon Ewigkeiten. Doch hätte Georg nicht sagen können, wann sie angefangen hatte. Poker spielte darin auf alle Fälle eine Rolle.

»Wo ist dein Telefon, Georg?«

Georg schlug sich mit der Hand an die Stirn. »Wusste ich doch! Ich habe es liegen lassen. Ich habe keine Ahnung wo.«

Gabriels linker Mundwinkel zuckte, als wolle er lächeln, doch er tat es nicht. Stattdessen zeigte er Georg das vermaledeite Glitzerding.

»Oh! Da ist es ja. Hatte es schon gesucht«, log Georg und verfluchte das dämliche Ding, das wie Kaugummi an ihm zu kleben schien.

»Dieses Mal hast du es übertrieben. Dieses Mal wird der Chef kein Erbarmen mit dir haben. Seine Geduld ist am Ende.«

Georg wurde unter dem strengen Blick Gabriels kleiner und kleiner. Reumütig schaute er auf den schneebedeckten Boden.

»Nicht ein einziges Mal hast du es geschafft, eine Abholung anstandsfrei laut EHSV abzuwickeln.«

»Habe meine Talente eben woanders«, murmelte Georg.

»Du weißt, was das für dich bedeutet?«

Georg nickte. Dann aber hob er seinen Kopf. »Bevor es losgeht, Gab…riel, würde ich mich noch gerne von Maria verabschieden. Ginge das?«

Der Erzengel schüttelte den Kopf.

Georg seufzte. »Nein, natürlich nicht. – Andererseits habe ich ihr versprochen, sie könnte ihre Enkelkinder noch einmal sehen.« Ein Funken Hoffnung ließ ihn aufschauen. »Das zählt doch, oder? Ich meine, es ist immerhin das Versprechen eines Engels.«

»Versprochen?«

»Na ja, so ziemlich, … also halb. Genau! Es war ein halbes Engelsversprechen. Und unsereins soll ja nicht lügen. So steht es in den Statuten.«

»Ich denke nicht, dass dies auch für halbe Versprechen gilt. Zumindest sehe ich nicht, warum der Chef deine Eskapaden durchgehen lassen sollte.«

Georg begann, den Erzengel mit den Händen auf dem Rücken zu umkreisen wie ein Professor seine Schüler.

Der Schneefall wurde dichter.

»Sie ist mehr Engel, als du oder ich es je sein werden«, begann Georg. Sogleich bemerkte er Gabriels Blick, der sich zunehmend verfinsterte. Schnell hob Georg die Hände. »Sorry, natürlich meinte ich nicht dich. Nur mich. Sie ist besser, als *ich* es je sein werde.« Er nahm seine Runde wieder auf. »Verstehe mich nicht falsch, aber ich schulde Maria einen Gefallen. Sie hat mir etwas beigebracht, das ich, mit Verlaub, im Himmel nicht gelernt habe. Dafür hat sie meinen Dank verdient, findest du nicht? Außerdem mag ich nicht mit der Schuld, ihr diesen Gefallen nicht erwiesen zu haben, auf Ewigkeiten in der Registratur sitzen.«

»Aha, und wieder geht es nur um dich.«

»Um mich?« Heftig schüttelte Georg den Kopf. »Dank Maria habe ich begriffen, was dieser Engeljob eigentlich soll. – Die Verstorbenen treten aus ihrem Leben in ein neues Leben hinein. Das Neue aber macht ihnen Angst. Und wir sind es, die ihnen diese Angst nehmen sollten, damit sie oben in Frieden sein können.« Georg dachte an den Anwalt, der im Himmel sicherlich noch immer eine grüne Tür suchte. Und zum ersten Mal hatte er deswegen ein klitzekleines bisschen ein schlechtes Gewissen.

Aus dem Haus hinter ihnen hörte Georg griechische

Musik, untermalt von Lachen. Niemals hätte er so etwas zustande gebracht. Maria aber schienen diese Dinge zuzufallen.

»Gib ihr noch diesen Abend. Vielleicht auch noch morgen«, sagte Georg leise, und es klang wie eine Bitte, die von Herzen kam. »Bitte.«

»Das wird leider nicht möglich sein. Anweisung ist Anweisung. Und sie kommt von ganz oben.«

Georg schaute auf den Schnee zu seinen Füßen und dachte nach. Es musste doch eine Lösung geben. Irgendetwas, damit Marias letzter Traum in Erfüllung ging.

Ratlos blickte er auf seine weißen Stiefel. Da fiel ihm etwas ein. Er schaute zum Erzengel auf. »Und wenn ich dir gebe, was du schon lange haben wolltest?«

»Was könnte das schon sein?«, fragte der Erzengel halb amüsiert.

Georg zeigte auf seine Stiefel, die er dem Präsidenten abgenommen hatte. Ein Royal Flush war es gewesen, erinnerte er sich.

Erstaunt blickte Gabriel auf die Schuhe hinunter. »Du willst mir deine Stiefel geben, für die du dich hast strafversetzen lassen?«

Georg nickte. Deutlich erkannte er, dass Gabriel ins Grübeln kam.

»Und dafür willst du als Gegenleistung was haben?«

»Maria und ich fahren nach München zu ihren Enkeln, damit sie noch einmal Weihnachten mit ihnen feiern kann. Danach bringe ich sie hoch, versprochen.«

Der Erzengel aber schüttelte den Kopf. »Du wirst sie sofort verlassen und oben deine verdiente Strafe ohne Widerworte annehmen.«

Georg ließ die Schultern fallen und nickte ergeben. »Na gut, aber bringe es ihr bitte auf die freundliche Art bei. Sie sollte nicht meinetwegen Ärger bekommen. Überhaupt war alles meine Idee. Die ganze Reise und so.«

»Deine Idee? Wie darf ich das verstehen?«

Georg seufzte. »Ich war wütend auf euch, weil ihr mich in diesem lächerlichen Kleidchen hinuntergeschickt habt.«

Gabriel grinste. »Wir haben uns gut amüsiert.« Dann räusperte er sich. »Und weiter?«

»Na ja, und darum hatte ich die Idee, sie und ich könnten noch ein wenig lustige Zeit hier auf Erden haben. Ich hatte keine Lust, in den Himmel zurückzukehren. So wie Aloisius.« Er redete sich in Rage. »Ich musste Maria Lindhorst förmlich überreden, die Reise anzutreten. Sie wollte anfangs gar nicht.« Er log. Und er hoffte, Gabriel würde es nicht merken.

»Ist das so?«

»Ja, ja, klar. Sie hatte ja auch kein Geld und kein Gepäck gehabt. Maria sagte, dass sie eigentlich lieber in dieses Seniorenheim zurückwolle. Ich musste mich richtig ins Zeug legen, um sie umzustimmen. Ja, ich musste sie sogar zu einer Straftat überreden.«

»Straftat?«

»Schwarzfahren.« Er machte ein betroffenes Gesicht. Aber Gabriel blieb misstrauisch. »Doch, doch, glaube mir, sie hatte mit der Sache nichts zu tun. Das wuchs alles auf meinem Mist.« Er schlug Gabriel kumpelhaft auf den Oberarm. »Kennst mich doch. Ich bin halt so.«

Diese plumpe Vertraulichkeit mit einem finsteren Blick quittierend, sog der Erzengel hörbar die winterliche Luft ein.

Schnell ließ Georg seine Hand sinken. »Tschuldigung.«

Dann sah er seinem Gegenüber in die Augen. »Glaube mir, Gabriel, wenn jemand Strafe nötig hat, dann ich. Lass sie in Ruhe, bitte.«

Der Erzengel legte seine Hand auf Georgs Schulter. »Es wird Zeit.«

Ein letztes Mal drehte Georg sich zurück. »Und Maria?«

»Tut mir leid. Ich habe meinen Auftrag. Aber die Stiefel kannst du hierlassen.«

Voll Hoffnung schaute Georg zu ihm hoch. »Du nimmst sie an?«

»Klar, du hast damals geschummelt. Oder dachtest du, wir wüssten das nicht.«

Georg überhörte seine Worte. »Dann darf Maria noch leben?«

»Wie ich bereits sagte: Du musst jetzt gehen.«

»Aber was willst du mit den Stiefeln?«

Gabriel schüttelte den Kopf, als könne er die Begriffsstutzigkeit Georgs nicht verstehen. »Dort, wo du hingehst, brauchst du keine Stiefel mehr.«

Registratur ohne Stiefel? Normalerweise hätte Georg jetzt protestiert, verhandelt, gebettelt und gejammert, doch er nickte nur müde. »Geschieht mir recht«, murmelte er.

Dann traten die beiden in die Dunkelheit, und Georg verschwand von dieser Welt.

❄

Indes sangen drinnen Dimitri und seine Familie ein griechisches Weihnachtslied für ihre Gäste. Alle hörten zu, auch Maria. Plötzlich aber ging ein Schauder über ihren Rücken, und sie begann zu frösteln. Es war eine unbekannte Art des Frierens. Es kam von innen und bohrte sich in ihr Herz hinein. Sie erschrak, tastete nach ihrem Schal, der hinter ihr über der Stuhllehne hing. Hastig legte sie ihn um, während sie zum Eingang blickte. Die Tür war geschlossen. Vielleicht hatte jemand ein Fenster geöffnet, und es zieht herein, dachte sie.

Mit einer leisen Entschuldigung auf den Lippen erhob sie sich von ihrem Platz, schlang die Arme um sich und ging zum Fenster. Im Lichtschein einer Straßenlaterne sah sie Schneeflocken tanzen. Längst hatte sich eine weiße Decke über den Asphalt der Straße gelegt. Kein Mensch war zu sehen.

Maria legte ihre eiskalte Hand auf die Rippen der Heizung unter dem Fenster. Sie waren wohlig warm. Aber warum fror sie dennoch?

Kapitel 24

Sie hatte Georg überall gesucht, aber nicht gefunden. Auch sein Handy war fort. Maria fragte sich, wo der Engel nur sein könnte. Vorhin war er doch noch bei ihnen im Restaurant gewesen. Hatte er einen neuen Auftrag bekommen? Nein, bei seiner Erfolgsquote hielt sie das für unwahrscheinlich. Warum aber war er fort? Warum hatte er sich nicht verabschiedet?

Hin- und hergerissen, ob sie sich darüber freuen solle, dass man wohl nicht mehr vorhatte, sie abzuholen, zog Maria ihren Mantel an. Sie wollte draußen nach ihm suchen.

Da überfiel Angst sie. Was wäre, wenn man ihn abkommandiert hätte? Dann musste sie damit rechnen, dass jederzeit ein anderer Engel kam, um zu tun, was Georg nicht geschafft hatte.

Sie dachte an Ben und die Kinder.

»Ich muss, so schnell es geht, weiter!«, dachte sie. Unauffällig huschte sie hinaus, eilte zum BMW und nahm ihr Gepäck heraus. Sie wollte die Menschen im *Hellas* nicht in ihrer Freude stören.

Dann lief sie die verschneite Straße entlang, entdeckte eine von den alten gelben Telefonzellen, wie sie früher überall zu finden waren, und orderte ein Taxi.

Während sie am Straßenrand auf den Wagen wartete, überlegte sie, dass Georg in Schwierigkeiten stecken könnte.

Es war Zeit, sich an höhere Stellen zu wenden.

Als sie in das Taxi stieg, fragte sie den Fahrer nach der nächsten Kirche. Sie musste ein ernstes Wort mit Georgs Chef reden.

Der Fahrer drehte sich zu ihr und gab zu bedenken, dass die nächste offene Kirche um diese Zeit erst in der Stadt zu finden sei. »Das wird teuer.«

Maria lächelte. Da sie ihr Portemonnaie von Jule zurückbekommen hatte, konnte sie sich diese Ausgabe sicherlich leisten.

Während sie durch die Nacht fuhren, blickte Maria aus dem Fenster und sah all die beleuchteten Fenster in den Häusern, wo schon so mancher Weihnachtsbaum stand und sich sicherlich so manches Kind auf die morgige Bescherung freute. Sie dachte an ihre Enkelkinder, und wieder kamen ihr Zweifel, ob sie das Recht hatte, einfach in Bens neues Leben einbrechen zu dürfen. Ein Leben, in dem sie nicht vorgesehen war.

Sie wandte sich dem Fahrer zu. »Tun Sie manchmal auch Dinge, obwohl Sie ahnen, dass sie falsch sein könnten, weil Sie aber dennoch hoffen, es könnte eine gute Idee sein?«

Der Mann überlegte, während er den Blinker einlegte und rechts abbog. »Ich war mal verheiratet. Damals dachte ich, es wäre die beste Idee meines Lebens, obwohl ich ahnte, dass sie falsch sein könnte. Heute haben wir eine kleine Tochter und zwei Scheidungsanwälte. – Ja, jeder macht Fehler. Und die meisten Fehler in der Welt werden aus bester Absicht begangen. Aber meine Tochter, die ist kein Fehler. Es gibt nun einmal nicht nur richtig und falsch. Einzig die Heirat mit der Mutter meiner Tochter, die war ein absoluter Flop.«

Still nickte Maria. »Ich befürchte, ich mache auch gerade einen Fehler.«

»Sie wollen heiraten?«

»Nein«, lachte Maria, »ich habe einen anderen Grund, warum ich in eine Kirche fahren muss.«

Er brachte sie zur St.-Emmaus-Gemeinde, wo abends oft noch Chorproben abgehalten wurden.

»Möchten Sie, dass ich auf Sie warte?«

Maria schüttelte den Kopf. Sie wusste nicht, wie lange sie bleiben würde, nur dass das Gespräch mit Georgs Chef länger dauern würde. Sie bezahlte, und er fuhr fort. Die Reisetasche in der einen und die Umhängetasche in der anderen Hand ging sie auf das Portal der Kirche zu. Sie wusste nicht, ob es eine katholische oder eine evangelische Kirche war. Für das, was sie vorhatte, war es auch unwichtig.

Die Stimmen eines Chors kamen durch die halb offene Tür zu ihr. *Vom Himmel hoch, da komm ich her.*

So leise es die knarzende Kirchentür zuließ, schlich Maria in das Gotteshaus. Sogleich umgab sie eine wohlige Wärme, die sie in einem so großen und alten Gemäuer nicht erwartet hätte. Kerzen brannten in hohen eisernen fünfarmigen Leuchtern, die im Foyer links und rechts der Glastür standen, hinter der das Kirchenschiff lag.

Maria trat näher und lugte ins Innere. Auch dort brannten unzählige flackernde Kerzen, die Schatten auf die hohen Säulen des Kreuzschiffs warfen. Ein Mann in Schwarz dirigierte einen Chor aus Männern und Frauen, die konzentriert auf die Notenblätter in ihren Händen schauten.

... Der guten Mär bring' ich so viel, davon ich singen und sagen will ...

Vorsichtig schlüpfte Maria durch die Zwischentür und setzte sich in eine der leeren Bankreihen, wo bereits die Gesangsbücher für den morgigen Weihnachtsgottesdienst auslagen. Leise stellte sie ihre Taschen neben sich auf die Bank, nahm Mütze und Schal ab. Dann lauschte sie den Sängern. Die Töne des Liedes erhoben sich bis hin zum Kreuzgewölbe des Altarraums, glitten in jede noch so versteckte Ecke des Kirchenschiffs, umschwebten die eichenverzierte Kanzel, tanzten um die Säulen und durch die Bänke, erfüllten den hohen Raum mit einer Feierlichkeit, die von all den Kerzen in den mannshohen Leuchtern vergoldet wurde.

Für einen Moment schien es Maria, als feierte die Welt schon jetzt Weihnachten und sie sei als stille Zuschauerin zufällig dabei. Selig seufzte sie. Wie schön das Leben doch war.

Da fiel ihr wieder ein, warum sie hier war. Sie faltete die Hände, schloss die Augen und begann zu beten.

Das hatte sie seit Jahrzehnten nicht mehr getan, wohl seit ihrer Kindheit, als es in ihrer Vorstellung fraglos noch einen Gott im Himmel gegeben hatte, als alles noch einem höheren Sinn unterstand, den sie, die kleine Maria, nur noch nicht verstand. Dann aber kamen die Jahre des Erwachsenwerdens und die Erkenntnis, dass jeder für sich selbst sorgen müsse, da es kein höheres Wesen gäbe, das diese Aufgabe zu übernehmen bereit war. Und so wurde der liebe Gott im Himmel später im Leben der Maria Lindhorst ein Zuschauer, den Maria bald schon vergessen hatte. Nur zu den hohen Feiertagen erinnerte sie sich an ihn, wie an einen fernen Verwandten, der zu Weihnachten eine Postkarte bekommt. Und dann kam Georg und machte ihr klar, dass da oben sehr viel mehr los war, als sie und viele andere glaubten.

Maria schloss die Augen. »Herr im Himmel, ich habe einen guten Freund. Du kennst ihn. Sein Name ist Georg …«

Maria ließ sich Zeit bei ihrem Gespräch mit Gott. Sie gedachte Georg in allerbestem Licht hinzustellen. Die Worte flossen aus ihr heraus wie seit ihrer Kindheit nicht mehr. Es schien ihr ganz selbstverständlich, hier zu sitzen und zu beten. Eine wohlige Wärme umfing Marias Herz.

Wäre es nach ihr gegangen, sie hätte hier und jetzt ihre Reise beendet und wäre mit Georg ohne Wenn und Aber gen Himmel gereist. Aber er war leider nicht mehr bei ihr. Und sie vermisste ihn.

Während sie so vor sich hinmurmelte und mit Gott sprach, huschten ihre Gedanken immer wieder zu Ben und den Kindern, einer Familie, die gar nicht mehr wirklich die ihre war. Aber was ist Familie eigentlich? Verwandtschaft? Oder auch Freunde und liebe Menschen, mit denen man besondere Stunden teilt? Genau davon hatte sie seit ihrem Krankenhausaufenthalt eine Menge geschenkt bekommen. Ein wenig Aufregung mit dem verzweifelten Dimitri in der Tankstelle. Ein wenig Zufriedenheit, als sie Jule und ihre Mutter im Auto davonfahren sah. Ein wenig Hoffnung, als Lech am Boden lag und den Schmerz im Bein gänzlich vergessen hatte, weil seine große Liebe sich zu ihm beugte. Und dann der Glaube an das Gute im Menschen, der nach so vielen Jahren zu ihr zurückgekommen war, als sie all die Leute in Dimitris Gaststube hatte feiern sehen.

Ja, sie war Georg dankbar, dass sie all das erleben durfte. Ohne ihn hätte sie wohl nie den Mut aufgebracht, die Reise wirklich anzutreten.

Maria stockte.

War es wirklich Georg gewesen, dem sie all diese schönen Erlebnisse verdankte? War nicht eher das schweigende Glitzerhandy die Ursache für die Reise gewesen und für alles, was dann folgte?

Sie öffnete ihre Augen einen Spalt und blickte zum Altar. Dann lächelte sie, denn sie verstand.

»Das also war der Grund«, murmelte sie. »Wenn ich es nicht besser wüsste, würde ich sagen, du bist ein Schlitzohr.« Sie lächelte, erhob sich, setzte ihre Mütze wieder auf und legte den Schal über. »Dann werde ich also weiterreisen.«

Den fremden Engel, der hinter der Säule zum Seitenschiff stand, sah Maria nicht. Er beobachtete die alte Frau in der vorletzten Reihe genau. Nach einer Weile schüttelte er den Kopf, denn so etwas hatte er noch nie erlebt. Ein Mensch, der sich für einen Engel einsetzt. Wie ungewöhnlich.

Da leuchtete das Glitzerhandy in seiner Hand auf und begann zu klingeln. Er drückte die grüne Taste.

Kapitel 25

Es hatte Stunden gedauert, bis sie in der Notaufnahme endlich an der Reihe waren. Ein Arzt mit grauen Schläfen und dunklen Ringen unter den Augen hatte Anna kurz untersucht und dann festgestellt, dass sie keine Gehirnerschütterung oder sonstige Blessuren hätte. Anders als Ben. Obwohl man beim CT nichts hatte finden können, wollte der Arzt ihn zur Beobachtung über Nacht dabehalten. Bens Schwindelgefühl müsse man ernst nehmen, hatte er zu Anna gesagt.

Der Arzt meinte wohl, Anna sei Bens Frau. Das schmeichelte Anna zwar im ersten Moment, dennoch stellte sie das Missverständnis richtig. Dann sei sie also eine Freundin der Familie, vermutete der Arzt, ohne von dem Formular vor sich aufzublicken, in dem er irgendetwas eintrug. Wen man denn von dem Unfall unterrichten müsse, wollte er wissen. »Oder möchten Sie die Familie informieren?«

Anna erschrak. Nein, das würde sie auf keinen Fall wollen. »Am besten rufen Sie die Verlobte von Herrn Caspers an, eine gewisse Yvette. Den Nachnamen kenne ich aber nicht.«

Der Arzt schaute auf. »Adresse?«

Anna schüttelte den Kopf.

»Andere Verwandte?«

Sie zuckte mit den Achseln. »Warum fragen Sie nicht Herrn Caspers selber?«

»Wir haben ihm etwas zum Schlafen gegeben. Er ist bereits in seinem Zimmer.«

»Ach so«, sagte Anna leise. Sie hatte gehofft, Ben noch einmal zu sehen, bevor sie sich auf die Suche nach einem Hotel machte, wo sie den Rest der Nacht verbringen könnte.

»Gibt es in der Nähe eine günstige Pension, in der ich übernachten kann?«, fragte Anna den Arzt. Bleierne Müdigkeit überfiel sie. »Ich müsste zwei oder drei Stunden schlafen. Mehr brauche ich nicht.«

Der Mann sah auf. Zum ersten Mal, seit man sie in den Raum gebeten hatte, schien er sie richtig anzusehen. Er bemerkte ihre blassblaue Uniformhose, die unter Bens langem Pulli hervorlugte. In den Ärmeln hatte sie ihre kalten Hände versteckt. Es fröstelte sie, obwohl es sicherlich im Raum warm genug war. »Sie arbeiten wo?«

»*Seniorenheim Möwenstrand*, Hamburg. Ich bin Krankenschwester.«

»Ah, wie interessant.« Er lächelte. Dann aber wurde er ernst. »Sie frieren?«

Anna nickte. »Ich bin müde. Es war ein wenig viel.«

»Sie scheinen mir auch recht blass zu sein«, bemerkte der Arzt unerwartet. Er erhob sich von seinem Stuhl hinter dem Schreibtisch. »Lassen Sie uns mal Ihren Puls prüfen.«

Irritiert reichte sie ihm das Handgelenk. Er schien zu zählen, verzog besorgt das Gesicht. Dann schaute er ihr prüfend in die Augen. »Pupillen scheinen mir unnatürlich groß«, murmelte er. Dann klopfte er hier und da, drehte ihren Kopf nach links und rechts. »Tut das weh?«

»Nein«, antwortete Anna zögernd.

»Dachte ich es mir.« Er ging zurück zu seinem Platz. »Wir werden Sie ebenfalls zur Beobachtung hierbehalten. Nur zur Sicherheit.«

Anna wollte schon protestieren, als sie sah, wie er ihr zuzwinkerte. Dann beugte er sich über den Schreibtisch.

»Lassen Sie mich ehrlich sein«, flüsterte er. »Die Hotels und Pensionen in der Nähe sind entweder teuer oder grauenhaft. Bleiben Sie heute Nacht hier. Wir haben noch ein paar freie Betten. Schlafen Sie aus, und genießen Sie unser Frühstück. Alles Weitere wird sich finden. Oder wartet heute Nacht irgendjemand auf Sie?«

Anna schüttelte den Kopf.

Der Arzt widmete sich wieder den Papieren auf dem Tisch. »Ich würde Ihnen ja die Couch im Bereitschaftszimmer geben, aber wir sind heute Nacht drei Ärzte und haben nur eine Couch. Ich bringe Sie also in einem der Krankenzimmer auf Station 2A unter. Ist das in Ordnung?«

»Danke«, flüsterte sie, wobei sie ein Gähnen unterdrücken musste.

Bevor sie hinausging, richtete er noch einmal das Wort an sie. »Und falls Sie sich beruflich verändern wollen, Frau Hinrichs.« Er strahlte Anna an. »Wir suchen hier noch eine stellvertretende Stationsleitung ab nächsten Ersten.« Er seufzte. »Pflegenotstand, wohin man auch schaut.«

Darum also war der Arzt so großzügig mit der Unterkunft, dachte Anna. Aber ihr sollte es recht sein.

»Vielleicht denke ich über Ihr Angebot nach«, antwortete sie und dachte an die Abmahnung, die in Hamburg bereits auf sie wartete. Manchmal fügten sich die Dinge auf eine geheimnisvolle Weise.

Man hatte ihr ein Bett im zweiten Stock zugewiesen, in einem Zimmer, in dem bereits eine ältliche Dame mit schwarz gefärbten Haaren lag, die laut und vernehmlich schnarchte.

Aber auch ohne sie hätte Anna trotz ihrer Müdigkeit

kaum schlafen können. Mit offenen Augen lag sie da, ließ das Schnarchen aus dem Nachbarbett an sich vorüberziehen und dachte nach.

»Im nächsten Leben, vielleicht«, flüsterte sie irgendwann leise vor sich hin und drehte sich auf die Seite. Tränen liefen über ihr Gesicht.

Kapitel 26

Rot! Ihr Mantel war rot!« Die Frau, die am Tresen des Polizeireviers stand, schien sich ganz sicher zu sein, doch Dimitri Xantakis, der Wirt vom Restaurant drüben an der Landstraße, widersprach energisch und behauptete, ihr Mantel sei blau gewesen. »Vielleicht auch grau.«

Der Beamte hinter dem Tresen blickte von einem zum andern. Nun mischte sich auch noch ein junger Kerl ein, der behauptete, die vermisste Person müsse mindestens eins siebzig groß sein, denn er sei ja eins neunzig und sie ginge ihm bis hier. Er hielt seine Hand auf Schulterhöhe. Die zarte Blondine mit den Weihnachtskugeln als Ohrringen und dem gestrickten Rentierpulli aber schüttelte den Kopf. »Unsinn, erstens bist du höchstens eins achtzig, und zweitens konntest du noch nie gut schätzen. Hattest du gedacht, ich sei fünfundzwanzig.« Sie lachte.

Mit großen Augen sah er zu ihr hinunter. »Bist du nicht?«

Statt einer Antwort stellte sie sich auf die Zehenspitzen und gab ihm einen Kuss. »Ich muss noch schnell etwas posten«, murmelte sie eilig, zog schon wieder ihr Handy aus der Manteltasche und begann eifrig auf dem Display herumzutippen.

Hinter den beiden entspann sich derweil ein Streit über das Alter der Vermissten, welches zwischen Mitte sechzig und Anfang neunzig liegen solle, sowie über die Frage, ob sie eher füllig oder schlank sei. Auch über die Frage, woher sie käme, bestand keine Einigkeit unter den Leuten, die vor einer halben Stunde in das Revier gestürmt waren.

»Hamburg. Ich bin mir da total sicher! Hamburg«, rief ein Mädchen von etwa vierzehn Jahren dazwischen, von dem der Beamte einigermaßen sicher war, ihr Gesicht erst kürzlich auf einer der Vermisstenlisten gesehen zu haben. Er würde es nachher prüfen müssen.

»Meine Tochter hat recht!«, rief die Frau neben ihr, weil jemand anderes dem widersprochen hatte. »Hamburg!«

Obwohl man sich in vielen Dingen nicht einig war, sicher waren die Anwesenden sich darin, dass die Vermisste Maria Lindhorst zu ihren Enkelkindern nach München wollte.

Dies bestätigte auch ein Mann Mitte vierzig mit polnischem Akzent, der sich auf eine stämmige Schönheit stützte. Die anderen nickten eifrig.

»Und wo in München?«, versuchte der Beamte aus diesem wirren Puzzle schlau zu werden.

Eine alte Frau mit einem Kopftuch und der runzeligen Haut eines hohen und ehrwürdigen Alters drängte sich durch die Menge zum Tresen. Sie war so klein, dass nur ihr Kopf zu ihm herüberschaute. In einem Griechisch, das aus einem Maschinengewehr zu kommen schien, gab sie jetzt ihre Meinung zu allem kund, wobei sie aufgeregt die Faust schüttelte, bis Herr Xantakis sie, eine Entschuldigung murmelnd, zur Seite schob.

Unterdessen plapperten die anderen aufgeregt weiter.

Der Beamte starrte den blinkenden Cursor auf dem Bildschirm vor sich an. »Ruhig bleiben«, sagte er sich im Stillen. »Ganz ruhig.«

Eigentlich konnte er die Vermisstenanzeige gar nicht aufnehmen, denn besagte Seniorin konnte das Restaurant verlassen, wann immer sie wollte. Weder lief sie im Nachthemd durch die Nacht, noch hatte sie etwas gestohlen. Sie schien nicht verwirrt zu sein, und auch sonst lag nichts gegen sie vor. Dennoch legte er die Finger auf die Tastatur, in der Hoffnung, etwas Brauchbares aus diesem aufgeregten Haufen herauszubekommen, von dem zumindest einige eine leichte Rakifahne zu ihm über den Tresen schickten.

Mehrfach hatte er den Herrschaften zu erklären versucht, dass die Polizei in dieser Angelegenheit nichts ausrichten könne. Zumindest aber würde er versuchen, die Verwandten zu ermitteln, um zu fragen, ob sie wüssten, wo die alte Dame sei. Vielleicht hatte diese Frau Lindhorst ja ihre Familie längst erreicht und all die Aufregung in seinem Revier war völlig umsonst. Zwar hielt er es für unwahrscheinlich, dass die Vermisste die Strecke nach München zu Fuß in zwei Stunden schaffen würde, aber sei es drum. Er wollte den Leuten nicht die Hoffnung nehmen.

Außerdem gedachte er, die Kollegen von der Streife zu bitten, die Augen offen zu halten, denn besagte Person war immerhin in ihrem Zuständigkeitsbereich plötzlich von einer Feier verschwunden. Zudem schneite es draußen. Es gab keine Hinweise auf ein Verbrechen. Wahrscheinlicher schien ihm, dass der alten Frau die Party zu laut geworden war und sie ihre Sachen genommen hatte, um sich ein ruhiges Hotel zu suchen, wo sie in diesem Moment bereits tief und fest schlief.

Seufzend sah er die Leute an. Er hätte ja gerne geholfen, aber mit der Beschreibung der Vermissten hätte er die Hälfte der Einwohner im Landkreis herbeischaffen müssen: Groß sei sie, nein klein; dick oder doch dünn? Weißes Haar, nein, gefärbtes, nur die Farbe wisse man nicht, Mütze und Hut, Koffer oder Reisetasche …

Der Beamte blickte flehentlich gen Himmel.

Nun ja, wenigstens lief seine Anfrage im Computer, ob der Name der alten Frau dort irgendwie vermerkt war.

Vielleicht hatten sie ja Glück.

Da stellte sich ein kleiner Junge auf die Bank, die hinten an der Wand des Reviers stand. Er war das kindliche Ebenbild von Herrn Xantakis und rief so laut er konnte über das Durcheinander hinweg: »Warum suchen wir sie nicht alle zusammen?«

Sogleich erstarb das Gerede. Alle sahen erst das Kind an und dann in die Runde. Jetzt brauste das Stimmengewirr erst richtig auf, und man diskutierte darüber, wie viele Wagen zur Verfügung stünden und wer wohin fahren solle. »Zusammen haben wir drei Autos!«, rief einer, doch ein anderer meinte, wenn man Onkel Patros' alten VW hinzurechne, seien es vier.

Die beiden Trucker würden über Funk den Kollegen Bescheid sagen, versprachen sie. Einige boten an, die Tour auf der Autobahn Richtung München abzufahren, andere wollten sich die Landstraßen vornehmen.

Der Beamte am Computer faltete die Hände, als wolle er beten. Sehr viel länger würde seine Geduld nicht ausreichen, er würde laut werden und patzig. Und dann müsste er sich nach Dienstschluss vom Chef anhören, dass man so nicht mit der Kundschaft umgehen könne.

Da fiel sein Blick zu der Tür, die in die Teeküche führte. Dort entdeckte er seine Kollegen mit ihren Kaffeebechern in den Händen, die hämisch zu ihm herübergrinsten.

Irgendeinen Dummen erwischt es ja immer, dachte er. Nur, warum muss gerade ich es sein?

Kapitel 27

Endlich wurde die Haustür geöffnet. Ihre Mutter stand im seidenen Pyjama in der Tür und sah Yvette aus schmalen Augen fragend an. »Du?« Ihr Blick ging zu den Kindern hinunter, die Yvette an den Händen hielt. »Ähm, hi«, sagte sie zu den beiden, deren Namen ihr gerade nicht einfielen. Caro entdeckte zwei Reisetaschen neben den Kindern.

»Können Max und Frieda heute Nacht bei dir bleiben, Mama?«

Max zog seine Hand aus der von Yvette. »Ich brauche keinen Babysitter«, maulte er.

Frieda tat es ihrem großen Bruder gleich. »Ich auch nicht«, piepste sie und drückte Mister Clarence fester an sich.

Yvette schob die beiden Kinder in das Haus ihrer Mutter. »Geht schon mal ins Wohnzimmer. Oma und ich müssen noch etwas besprechen.« Zögerlich trotteten die Kinder den Flur entlang.

»Oma?«, zischte Caro.

»Es muss sein. Ben hatte einen Unfall«, raunte Yvette ihr zu, damit die Kinder es nicht hörten. »Außerdem ist er nicht allein.« Als ihre Mutter nicht gleich verstand, zischte Yvette: »Eine andere ist bei ihm! Ich habe ihre Stimme am Telefon gehört!«

Das allerdings fand Caro höchst alarmierend. »Natürlich, Kind. Da musst du sofort handeln. Du bist nicht mehr die Jüngste. – Aber dennoch gibt es Grenzen.« Ihr besorgter Blick ging Richtung Wohnzimmer, wo die Kinder allein waren. »Habt ihr denn keine Nachbarin, der du die Kinder geben kannst? Oder einen Babysitter?«, fragte sie leise.

»Bitte, Mama«, flehte Yvette hinter ihr. »Wen hätte ich denn sonst fragen sollen?«

»Sag nicht immer Mama zu mir – und Oma schon mal gar nicht«, zischte Caro zurück. Seufzend sah sie von ihrer Tochter zu den Kindern und zurück. »Hättest du nicht morgen früh fahren können?«

Yvette schüttelte den Kopf. »Ich will bei ihm sein, wenn er wach wird.«

Das überzeugte Caro. Selbst wenn die meisten Männer unromantisch waren, so wussten sie ein schönes Gesicht in ihrer Nähe stets zu schätzen, sobald sie am Morgen die Augen öffneten. »Also gut.« Es gab Momente, da hasste Caro ihre Gutmütigkeit.

Yvette umarmte sie. »Ach ja, Ben geht es so weit gut.«

Sie brachte ihre Tochter zurück zur Haustür. »Wenn es stimmt, dass da eine andere Frau bei deinem Verlobten war, dann schwimmen dir gerade deine Felle davon.«

Yvette nickte. »Ja, darum will ich ja sofort zu ihm.«

»Richtig so, denn eine Hochzeit ohne Bräutigam macht verdammt wenig Sinn.« Yvette jammerte auf. Caro hob Yvettes Kinn mit dem Finger. »Hör mir gut zu, Kleines: Du scheinst nicht die Einzige zu sein, die Ben haben will. Also, strenge dich an. Bedenke, er ist eine sehr gute Partie. Wenn alles klappt, wird er einmal der Chef dieser Universität …«

»Rektor. Erst Dekan und dann Rektor.«

»Mir egal. Hauptsache ein Chef und er heiratet dich, Kleine. Verstehst du das?« Yvette nickte. »Gut, dann fahre hin und hole dir deinen Ben zurück. Hoffen wir, dass es noch nicht zu spät ist.«

Sie schloss die Tür hinter Yvette. Dann ging sie ins Wohnzimmer, wo die Kleine – wie hieß sie noch gleich? – auf dem neuen weißen Ledersofa auf und ab hüpfte. Sie lief zu ihr. »Komm sofort von dem Sofa runter!«, rief sie dem Kind zu.

Maulend krabbelte Frieda runter und schlurfte zu ihrem Bruder, der vor einem Bücherregal stand und gerade einen limitierten vierfarbigen Folio-Bildband über die Mode des 20. Jahrhunderts herausnehmen wollte.

»Fasst hier ja nichts an!«, raunzte Caro. »Ihr macht sonst alles kaputt!«

»Hast du keine Comics, Oma? Oder wenigstens Vorlesebücher?«, wollte der Junge wissen.

Bei dem Wort Oma durchfuhr sie ein anhaltender Schmerz. »Nein, habe ich nicht.« Caro ging zum Couchtisch, auf dem noch ein halb leeres Weinglas stand, und trank es wie zur Stärkung aus. Unentschlossen, was sie mit den beiden anfangen sollte, stand sie mitten in ihrem Wohnzimmer. »Seid ihr nicht müde?«

Die Kinder schüttelten die Köpfe.

»Nun, dann … Also, solange eure Mama weg ist, bin ich hier …«

»Sie ist nicht unsere Mama!«, rief Frieda empört.

So, so, dachte Caro. Von dieser Seite gibt es also auch Probleme. Sie sah die beiden Kinder an, wie sie Seite an Seite standen und allein durch ihre Blicke klarmachten, dass auch sie von diesem nächtlichen Arrangement alles andere als begeistert waren.

Caro holte tief Luft. Die Sache würde nicht einfach werden.

Was um alles in der Welt machte man mit solchen Kröten mitten in der Nacht? Ein Blick auf die Uhr sagte ihr, dass noch viele Stunden vor ihr lagen, bevor Yvette die Kleinen wieder abholen würde.

»Okay, fangen wir noch einmal von vorne an, ja?« Sie zwang sich, zu lächeln. »Also, ich bin Caro, und ihr seid …?«

»Hast du einen Computer? Dann können wir *Fortnite* spielen«, schlug der Junge spontan vor.

»Was ist das?«

»Da machen sie sich alle tot«, erklärte Frieda. »Ich will lieber *Peppa Wutz* gucken. Hast du *Peppa Wutz*?«

»Ähm, nein, eigentlich nicht.« Sie schaute sich in ihrem stylischen Wohnzimmer um, wo einige Ausgaben der *Vogue* herumlagen. »Wir könnten uns ein buntes Magazin ansehen. Da sind auch Bilder drinnen«, schlug sie vorsichtig vor. Die Kinder schüttelten ihre Köpfe.

Fieberhaft überlegte Caro, wie ihre Weihnachtsfeste früher einmal gewesen waren, als Yvette noch klein war und sie viel zu jung, um eine Mutter zu sein.

Plötzlich stieg ihr ein vertrauter Duft von Nelken und Zimt in die Nase. Ein Duft, wie ihn ihre Tante Selma jedes Jahr zu Weihnachten durchs Haus hatte wandern lassen. Bilder einer fernen und sehr glücklichen Zeit huschten an ihr vorbei. »Ich habe eine Idee: Wir backen Kekse!«

Ein wenig zweifelnd sahen die Kinder sich an.

»Ist die Idee nicht gut?«, fragte sie vorsichtig.

»Kannst du denn backen?«, fragte der Junge vorsichtig. »Ich meine, so richtig, dass es auch schmeckt.«

»Nicht so wie Yvette«, ergänzte die Kleine.

Caro strahlte ihn an. »Meine Tante Selma hat immer gesagt, ich sei die beste Weihnachtsbäckerin der Stadt.« Tatsächlich hatte sie früher viel mit ihrer Tante gebacken. Und wenn sie es recht überlegte, waren das die schönsten Stunden ihrer Kindheit gewesen.

Irgendwo in ihrer Küche gab es bestimmt ein Backbuch. Sie konnte sich vage daran erinnern. Es wäre doch gelacht, wenn es darin kein Rezept für leckere Nussplätzchen gäbe. Und mit etwas Glück würden sie schmecken wie damals bei Tante Selma.

Die Kinder steckten ihre Köpfe zusammen, tuschelten leise, sodass Caro kein Wort verstehen konnte. Ab und zu schauten sie herüber, um dann weiterzutuscheln.

Jetzt richtete sich der Junge auf. »Also gut, aber ich darf die Schüssel auslecken!«

»Und ich und Mister Clarence dürfen ausstechen, ja?«

Erleichtert nickte Caro. »Geht klar. Und wenn wir fertig sind, mache ich uns heißen Kakao mit Sahne, und dann gucken wir *Drei Haselnüsse für Aschenbrödel* … oder so etwas.«

»Oh ja!«, riefen die Kinder und stürmten in die Küche.

Heißer Kakao mit Sahne? Das hatte sie seit Jahren nicht mehr getrunken, weil sie ihre Figur nicht hatte ruinieren wollen. Und jetzt? Jetzt lag etwas in der Luft, hier in ihrem stylischen Domizil. Etwas, das vorher nicht da gewesen war.

Langsam folgte sie den Kindern in die Küche. Da fiel ihr auf, dass ihre Wohnung kaum weihnachtlich geschmückt war. Ein paar Kerzen auf dem Kaminsims konnten nicht so recht Weihnachtsstimmung verbreiten. Bis eben hatte sie es gar nicht bemerkt. Vielleicht hatte sie Glück und könnte gleich morgen früh noch ein wenig Weihnachtsschmuck kaufen.

Ob sie alles Nötige zum Backen im Haus hatte, war auch so eine Frage. Doch falls nicht, würde sie eben die Nachbarn aus dem Bett klingeln. Immerhin handelte es sich um einen Notfall.

Kapitel 28

Der Herr Pastor war wirklich sehr nett zu ihr gewesen. Er hatte sie abgepasst, als sie gerade gehen wollte, und ihr sogar angeboten, sie könne im Pastorat übernachten. Man würde ihr das Gästezimmer bereiten. Maria aber meinte bedauernd, sie müsse weiter, und lehnte dankend ab. Dann nahm sie ihre Taschen und verließ die Kirche. Sie wollte allein sein, um nachdenken zu können.

Tief in Gedanken versunken, folgte sie nun seit einiger Zeit der Straße. Sie hatte die letzten Häuser der Stadt bereits hinter sich gelassen. Ruhig und ohne Hast ging sie dahin unter einem samtschwarzen Sternenhimmel mit tausend blinkenden Punkten, der über einer weißen Schneedecke erstrahlte und sie zum Glitzern brachte.

Sie schritt erdenfern an weiten Wiesen und einem kleinen Wald vorbei, an einzelnen Häusern, die sich in die Nacht duckten, vorbei an längst abgeernteten Feldern, wo im Frühling der Weizen wachsen würde. Ein Frühling, den sie nicht mehr erleben sollte, denn ihre Zeit des Abschieds kam mit jeder Minute näher, war vielleicht schon da. Es würde ein Abschied ohne Reue sein, das hatte sie sich vorgenommen. Wer konnte so etwas Schönes schon von sich sagen?

Es trieb sie weiter, in diese nächtliche Schönheit hinein, die sie umfing wie eine warme Decke. Sie wollte ihre letzten

Stunden in dieser Welt genießen. Sollte sie es bis zu Ben und den Kindern schaffen, würde sie dem Herrn sehr dankbar sein. Wenn nicht, war es für sie auch in Ordnung.

Ein Gefühl unendlichen Friedens umgab sie, während sie zwischen dem Rand der Landstraße unter verschneiten Eichen entlangging, dem knirschenden Schnee unter ihren Sohlen lauschend.

Da entdeckte sie im Silberlicht des Mondes am Waldrand einige Rehe. Scheu um sich blickend, traten sie zwischen den Bäumen hervor. Ihre zarten Körper bewegten sich elegant auf das Feld zu, wo sie begannen, nach Futter zu suchen.

Maria blieb stehen, bewegte sich nicht, hielt die Luft an und sah den friedlichen Tieren lange zu. Die Welt war still. Kein Wind regte sich. Kein Laut war zu hören. Sie lächelte.

Einzig, dass Georg nicht mehr bei ihr war, schmerzte sie. Sein Gebrummel fehlte ihr. Er hatte sie manchmal an ein unleidliches Kind erinnert, das in Wahrheit nur eines wollte: geliebt und beachtet werden.

Hoffentlich waren sie im Himmel nachsichtig mit ihm.

Maria nahm ihren Weg wieder auf.

Irgendwann aber wurde sie dann doch müde, und ihre kalten Füße begannen zu schmerzen. Mehrmals fragte sie sich, warum noch immer kein Engel kam, um sie abzuholen. Man müsste da oben doch wissen, wo sie gerade war.

Sie humpelte mehr, als dass sie ging, zu einer Bank, die nahe der Straße auf einem kleinen Parkplatz stand. Mit dem Handschuh wischte sie den Schnee von der Sitzfläche und nahm Platz. Und weil sie zu frösteln begann, holte sie aus ihrer Tasche den Schal, den sie eigentlich Ben hatte schenken wollen, und legte ihn über ihre Schultern. Das half ein wenig. Doch ihre Ohren waren noch immer kalt. Also kramte sie aus ihrer Tasche ein Kopftuch heraus, welches sie sich umband, um dann die Wollmütze wieder darüber zu setzen. Zum Glück war es noch dunkel, sodass niemand ihre etwas eigenartige Vermummung sehen konnte. Es wäre ihr unangenehm gewesen.

Sie schaute sich um, während sie ihre kalten Hände aneinanderrieb. Dies war ein schöner Ort. Man konnte weit in ein Tal sehen. Die Fenster in den kleinen Häusern waren dunkel, während die Welt mondhell leuchtete. Da spürte sie, dass sie müde wurde. Es war eine friedliche Müdigkeit, die sie überfiel, sie umhüllte und beschützte. Sie wollte nur ein wenig die Augen schließen. Nicht lange. Ein Stündchen würde reichen. Dann wollte sie weiterlaufen. Sie zog ihre Reisetasche zu sich, um sie als Kissen zu benutzen. Dann legte sie ihren Kopf drauf, schob die Hände unter ihre Achseln und schlief ein.

❄

Nicht weit von ihr entfernt stand ein Engel unter den Zweigen einer tief verschneiten Tanne. Er schaute zu der alten Frau hinüber, sah, wie sie sich auf die Bank legte und die Augen schloss.

Im Licht des Mondes entdeckte er eine Gruppe Rehe, die aus dem dunklen Wald heraustraten. Sie schauten zu ihm herüber. Er legte den Zeigefinger auf seine Lippen und sagte leise »Pssst«, damit ja keiner die alte Frau auf der Bank weckte. Still zogen sich die Tiere zurück.

Der Engel indes schwebte zur Bank hinüber. Er schaute auf die alte Frau hinab, sah, wie kleine weiße Wölkchen regelmäßig aus ihrem Mund traten. Sanft legte er seine Hand auf ihren Kopf. »Er rettete vor vielen Jahren einem kleinen

Mädchen das Leben«, sagte der Engel leise. »Er hätte es nicht tun müssen, aber er sprang auf die Straße und riss sie hoch, um sie von der Straße zu holen, als der Bus kam. – Es war das einzige Mal, dass Georg für jemand anderen etwas Gutes tat, ohne darüber nachzudenken, was er dafür bekommen könnte. Georg war ein guter Mensch, nur wusste er es nicht.«

Gabriel blickte zum Himmel hinauf, um die sternenübersäte Weite mit den Augen der alten Frau zu sehen. Welch überwältigende Schönheit, dachte er und lächelte.

Kapitel 29

Dimitris Frau schaute aus dem fahrenden Wagen. »Waren wir hier nicht schon vor einer halben Stunde?«

Oma Helena nickte eifrig, doch Onkel Patros widersprach. Auch Dimitri war sicher, dass man hier noch nicht gewesen sei. Umständlich erklärte er, dass sie vorhin durch dieses Dorf mit dem großen Tannenbaum gefahren und danach links abgebogen seien. Er blickte auf die Landkarte auf seinem Schoß. Sie müssten jetzt unweit von … er fand den Namen des Ortes nicht.

Der kleine Niko indes saß zwischen Oma Helena und Mama Elaia auf der Rückbank. Das Baby schlief im Arm seiner Mutter.

»Papa, ich muss dringend mal Pipi«, jammerte der Junge und hibbelte auf seinem Platz herum.

»Gleich, mein Sohn, gleich«, versuchte Dimitri ihn zum Durchhalten zu bewegen.

Oma Helena schüttelte den Kopf. »Ihr solltet euch beeilen«, sagte sie. »Kleine Jungen habe eine noch schwächere Blase als erwachsene Männer.«

»Dimitri«, begann Elaia mit diesem gewissen Nachdruck, den nur eine lange Ehe in die Stimme einer Frau legen konnte. »Liebster, meinst du nicht, wir sollten nach Hause fahren? Die Kinder müssen dringend ins Bett.«

»Sicher hast du recht, meine Teure, aber lass es uns noch

ein paar Minuten versuchen. Sie ist doch eine Freundin der Familie.«

Dieses Argument war nicht von der Hand zu weisen, und so schwieg Elaia vorerst, um das Thema spätestens fünf Kilometer weiter noch einmal aufzubringen.

»Papa, Papa, ich muss wirklich ganz doll«, rief Niko und klemmte die Hände zwischen die Beine.

»Da drüben!«, rief Onkel Patros und zog den Wagen, ohne den Blinker ordnungsgemäß zu benutzen, von der Straße auf einen kleinen Parkplatz. Kaum hielt der Wagen, stieß Niko die Tür auf und rannte hinaus. Erfrischend kühle Winterluft strömte in den Wagen. Der Motor lief weiter, während die Familie auf den Jungen wartete. Es dauerte eine Zeit lang, bis Niko wiederkam. Doch er stieg nicht ein.

»Papa, da liegt etwas.«

»Das wird Müll sein.«

»Nein, Papa, auf der Bank. Es schnarcht.«

Dimitri sah seinen Sohn ungläubig an. »Es schnarcht?« Der Junge nickte. »Dann kann es aber kein Müll sein.«

Besorgt schaute Elaia aus dem beschlagenen Fenster. »Komm rein, Niko. Wer weiß, was das ist.«

Der Junge kletterte wieder in den Wagen, und Onkel Patros fuhr an. Gerade wollte er mit Schwung zurück auf die Landstraße rollen, als Dimitri »Halt!« rief. Er wies seinen Schwager an, noch einmal zurückzusetzen.

»Warum denn das?«, wollte Elaia wissen, doch Dimitri bestand darauf. Er sei der Herr im Haus, und überhaupt.

Onkel Patros fuhr zurück, und Dimitri stieg aus. »Niko, zeige mir, wo du das Etwas entdeckt hast.«

Sie standen vor der Bank und schauten auf Maria hinunter. Niko stupste die Frau auf der Bank an. »Ist sie tot?«, wollte er von seiner Oma wissen, die ja mindestens genauso alt war wie die Frau auf der Bank und sich darum bestimmt mit so etwas auskannte.

»Sie hat eisig kalte Wangen«, murmelte Dimitri, unschlüssig, was jetzt zu tun sei.

Da schlug Maria die Augen auf. Langsam ging ihr Blick an den anderen entlang. »Was macht ihr denn hier?«, fragte sie mit halskratziger Stimme und versuchte, sich aufzusetzen.

Dimitri ergriff Marias Arm und half ihr. Nun redeten alle auf einmal auf sie ein. »Wie können Sie so dumm sein?« – »Bei diesen Temperaturen!« – »Gott im Himmel! Es geht ihr gut!« – »Krankenhaus! Wir müssen Sie in ein Krankenhaus bringen.«

Maria schüttelte den Kopf. »Ich gehe in kein Krankenhaus.«

Dimitri rubbelte ihre linke Hand warm, während seine Frau die andere wärmte und Onkel Patros seine dicke Winterjacke Maria über die Schultern legte.

Niko, der das Baby im Arm hielt, war ganz aufgeregt. »Ich habe sie gefunden!«, rief er, doch die Großmutter hieß ihn still zu sein.

»Liebe, liebe Freundin«, sagte Dimitri zu Maria. »Wie konnten Sie uns nur so erschrecken?«

»Aber ich wollte euch doch nicht erschrecken! Ich will nur zu meinen Enkeln, solange ich noch kann.« Sie blickte gen Himmel. »Und die Zeit drängt, glaubt es mir.«

Elaia murmelte etwas von unvernünftig, und ihre Mutter stimmte auf Griechisch aus vollstem Herzen zu. Während die Männer Maria zum Wagen brachten, sprudelte sie allerhand gute Ratschläge hervor, die Maria nicht verstand, die aber bestimmt sehr gut gemeint waren, denn Oma Helena tätschelte dabei immer wieder Marias Wange.

»Da passen wir nicht alle hinein«, gab Elaia zu bedenken, als sie den kleinen VW erreichten. »Fünf Erwachsene und zwei Kinder, nein, das geht nicht.«

Sogleich begann eine heiße Diskussion, wie das Problem des kleinen Autos und der vielen Passagiere zu lösen sei. Oma Helena bot an, am Parkplatz zu warten, bis jemand sie abhole. Das aber wollten ihre Kinder nicht. »Viel zu kalt.« Onkel Patros wiederum sei der Einzige, der den Wagen fahren könne, gab Elaia zu bedenken und bot an, mit den Kindern zum nächsten Dorf zu laufen, weil heute ein schöner Wintertag sei. Dimitri wiederum sei Marias bester Freund und habe somit eine Verantwortung für Maria. Und weil keiner in der Eile daran gedacht hatte, ein Handy mitzunehmen, konnte man also auch kein Taxi rufen.

Am Ende fand man eine sehr griechische Lösung des Problems: Elaia saß auf dem Schoß ihres Mannes auf dem Beifahrersitz, während Niko, Oma, das Baby und Maria auf der Rückbank hockten.

»Armer Dimitri fast tot vor Angst«, sagte Oma Helena zu Maria.

»Es tut mir leid. Ich wollte niemandem wehtun.«

Oma Helena nahm erneut Marias Hand. Dabei sah sie Maria streng an. Diese versprach, sich zu bessern, und Oma Helena nickte zufrieden.

Dimitri und seine Frau beschlossen, die wiedergefundene Freundin erst einmal zurück ins *Hellas* zu bringen und sie mit einer warmen Suppe und ein paar Stunden Schlaf aufzupäppeln. Dann würden sie sie mit Onkel Patros' Wagen an ihr Ziel bringen, egal, was Maria davon hielt.

Noch einmal würden sie sie nicht aus den Augen lassen.

Kapitel 30

Am nächsten Morgen wurde Anna vom Klappern des Frühstücksgeschirrs auf dem Flur geweckt. Sie brauchte einen kurzen Moment, bevor sie begriff, wo sie sich befand. Heute war der 24. Dezember, Heiligabend, und sie war in einem Krankenhaus am Rande der Stadt. Draußen legte sich die erste Morgendämmerung über die verschneiten Dächer.

Die Frau im Nebenbett saß bereits beim Frühstück. Soeben biss sie genüsslich in ihre Scheibe Graubrot, als sie sah, dass Anna sich regte. »Sie haben letzte Nacht einen ganzen Wald gefällt, meine Liebe«, knurrte sie mit vollem Mund.

Anna konnte sich zwar nicht vorstellen, dass gerade sie es gewesen sein sollte, die geschnarcht hatte, aber sie hatte auch keine Lust, sich zu streiten. Stattdessen warf sie die Decke zur Seite und zog ihre Schuhe an. Sie hatte vor lauter Müdigkeit in der Nacht ihre Sachen nicht ausgezogen. Nur Bens Pulli hatte sie vor dem Schlafengehen ordentlich zusammengelegt und auf einen der beiden Besucherstühle gelegt. Jetzt nahm sie ihn.

Verwirrt sah ihre Bettnachbarin sie an. »Sie sind vom Personal? Haben Sie etwa kein Zuhause? – Also, dass man die Leute so schlecht bezahlt, hätte ich jetzt wirklich nicht gedacht.« Sie sah Anna nach, die zur Tür ging. »Trotzdem geht man nicht angezogen ins Bett, wenn Sie mich fragen!«

Anna ging zum Schwesternzimmer hinüber. »Könnte ich

kurz telefonieren?« Mit einem entschuldigenden Lächeln hielt sie ihr Handy in der Hand. »Der Akku ist leer.«

Die Schwester musterte kurz Annas Uniform, dann nickte sie zum Telefon hinüber. »Erst die Null wählen.«

Anna bedankte sich und rief mit laut klopfendem Herzen im *Möwenstrand* an. Sie betete, Frau Lindhorst möge endlich zurück sein! Ungeduldig wartete sie auf das Klingeln in der Leitung.

Kurz darauf folgte dem Herzrasen ein dumpfer Kopfschmerz, als sie von Hannes erfuhr, dass man Frau Lindhorst an einer Tankstelle gesehen hätte. Offenbar war sie Zeugin eines Überfalls gewesen. »Die Polizei rief gestern an. Hast du meine Nachricht nicht bekommen?«

»Mein Akku ist leer.«

»Na ja, jedenfalls ist sie wohl schon wieder verschwunden. Aber sie lebte gestern noch«, schloss Hannes das Gespräch, und Anna wurde das Gefühl nicht los, dass er ihr die Schuld an allem gab. Sie legte auf.

»Alles gut?«

Anna zuckte zusammen. Die Schwester stand neben ihr. »Sie sind etwas blass um die Nase.« Mit freundlichem Nachdruck schob sie Anna einen Stuhl hin. »Setzen Sie sich erst einmal. Der Kaffee ist gleich durch.«

Erst jetzt bemerkte Anna die blubbernde Kaffeemaschine auf dem Kühlschrank in der Ecke. Doch sie wollte keinen Kaffee trinken, obwohl ihr Körper anderer Meinung war, denn sie hatte noch eine weitere unangenehme Sache an diesem Morgen zu erledigen. »Könnten Sie mir sagen, wo ich den Patienten Ben Caspers finde?«

Kurz darauf verließ sie den Fahrstuhl im vierten Stock und ging durch eine Glastür ins Haus B. Auch hier war der Flur lang und krankenhausmäßig eintönig, jedoch gab es echte Gemälde an den Wänden und keine Billigdrucke hinter Glas wie auf den anderen Stationen. Die Türen waren aus Holz und die Namensschilder der Patienten an den Türen in messingfarbenen Haltern.

Anna klopfte an die Tür von Zimmer 411. Dann holte sie tief Luft und trat ein.

Ben lag in seinem Bett am Fenster. Gerade hatte er das Tablett mit dem Frühstücksei und der Kanne Kaffee, dem Brötchenkorb und der Käseplatte von sich geschoben.

»Anna!«, rief er erfreut. »Sie sagten mir eben, dass du noch da bist. Bist du ok?« Sie ging zu seinem Bett, wollte sich auf den Stuhl am Fenster setzen, als er mit der Hand auf die Bettkante klopfte. »Ich denke, nach der Nacht in der Scheune können wir uns das erlauben, oder?« Er lächelte sie an. »Der Arzt meinte, ich hätte nur eine leichte Gehirnerschütterung. Man wird mich nachher entlassen.«

Zaghaft setzte sie sich. »Das ist gut.« Sie mied seinen Blick. War er so gut gelaunt, weil er gleich nach Hause zu seiner Familie konnte? Immerhin würde er diese Yvette wiedersehen und auch die Kinder. Ob sie heute Abend gemeinsam unterm Weihnachtsbaum feiern würden?

»Happy Christmas, Anna.«

»Dir auch, Ben.« Sie reichte ihm den Pulli. »Nochmals danke dafür.«

Überrascht sah er sie an. »Behalte ihn doch.«

Sie schüttelte den Kopf.

»Du willst gehen?«

Sie nickte. Draußen vor der Tür wurde das Geschirr bereits wieder eingesammelt. Stimmen auf dem Flur. Von irgendwo erklang ein Weihnachtslied. Sie rang sich die rechten Worte ab, die sie sich in der letzten Nacht überlegt hatte.

»Ich weiß, Anna, du bist enttäuscht, weil wir sie nicht gefunden haben, richtig? – Ich bin ja auch enttäuscht.« Er setzte sich ein wenig aufrechter hin. »Aber es kann uns niemand nachsagen, dass wir es nicht wenigstens versucht haben«, fuhr er fort. »Ich meine, wir waren bei ihrem Nachbarn in Hamburg, sind dreimal um die Alster gefahren …« Er zählte mit den Fingern seiner Hand die Stationen ihrer Reise auf. »Dann versuchten wir es beim Ferienhaus im Harz.« Er lächelte. »Ein ziemlich aufregendes kleines Abenteuer, wenn du mich fragst.« Sie sagte nichts. Mit gequältem Blick sah er sie an. »Was hätten wir denn sonst noch tun können?«

»Nichts.«

»Richtig. Und du hast mir bei der Suche geholfen. Das werde ich auch deiner Chefin sagen. Das mit der Abmahnung ist vollkommen inakzeptabel. Ich denke, ich werde ihr einen Brief schreiben. Oder, besser noch, ich rufe an. Meinst du, das würde helfen?« Fragend schaute er sie an.

»Das ist nicht nötig. Ich denke, es ist Zeit für Veränderungen.«

»Veränderungen? Was meinst du damit?«

»Vielleicht bewerbe ich mich woanders oder gehe sogar ins Ausland.«

»Ausland? Aber wohin denn?«

Sie zuckte mit den Achseln. »Das weiß ich noch nicht. Vielleicht Italien? Oder Dänemark?«

»Sprichst du denn Italienisch oder Dänisch?« Er klang besorgt.

Sie lächelte. »Mir sagte mal jemand, dass es nichts gibt, was man nicht lernen könne. Sogar Mathematik.«

Lange schaute er sie an. Schon wankte sie, unsicher, ob sie standhaft bleiben könne. Plötzlich beugte sie sich vor und küsste ihn. Nicht einfach nur schnell und auf die Wange.

Nein, es war die Art von Kuss, die sie nur ein einziges Mal mit ihm haben würde. Die Erinnerung hieran sollte ihr Leben lang halten, bis zu dem Tag, an dem sie sterben würde. Ein Kuss, der all ihre Leidenschaft und Liebe in sich trug, zart und wild und vor allem ehrlich.

Einen winzigen Augenblick lang wirkte Ben überrascht. Dann aber tauchte auch er ganz in diesen einen Moment, der sich wie eine selige Ewigkeit anfühlte.

Doch die Welt da draußen schien sie zu mahnen, dass dieser Kuss nicht sein durfte. Hinter ihnen ging die Tür auf, jemand trat ein, ging dann aber wieder.

Anna setzte sich wieder auf. Sie hatten kein Anrecht auf diesen Kuss. Er war gestohlen. Doch Anna bereute es nicht.

Zärtlich strich sie mit der Hand über Bens Gesicht. »Du solltest dich rasieren, bevor du nach Hause fährst. Deine Kinder denken sonst noch, du seist der Weihnachtsmann.«

Er nickte. Sie stand auf, doch er hielt ihre Hand fest. »Bleib.«

Vorsichtig löste sie sich von ihm. »Vergiss mich, okay?«

Er schüttelte den Kopf.

»Doch, du musst. Denk an Max und Frieda. Außerdem hast du Yvette.«

»Aber –«, versuchte er zu protestieren. Doch sie ließ ihn nicht weiterreden.

»Alles Gute und … schönes Fest«, sagte sie leise und verließ das Zimmer.

Kapitel 31

Benommen trat Yvette aus dem Fahrstuhl, zurück in die Eingangshalle, durch die sie erst zehn Minuten zuvor gekommen war. Das Bild von ihrem Ben und dieser Frau, die sich küssten! Es wollte nicht aus ihrem Kopf.

Sie hatte die ganze Zeit schon dieses Gefühl gehabt, dass er ein Geheimnis vor ihr hatte. Und als sie die Frauenstimme am Telefon gehört hatte, da wusste sie, dass Ben nicht anders war als alle anderen Männer auch. Vielleicht hatte ihre Mutter ja recht gehabt, als sie meinte, sie hätte Ben keine Minute aus den Augen lassen sollen.

Ihre Mutter hatte sie gewarnt!

Und das würde Caro ihr monatelang unter die Nase reiben.

Yvette horchte in sich hinein. Eigentlich müsste sie jetzt fuchsteufelswild und wütend auf Ben sein. Doch konnte sie diese Gefühle nicht wirklich in sich finden. Dabei hätte sie das Recht gehabt, ihm im Krankenzimmer eine handfeste Szene zu machen. Mit Schimpf und Schande hätte sie die Nebenbuhlerin auf den Flur jagen können, um klarzumachen, wem Ben gehörte. Sie hätte wütende Tränen verlieren und ihn vor dem gesamten Krankenhauspersonal einen Schuft nennen können.

Als sie die beiden aber sah, hatte sie erstaunt festgestellt, dass sie einen Auftritt dieser Art gar nicht wollte.

Und plötzlich wurde ihr klar, dass Caro unrecht gehabt hatte. Ben und sie passten nicht zusammen. Da halfen kein Keksebacken und keine Küchenmaschine. Zum ersten Mal in ihrem Leben fand Yvette es richtig zu gehen, bevor sie selbst verlassen wurde.

Caro würde das nicht gefallen. Ganz und gar nicht. Eine Frau müsse ein Ziel haben, war stets das Credo ihrer Mutter gewesen. Und das Ziel hieß: einen möglichst vielversprechenden Mann zu heiraten. Aber Caros Weg war nicht mehr ihrer.

Yvette drehte sich um, ging mit durchgedrücktem Rücken zum Portier und bat um Stift und Papier. Dann setzte sie sich auf einen der unbequemen Stühle nahe dem Weihnachtsbaum und begann zu schreiben.

Die Nachricht an Ben wurde sehr viel länger, als sie gedacht hatte, denn er lag ihr als Mensch am Herzen. Nicht als Mann. Und mit jedem Wort wurde ihr klarer, dass dies der richtige Weg für sie beide war.

»Lieber Ben! Ich habe dich mit dieser Frau gesehen …«

Ein letztes Mal prüfte sie die Zeilen. Dann faltete sie das Papier sorgsam zweimal und schrieb Bens Namen darauf.

»Könnten Sie das bitte in Zimmer 411 bringen lassen«, bat sie den Portier. »Eine dringende Nachricht für den Patienten Ben Caspers.«

Dann verließ sie das Krankenhaus und ihr altes Leben. Dabei rannen Tränen über ihre Wangen, denn Abschied tat weh.

Sie würde ihre Mutter anrufen müssen, um sie über ihren Entschluss zu informieren. Caro würde das nicht gefallen, sie würde außer sich sein. Aber Caro führte ein Leben, das anders war als jenes, welches Yvette für sich wünschte. Noch hatte Yvette keine rechte Ahnung, wie ihr neues Leben aussehen könnte, aber das würde sich finden. Der Anfang immerhin war jetzt gemacht.

Vor dem Krankenhaus holte sie tief Luft. Der Anruf bei Caro würde kein einfacher werden. Besser jetzt als später, dachte sie und kramte ihr Handy aus der Handtasche. Noch im Laufen begann sie, die Nummer ihrer Mutter zu wählen, während sie versuchte, letzte Tränen wegzuschniefen.

Kaum nahm am anderen Ende der Leitung jemand den Anruf an, sprudelte es aus Yvette nur so heraus. »Mama, ich werde ihn nicht heiraten! Ich werde niemals heiraten! Du wirst mich davon nicht abbringen können! – Warum? – Na, ich habe ihn mit einer anderen erwischt. Aber darum geht es nicht! …« Sie eilte über die Straße, um zu ihrem Golf II zu gelangen, der auf dem Parkplatz stand. Die Worte ihrer Mutter hörte sie kaum. Mit dem Ärmel ihres Mantels wischte sie über ihr nasses Gesicht. Darum sah sie auch den schwarzen Mercedes nicht, der mit Schwung aus der Tiefgarage des Hospitals hochschoss.

Reifen quietschten.

Das Nächste, was Yvette sah, war ein Fremder, der sich über sie beugte. Stahlgraue Augen, kantiges Kinn, erste graue Schläfen. »Haben Sie sich verletzt?«

Seine Stimme, samtweich, besorgt.

»Oh«, hauchte sie nur und fasste sich an den schmerzenden Kopf. Sie versuchte, sich aufzurappeln, doch sackte sogleich zusammen. Er fing sie auf.

»Sollten wir nicht besser jemanden holen?«, fragte er sie.

Er hatte schöne weiße Zähne. Ihre Knie wurden weich. Von irgendwoher kam die besorgte Stimme ihrer Mutter. Ach ja, das Handy.

Yvette sah Leute aus dem Haupteingang des Krankenhauses herbeieilen. Man half ihr auf eine Trage. Gerade, als man sie fortbringen wollte, hielt sie dem Fremden ihre Hand hin. »Yvette Kerber.«

Er stellte sich als Florian Franzen vor. »Es wird alles gut, Yvette. Es tut mir leid. Ich hatte Sie nicht gesehen«, haspelte er, wobei er sie besorgt anschaute.

Franzen. Der Name sagte ihr etwas. Während man sie hineinrollte, überlegte sie, wo sie diesen Namen schon einmal gehört oder gelesen hatte. Vielleicht ein Schauspieler? Ein Politiker? Ein Sänger?

Man rollte sie in das Foyer des Krankenhauses, wo sie eben noch die Nachricht an Ben geschrieben hatte. »Kennen wir uns von irgendwoher?«, wollte sie von dem Mann wissen, der an ihrer Seite blieb und sich davon auch nicht abbringen lassen wollte. »Ihr Name kommt mir so bekannt vor.«

Yvette blickte ihn fragend an.

»Das passiert mir öfter«, lächelte er und wies durch das bodentiefe Fenster hinaus, wo vor dem Eingang noch immer sein Wagen stand. Ein schwarzer Mercedes, auf dessen Seite goldene Buchstaben klebten. Beerdigungsinstitut J. Franzen, seit 1912.

»Früher oder später kriegen wir jeden«, erklärte er.

»Das habe ich bemerkt«, erwiderte Yvette und grinste, als sie sein betroffenes Gesicht sah.

Während ein Arzt die Unfallpatientin untersuchte, wartete Florian Franzen vor der Tür. Er hatte unmissverständlich klargemacht, dass er für alles aufkommen würde und nicht gedenke, diese Frau alleinzulassen. Das gefiel Yvette.

Vielleicht war sie nicht so clever wie ihre Mutter Caro, aber einen echten Mann erkannte sie, wenn er vor ihr stand. Vor allem einen ohne Ehering am Finger.

❄

Sie war gegangen. Natürlich war sie das. Was hätte sie auch sonst tun sollen. Immerhin waren sie beide mit dem Kuss eindeutig zu weit gegangen. Und trotzdem hatte es sich in dem Moment richtig und gut angefühlt.

Ben setzte sich in seinem Bett aufrechter hin. Er versuchte, sich einzureden, dass es eine vernünftige Entscheidung von ihr gewesen war. Ja, von ihr. Nicht von ihm. Er hätte sie gerne noch länger in seiner Nähe gehabt, denn sie beruhigte ihn auf eine Weise, die er seit Jahren nicht mehr gespürt hatte.

Er dachte an Yvette. Und er dachte an Max und Frieda, die all die letzten Jahre ohne ihre Mutter hatten auskommen müssen. Niemand konnte sagen, er hätte nicht versucht, alles richtig zu machen. Er hatte nach einer Frau Ausschau gehalten, um den Kindern eine neue Mutter zu schenken. Dafür war er in einschlägige Partnervermittlungsagenturen gegangen und hatte Dates gehabt. Bis er Yvette traf.

Für die Kinder und sie war er nach München gezogen und hatte die Junior-Professur angenommen. Er hatte Golf lernen wollen und war sogar bereit gewesen, sich auf eine Skipiste zu wagen. All das nur, um die Dinge richtig zu machen. Natürlich war es auch vernünftig gewesen, das Haus in München zu kaufen.

Und wegen alldem war es vernünftig gewesen, Anna gehen zu lassen. Warum aber fühlte er sich dann wie ein Betrüger?

Neben ihm im Bett schnarchte jemand. Ben zuckte zusammen. So sehr war er mit sich selbst beschäftigt gewesen, er hatte nicht einmal bemerkt, dass man noch einen anderen Patienten in das Zimmer gebracht hatte.

Ben griff zum Telefon, um zu Hause anzurufen. Yvette und

die Kinder sollten wissen, dass es ihm so weit gut ging. Gleich nach dem Mittagessen wollte er entlassen werden, damit er noch pünktlich zur Bescherung zu Hause sein könnte. Er hatte es den Kindern doch versprochen.

Es klingelte. Einmal, zweimal, dreimal. Niemand antwortete. Das war ungewöhnlich, denn eigentlich hätten doch alle zu Hause sein müssen, immerhin war heute Weihnachten. Ben runzelte die Stirn und legte auf. Irgendetwas stimmte hier ganz und gar nicht. Er spürte, wie er unruhig wurde.

Kapitel 32

Er hatte mindestens hundertmal versucht, Yvette zu erreichen. Weder war sie zu Hause, noch ging sie an ihr Handy. Auch die Kinder schienen nicht zu Hause zu sein. Wenigstens Max müsste doch da sein. Er überlegte, ob Yvette mit den Kindern zu ihrer Mutter gefahren sein könnte, und zermarterte sich den Kopf, wie Caros Telefonnummer noch war, die er möglichst nie anrief.

Da öffnete jemand die Tür. Schon hoffte Ben, Anna möge zurückgekommen sein, doch es war nur eine der Schwestern.

»Wir sind kein Postamt«, meinte sie säuerlich und reichte Ben einen gefalteten Zettel. »Sagen Sie das Ihrer Verlobten.«

Ben bemerkte, dass der Mann im Nachbarbett jetzt die Augen öffnete.

»Guten Morgen«, murmelte Ben ihm zu und drehte sich ein wenig zur Seite, um den Brief in Ruhe lesen zu können. Yvette war hier gewesen? Ben faltete den Brief auseinander.

Sofort erkannte er ihre Schrift. Er runzelte die Stirn. »Warum kam sie denn nicht herein?«, murmelte er vor sich hin.

Der Mann im Nebenbett schob seinen Arm unter den Kopf, wobei er ungeniert Ben musterte, dessen Blick über die Zeilen flog. Und weil Ben es nicht glauben konnte, was er dort las, begann er noch einmal von vorne.

Lieber Ben. Ich habe dich mit der Frau gesehen …

»Welche Frau denn!«, rief Ben aus.

»Na, Ihr Kurzzeitgedächtnis muss aber tüchtig gelitten haben. Sie meint die hübsche Brünette.«

Überrascht drehte Ben sich zu seinem Bettnachbarn. »Wen?«

Der alte Mann grinste ihn an. »Na, die, die Sie eben geküsst haben, als die Blondine in der Tür stand.«

Yvette war also tatsächlich hier gewesen! Und er hatte es nicht bemerkt. Ben wurde schwindelig.

»Und, was steht da noch so?«, wollte der Bettnachbar wissen. »Irgendetwas Interessantes?«

Sprachlos sah Ben den Kerl an. Alles in seinem Kopf drehte sich. Er nahm Yvettes Brief wieder hoch und las murmelnd weiter. »… Ich bin dir nicht böse, denn ich wusste im Grunde schon länger, dass es mit uns nichts werden kann. Du liebst mich nicht und ich dich auch nicht wirklich. Meine Mutter meinte, dass wir es schaffen könnten, aber Liebe sollte man nicht erzwingen, das weiß ich jetzt. Auch deine Kinder werden mich nie lieben, das spüre ich.«

Wieder musste Ben die Zeilen ablegen. Plötzlich schoss ihm ein entsetzlicher Gedanke durch den Kopf! Wo waren seine Kinder?

»… Max und Frieda sind noch bei Caro. Hole sie bitte dort ab, sobald es dir möglich ist. Zum Fest werde ich nicht da sein. Ich brauche Zeit und Abstand. Im neuen Jahr komme ich vorbei, um meine Sachen abzuholen. Lass uns neu anfangen. Du auf deinem Weg und ich auf meinem.«

Er konnte es nicht glauben. Was war nur aus seinem sonst so geordneten Leben geworden?

Ben sah zu dem Mann nebenan. »Sie hat mich verlassen«, flüsterte er ungläubig. Doch statt mitfühlender Worte grinste der Kerl nur, als wisse er längst Bescheid. Dann griff der Mann nach der Fernbedienung seines Bettes und ließ das Kopfteil hochfahren.

»Da haben Sie sich ja schön in die Nesseln gesetzt«, sagte er und grinste zu Ben hinüber.

Ben warf die Decke zurück und stand auf. Mit nackten Füßen begann er durch das Krankenzimmer zu tigern, gefolgt vom Blick des anderen.

»Und was machen wir jetzt?«, wollte er von Ben wissen.

Ben suchte nach einer Erklärung. »Da ist doch gar nichts passiert.«

Der Mann im Bett jedoch schien anderer Meinung zu sein. »Da war nichts?« Missbilligend schüttelte sein Bettnachbar den Kopf. »Na, für mich sah das aber nach einer ganzen Menge aus.«

»Das geht Sie hier überhaupt nichts an!«, schnauzte Ben zu ihm hinüber.

Schnell hob der Mann die Hände und tat, als interessiere ihn all das plötzlich nicht. »Wie Sie meinen.«

Aber Ben wusste, dass der Mann recht hatte. Zwischen Anna und ihm war sehr wohl etwas gewesen. Nichts Körperliches – den Abschiedskuss mal nicht mitgedacht. Da war noch irgendetwas anderes. Etwas, das größer war und einer Lüge absolut nicht würdig. Es ärgerte ihn, dass er es schon wieder getan hatte. Noch immer sah er Annas traurigen Blick vor sich, als es ihm auf dem verdammten Weihnachtsmarkt zum ersten Mal passiert war.

Es war die Krux seines Lebens, dass er es ständig und immer allen recht machen wollte. Wer so ist, kam leicht ins Lügen.

»Himmel, was soll ich denn jetzt machen?«

Statt einer Antwort sagte der andere nur: »Kenne ich.«

»Was?«

»Abserviert werden. Ist aber nicht so schlimm, wie es sich anfühlt. Man gewöhnt sich dran, glaube ich.«

»Ach, lassen Sie mich doch in Ruhe«, murmelte Ben und ließ sich auf den Stuhl am Fenster fallen. In seinem Kopf gingen die Dinge schrecklich durcheinander. Mit unerwarteten Situationen kam er nur schlecht zurecht. Er musste sich erst an die Dinge gewöhnen und sie von allen Seiten gründlich überdenken. Das brachte viele Leute um ihn herum dem Wahnsinn nahe, aber so war er nun einmal. Anders konnte er nicht.

»Kennen Sie diesen Spruch von Hermann?«

Mehr aus Groll denn aus Interesse sah Ben auf. »Welchen Hermann?«

»Den Hermann Hesse. Der hat mal gesagt, jedem Ende wohnt ein neuer Anfang inne oder so. Kluger Mann, wenn Sie mich fragen.«

Ben warf die Hände vor sein Gesicht. Der Neuanfang mit Yvette jedenfalls war ein kolossaler Fehler gewesen, obwohl er rational betrachtet alles richtig gemacht hatte. Schon wollte er sich in einer ganzen Badewanne voll Selbstmitleid ertränken, als ihn der Mann im Bett davon abhielt.

»Elf Uhr vierunddreißig.«

Ben hob den Kopf. »Was?«

Der Alte wies zur Uhr über der Tür. »Der Zug nach Hamburg. Elf Uhr vierunddreißig, Gleis 3. Das könnten Sie noch schaffen.«

Fragend sah Ben auf die Zeiger. Dann durchfuhr es ihn wie ein Stromschlag, der ihn wieder zum Leben zurückholte. Er sprang auf, riss die Tür vom Kleiderschrank auf, griff nach seinen Sachen, warf sie aufs Bett und begann, sich anzuziehen. »Sie haben recht!«

»Habe ich gleich gewusst.« Zufrieden nickte der Alte, während er Ben beim Anziehen zusah.

Ben knöpfte sein Hemd zu. »Wenn ich jetzt gehe, gibt das bestimmt Ärger mit der Stationsschwester«, murmelte er, doch der Alte widersprach.

»Manchmal muss man ein Risiko eingehen, denn ohne hohen Einsatz gibt es auch keinen anständigen Gewinn.«

Dankbar nickte Ben, schlüpfte in seine Schuhe, warf die Jacke über, steckte Handy und Brieftasche ein, rannte zur Tür. Dort drehte er sich noch einmal um. »Danke«, sagte er und eilte zu dem Mann im Bett, dem er die Hand schüttelte. Dann reichte er ihm noch schnell seine Visitenkarte. »Rufen Sie mich an, wenn Sie in meiner Gegend sind. Ich lade Sie auf ein Bier ein.«

Der Mann lächelte breit in seinen vollen Bart hinein. »Nun aber los. Noch mehr Chancen bekommen Sie nicht, Junge.«

Benn rannte los.

Auf dem Flur begegnete ihm die Stationsschwester. »Herr Caspers!«, rief sie ihm nach. »Wo wollen Sie denn hin? Der Arzt muss Sie doch erst untersuchen!«

»Fragen Sie meinen Bettnachbarn«, antwortete er und drückte den Knopf für den Fahrstuhl.

Die Schwester folgte ihm, während er ungeduldig darauf wartete, dass sich die Türen vor ihm endlich öffnen würden.

»Wen?«

»Er kann alles erklären.« Bens Blick starrte ungeduldig auf die Anzeige über dem Fahrstuhl. »Die Formalitäten machen wir später. Ich melde mich bei Ihnen oder so …«, rief er und sprang in die Fahrstuhlkabine, als die Türen noch nicht einmal ganz aufgegangen waren. »Jetzt muss ich zu der Frau meines Lebens und ihr sagen, dass ich …« Er lachte. »Ach, egal!«

Verwirrt blickte die Krankenschwester auf die sich schließenden Fahrstuhltüren. »Bettnachbar?« Sie verstand nicht, wen er gemeint haben könnte, denn Ben Caspers war Privatpatient und lag selbstverständlich in einem Einzelzimmer.

Kapitel 33

Es schien Anna, als sei die ganze Welt an diesem Tag auf dem Weg nach irgendwo. Das Gedrängel am Bahnhof war unerträglich. Warum konnten die Menschen nicht früher zu ihren Weihnachtsfesten fahren? Musste es gerade heute, am Heiligabend, sein? Energisch schob und zwängte sie sich durch die Menge auf der Suche nach dem Reisecenter. Sie war wütend. Wütend auf sich. Wütend auf das Schicksal. Wütend, dass ihr ständig das Gleiche passierte. Tränen liefen über ihr Gesicht. Auch das machte sie wütend.

Noch immer fühlte sie Bens Kuss auf ihren Lippen. Es prickelte zart, und tief in sich hoffte Anna, diese Erinnerung nie vergessen zu müssen. Auch nicht die Nacht in der Scheune.

Anna dachte an diese Yvette, deren Stimme im Telefon dieses gewisse Schrille gehabt hatte, als schien sie zu ahnen, dass jemand ihren Ben in Versuchung führte. Frauen spüren so etwas. Anna hoffte inständig, Ben möge seiner Verlobten niemals von dem Kuss erzählen. So ehrlich er auch war, damit würde er alles ruinieren, das ihm wichtig war. Und schuld wäre sie, die Verführerin in der hellblauen Schwesternuniform!

Sie hätte ihn wirklich nicht küssen sollen. Das war egoistisch. Am Ende würde nur Schmerz bleiben. Für sie und für Ben. Und wenn er sich seiner Yvette anvertrauen würde, dann würden noch mehr Menschen leiden. Max und Frieda ebenso wie ihr Vater und die Frau an seiner Seite.

»Ich bin eine dumme Kuh«, murmelte sie, als sie sich in die Schlange im Fahrkartenschalter des Reisezentrums stellte. Sie wischte den Ärmel ihrer Jacke über das nasse Gesicht. Dann kramte sie ihre Kreditkarte hervor. Sie wollte nur noch weg von hier!

Als Anna eine halbe Stunde später den Bahnsteig von Gleis 3 betrat, warteten bereits viele Passagiere auf den ICE nach Hamburg. Im Bereich C fand sie noch einen Platz auf einer Bank.

Vor ihr, an der gegenüberliegenden Wand, hing ein Plakat. Es zeigte ein glückliches Paar, welches für irgendetwas warb, das man unbedingt einem geliebten Menschen zu Weihnachten schenken sollte, damit das Fest perfekt würde. Wie grausam, dachte Anna. Bei ihr zu Hause wartete nicht einmal ein Wellensittich auf sie. Sie wischte eine weitere Träne fort.

Da hielt ihr Sitznachbar ein Taschentuch für sie hin. Er war schon älter und trug einen grauen Wintermantel samt Hut. Unter seinem Vollbart lächelte ein freundlicher Mund. »Nehmen Sie ruhig. Es ist sauber.« Zu seinen Füßen stand ein alter Handkoffer aus Leder.

Anna wollte das Taschentuch erst dankend ablehnen, aber die Tränen liefen über ihre Wangen, ohne dass sie sie hätte aufhalten können. Mit einem leise gemurmelten »Danke« nahm sie es.

»Liebeskummer?«

Sie verzog den Mund.

»Ach ja«, seufzte er. »Das kenne ich.« Er lächelte. »Ich war nämlich auch mal jung, wissen Sie.« Er ließ Anna ein wenig Zeit, bevor er fortfuhr. »Es ist eigenartig, dass gerade zu Weihnachten die Menschen dazu neigen, sich besonders häufig zu streiten. Woran das wohl liegt?«

Anna schüttelte den Kopf. »Nein, wir haben uns nicht gestritten. Im Gegenteil.«

Verwundert schaute er sie an. »Aber glückliche Tränen sind das auch nicht, oder? Ist es wegen des Abschiednehmens? In einem Bahnhof wäre das nichts Ungewöhnliches.«

Wieder schüttelte sie den Kopf und wischte sich mit dem Taschentuch über die Augen. Es war ihr peinlich, vor einem Fremden zu weinen. Aber es ging nicht anders. Die Tränen kamen einfach.

Der Mann dachte nach. »Manchmal tut man etwas und weiß, dass es falsch ist. – Das ist der Moment, wenn Herz und Kopf in einen Kampf geraten, dessen Ausgang völlig offen ist. Kennen Sie das?«

Interessiert sah Anna ihn an. Das Gespräch war für diesen Ort doch recht ungewöhnlich, irgendwie sehr persönlich. »Sind Sie Philosoph oder so etwas?«

Er lachte. »Himmel! Nein! Ich bin nur jemand, dem schon das eine oder andere begegnet ist. Mir ist, das darf ich wohl ohne Überheblichkeit sagen, nichts Menschliches fremd.« Wieder lachte er, fast, als wolle er sich für seine Worte entschuldigen. »Ich habe in meinem langen Leben Fehler gemacht, die nicht wiedergutzumachen sind, weil ich zu spät begriff, dass jede Entscheidung im Hier und Heute das Morgen beeinflussen wird. Verstehen Sie, was ich meine?«

»Ich glaube schon.« Anna schob das nasse Taschentuch in ihre Jackentasche. Vor ihrem Inneren erschien ein Bild von Ben und zwei Kindern, wie sie heute Abend mit einer hübschen Frau vor einem ebenso hübschen Weihnachtsbaum sitzen würden, um ihre Geschenke auszupacken. Vielleicht würden sie Lieder singen, so wie Anna und ihre Eltern es früher getan hatten. Sie selbst aber hatte heute Schicht im Seniorenheim. Eine Schicht, für die sie sich noch vor Monaten freiwillig gemeldet hatte, um nicht allein in ihrer kleinen Wohnung auf das erbärmliche Adventsgesteck im Wohnzimmer starren zu müssen. Dann lieber arbeiten. Und genau das würde jetzt geschehen, weil sie beschlossen hatte, zurück in ihr altes Leben zu kehren. »Vorhin habe ich eine Entscheidung getroffen, aber ich weiß nicht, ob sie richtig ist.«

Der Alte nickte, wie ein Wackel-Dackel auf der Hutablage eines Autos bei der Fahrt. »Das Schönste am Leben ist«, sagte er leise, »dass Gott einem immer eine zweite Chance gibt. Man muss nur die Augen aufhalten.«

Anna lächelte ihn an. »Ich glaube, in diesem Fall gibt es keine zweite Chance«, sagte sie traurig. »So, wie es ist, ist es vernünftig und logisch.«

»Aber Sie leiden, junge Dame. Das kann nicht gut sein. Schon gar nicht heute, an Weihnachten.«

»Danke für Ihr Mitgefühl.«

In diesem Moment fuhr der ICE Richtung Hamburg langsam ein. Bewegung kam in die Menge der Fahrgäste. Auch Anna erhob sich. »Ich wünsche Ihnen ein wunderschönes Fest«, sagte sie zum Abschied.

Er erhob sich und reichte ihr die Hand. »Auch Sie werden ein wunderschönes Fest haben, glauben Sie mir.«

Sie lachte. »Was macht Sie da so sicher?«

Statt einer Antwort lächelte er nur vielsagend.

Der Zug hielt, und die Türen öffneten sich hinter Anna mit einem leisen Zisch. »Auf Wiedersehen«, sagte sie und reichte ihm ihre Hand. Er lupfte seinen Hut, und sie stieg ein.

Im Großraumwagen suchten die Leute ihre reservierten Plätze. Anna hatte Glück und fand einen am Fenster, der nicht reserviert war. Erschöpft ließ sie sich fallen und schloss die Augen. Vielleicht sollte sie auf der Fahrt ein wenig schlafen, immerhin wartete eine anstrengende Schicht auf sie. Sofern man sie überhaupt noch im *Seniorenheim Möwenstrand* arbeiten lassen wollte. Ihr Herz sackte nun noch ein, zwei Etagen tiefer.

Sie hörte, wie die Leute um sie herum ihre Koffer auf die Ablage hievten, Mäntel an Haken hängten, telefonierten oder ihren Reiseproviant auspackten. Wo auch immer die Menschen später aussteigen würden, wartete sicherlich jemand auf sie. Sie aber wurde nicht erwartet.

Anna öffnete die Augen und schaute auf den Bahnsteig hinaus, wo der Zugbegleiter gerade die Waggons abschritt. Dabei begrüßte er die Passagiere mit einem Tippen an seine Dienstmütze und einem »Frohes Fest«. Die Reisenden waren zumeist überrascht, grüßten dann aber mit einem freundlichen Nicken zurück. Den Zugbegleiter schien es nicht zu stören, dass er heute arbeiten musste. Im Gegenteil, er schien es zu genießen. Anna beneidete ihn.

Da sah sie den alten Mann am Bahnsteig vor ihrem Fenster stehen, den Koffer in der einen Hand winkte er ihr mit der anderen munter zu, als würden sie sich seit vielen Jahren kennen. Sie lächelte und überlegte, warum er nicht einstieg. Vielleicht, dachte sie, wartete er auf einen Zug, der später einfuhr, oder er kam in den Bahnhof, um sich einfach nur mit Fremden zu unterhalten.

Anna winkte zurück, und ihre Lippen formten ein »Danke«, woraufhin er seinen Hut erneut lupfte und eine altmodische Verbeugung andeutete, um ihr zu zeigen, dass es ihm eine Ehre gewesen sei, sie getroffen zu haben.

Anna musste lächeln.

Mit einem Zischen schlossen sich die Türen des ICE, und ein kurzes, wunderschönes Kapitel in ihrem Leben ging zu Ende. Ein absehbares Ende, und dennoch ein himmlisches Geschenk. Das Leben war ungerecht, und zugleich fühlte sie sich dankbar dafür, mit Ben diesen flüchtigen Frieden in ihrer Seele gespürt zu haben.

Anna zog ihre Jacke enger um die Schultern und beschloss, die letzten beiden Tage als das zu sehen, was sie waren: eine wunderbare Episode im Schnee.

Kapitel 34

Ben sprang aus dem Taxi, noch bevor es am Haupteingang zum Halten kam. Er warf dem Fahrer einen Geldschein zu. »Den Rest können Sie behalten!«

Dann rannte er in die Bahnhofshalle. Kurz schaute er auf seine Armbanduhr. 11:34!

Sein Blick hetzte zur Anzeigentafel hinüber. Noch stand der ICE Richtung Hamburg an oberster Stelle auf der Liste. Gleis 3! Mit viel Glück war der Zug noch nicht abgefahren.

Schiebend und schubsend bahnte er sich einen Weg durch das Gedrängel, wobei er immer wieder »Tschuldigung!« in die Menge rief, ohne jemanden im Besonderen zu meinen.

So rücksichtslos hatte er sich noch nie benommen. Egal!

Er lief den Tunnel entlang, von dem die Treppen hinauf zu den Gleisen abgingen. Immer drei Stufen auf einmal nehmend hastete er hoch.

11:37!

»Du bist zu spät!«, schrie sein Inneres. Doch als er oben ankam, stand der Zug noch da!

Gelobt sei die verlässliche Verspätung der Bahn, dachte er, wusste aber auch, dass es nicht mehr lange dauern würde, bis der ICE den Bahnhof verließ, denn die Türen waren bereits geschlossen. »Verdammt!«, rief er den leeren Bahnsteig entlang. In welche Richtung sollte er denn nun laufen? Und wenn er sie gefunden hatte, was wollte er ihr sagen?

Wie angewachsen stand er plötzlich da und starrte den weißen Zug an.

❄

Der Zugbegleiter in Wagen 18 indes schaute auf die Anzeige vor sich. Natürlich hätte er fluchen können, denn die rote Lampe leuchtete noch immer. Es war mal wieder die vermaledeite Tür von Wagen 10, die sich nicht schließen wollte.

Doch statt zu schimpfen, lächelte er. Rot ist ja auch eine schöne Farbe, sagte er sich und versuchte zu verdrängen, dass er es sein würde, den die Passagiere nachher anmeckerten, wenn der ICE die Verspätung bis Hamburg nicht mehr einfahren konnte.

Ach was, überlegte er und trat noch einmal auf den Bahnsteig hinaus, um zum Wagen 10 zu gehen, wo er die Tür per Hand schließen musste.

Es waren ja nur acht Waggons bis dahin. Dafür war er ja da. Er, der Mann, der die kleinen und großen Macken seiner ICEs kannte. Schon als Kind hatte er Züge geliebt. Was gab es Schöneres als das, was er heute als Beruf machte? Nichts. Und zum Weihnachtsfest waren die Leute auch viel geduldiger als sonst. Vielleicht sang ja wieder jemand ein Lied, so wie im letzten Jahr. Dieses Mal würde er auch nicht die Stimmung mit einer Lautsprecherdurchsage ruinieren. Nein, vielleicht würde er sogar mitsingen. Wer weiß.

Beschwingt ging er am Zug entlang, bis er die Tür von Wagen 10 erreichte. Er staunte nicht schlecht, als er den ledernen Handkoffer entdeckte, der in der Tür eingeklemmt war. Kopfschüttelnd rüttelte er an dem Gepäckstück, stemmte die Tür ein wenig weiter auf, bis der Koffer frei war.

Hm, eigentlich dürfte so etwas nicht passieren, dachte er

besorgt. Gott sei Dank war es nur ein Koffer, der sich hier verkeilt hatte.

Mit dem üblichen »Zisch« öffnete sich die Tür nun wieder, ganz so, wie es sich gehörte, und der Schaffner stieg ein. Eine Verspätung von vier Minuten könnten sie problemlos einfahren.

❄

Ben sah den Zugbegleiter am Ende des ICE einsteigen. Und er wusste, dass er verloren hatte. Da tippte ihn jemand an seinen Arm. Vor Ben stand ein Herr in Hut und Mantel. Irgendwie kam der Mann ihm bekannt vor.

»Die junge Dame ist in Waggon 10. Fensterplatz«, sagte er. »Sie werden es aber nicht mehr schaffen.«

Ben legte den Kopf schief. »Kennen wir uns? Ich habe Sie doch erst vorhin gesehen …«

»Sie sollten sich beeilen, junger Mann«, kam stattdessen die Antwort.

Am Ende des Bahnsteigs sprang jetzt das Signal für den Zugführer um.

»Aber was soll ich denn tun?« Schweiß stand auf Bens Stirn.

Der Alte wies zu einem Pavillon, an dessen Außenwand eine Klappe halb offenstand. »Nun machen Sie schon!«, rief er und schubste Ben hinüber.

Ben öffnete die Klappe und sah ein schmales Mikrofon in einer Halterung hängen. Es war eines der Dinger, mit denen früher die Zugbegleiter die Ansagen auf dem Gleis machten. Ben riss es zu sich. »Hallo?«, rief er hinein, doch aus den Lautsprechern war nichts zu hören. Seine Finger fanden einen kleinen Knopf. Er drückte ihn und versuchte es noch einmal.

»Hallo?«, rief er und erschrak vor seiner eigenen Stimme, die wie ein Donnerhall über sämtliche Gleise brüllte. Ein schreckliches Pfeifen war zu hören. Entsetzt schaute Ben den Alten an, der neben ihm stand und aufmunternd nickte.

»Los doch! Sonst fährt sie weg!«

Ben drückte den Knopf noch einmal. »Anna?«, sagte er, dieses Mal aber etwas leiser. »Kannst du mich hören?«

Der Alte rollte mit den Augen. »Kommen Sie zum Thema!«

»Anna, wenn du mich hörst ... Ich liebe dich ... Steig doch bitte wieder aus ... weil, ich bin ein Idiot, okay ... der Pulli steht dir viel besser als mir.« Er sah, dass die Leute an den anderen Gleisen sich zu ihm umdrehten. Einige lachten. Am liebsten wäre er im Erdboden versunken, hätte sich versteckt, aber der Alte vor ihm ließ ihn nicht aus den Augen.

»Kennen wir uns wirklich nicht?«, fragte Ben noch einmal.

»Unwichtig!« Der Alte fuhr herum und zeigte auf den Zugbegleiter, der ein Stückchen vor ihnen erneut aus dem ICE trat.

»Nicht aufgeben! Machen Sie weiter. Ich lenke den da hinten ab.«

❄

»Warum fahren wir denn nicht?«, rief ein Herr zwei Reihen vor Anna ungeduldig.

»So ein Typ hat draußen eine Ansage gemacht«, erklärte jemand. »Ich habe es aber nicht verstanden.«

»Wahrscheinlich wieder eine Störung«, seufzte eine Frau.

Anna öffnete die Augen. Der Zug stand noch immer im Bahnhof. Sie bemerkte, dass sich einige Fahrgäste neugierig zum Fenster hinüberbeugten und auf den Bahnsteig hinausschauten. »Was ist denn da los?«, wollte ein Mann im Anzug wissen. »Ich muss meinen Anschluss in Hannover bekommen.«

Auch Anna drehte sich um und sah hinaus. Eben noch meinte sie, Bens Stimme gehört zu haben. Das aber war sicherlich nur ein Traum gewesen.

Wieder war da eine unverständliche Ansage von draußen zu hören, als ein junges Mädchen in den Großraumwagen gelaufen kam. »Heißt hier jemand Anna?«, rief sie über die Köpfe hinweg.

Zögerlich erhob Anna sich von ihrem Platz. »Ähm, ja, ich. Warum?«

Das Mädchen strahlte sie an. »Mein Gott, wie romantisch. Er will, dass Sie aussteigen.«

Ein kurzes Raunen ging durch den Waggon.

»Warum soll ich denn wieder aussteigen?«, verlangte Anna zu wissen. Das Mädchen zog sie zur Tür, wo der Schaffner eben noch gestanden hatte. »Er liebt Sie, hat er gesagt.«

»Wer?« In dem Moment, als sie die Frage stellte, hörte sie Bens Stimme aus den Lautsprechern am Bahnsteig kommen.

❄

»… Anna, verlass mich nicht. Es tut mir leid, dass ich so … Ich bin nicht der Schnellste, wenn es um Gefühle geht, weißt du? Denkst du, du könntest damit leben?«

Ben sah den Zugführer den Bahnsteig entlanglaufen. »Geben Sie das Mikro her!«

Ben drehte sich um, versuchte, die Hand des Mannes abzuwehren. »Anna!«, rief er, »können wir nicht gemeinsam herausfinden, ob das Leben pong ist? Unser pong?«

❄

Sie beugte sich aus der Tür und schaute den Bahnsteig entlang. Tatsächlich! Dahinten stand Ben. Offenbar rang er mit dem Zugführer.

»Los doch!«, rief jemand hinter ihr. »So ein Angebot bekommt eine Frau nicht jeden Tag.«

Anna sprang auf den Bahnsteig und rannte auf Ben zu. Kaum hatte er sie entdeckt, drückte er dem Zugbegleiter das Mikrofon in die Hand und lief ihr entgegen. Sie fielen sich in die Arme. Und er küsste sie, während um sie herum die Leute klatschten, und eine Frau rief: »Nein, wie schön!«

»Und? Was sagst du?«, fragte Ben vorsichtig, bevor er Anna wieder losließ.

»Es wäre unlogisch, es nicht wenigstens zu versuchen«, antwortete sie.

Da bemerkte sie, dass nicht nur der Zugbegleiter zu ihnen herübersah, sondern auch die Fahrgäste an den Fenstern.

»Oh, wie peinlich«, murmelte Anna, und Ben nickte. »Ja, schrecklich peinlich.«

Kapitel 35

Hier muss es irgendwo sein«, murmelte Maria und wischte mit der Hand über die beschlagene Beifahrerscheibe. Die Straße stimmte, da war sie sich sicher. Wie ärgerlich, dass sie die Postkarte mit Bens Adresse irgendwo auf der Reise verloren hatte. Sie war sicher, dass der Polizist an der Tankstelle ihr die Karte zurückgegeben hatte, aber danach? Glücklicherweise hatte sie trotz ihres hohen Alters ein gutes Gedächtnis.

»Sechzehn!«, rief sie und zeigte auf ein zweistöckiges modernes Steinhaus mit einer Auffahrt, auf der einige Fahrzeuge standen.

Onkel Patros parkte den Wagen am Straßenrand. Alle stiegen aus, auch Maria. Gemeinsam schauten sie zu dem Haus hinüber.

Nun also war sie am Ziel. Und sie lebte noch immer.

Das war ein gutes Zeichen, fand Maria. Sie war eindeutig weitergekommen, als es noch vor zwei Tagen im Krankenhaus den Anschein gehabt hatte. Tage, in denen sie wunderbare Menschen kennengelernt hatte, die so voller Erwartung auf all das waren, was noch vor ihnen liegen mochte.

»Es ist Zeit, Abschied zu nehmen«, sagte sie und umarmte Dimitri. Aber auch Oma Helena und Elaia sowie die Kinder und Onkel Patros waren mitgekommen. Keiner von ihnen hatte es sich nehmen lassen, Maria sicher an ihr Ziel zu bringen.

»Sollen wir dich nicht doch bis zur Tür geleiten?«, wollte Dimitri von ihr wissen.

Dankbar schüttelte Maria den Kopf. »Die letzten Meter gehe ich alleine. Es ist besser so.«

Sie winkte ihren neuen Freunden nach, sah noch die Gesichter am Rückfenster des Wagens. Knatternd rollte der Wagen über die weiß verschneite Straße. Dann leuchtete der linke Blinker auf, und Onkel Patros' Wagen verschwand rechts um die Ecke.

Mit geschlossenen Augen lauschte Maria dem ratternden alten Diesel nach, bis auch das Geräusch in der winterweißen Schneenacht verhallte. Sie lächelte und wünschte jedem von ihnen das ganze Glück der Erde, denn anders als ihre war die Reise ihrer Freunde hoffentlich noch lange nicht zu Ende.

Jetzt drehte Maria sich zu Bens Haus. In den hell erleuchteten Fenstern konnte sie Schatten hinter den Vorhängen erkennen. Musik und Lachen kamen von dort. Der Garten war mit bunten Lichtern geschmückt, die blitzten und blinkten.

Lange stand Maria da und schaute hinüber, ohne sich zu bewegen. In Bens neuem Leben gab es offenbar eine Menge neuer Freunde. Man feierte das Weihnachtsfest gemeinsam. Sie gönnte es ihm, denn sie hatte ihn immer als schüchtern in Erinnerung gehabt. Diese Yvette schien ihm gutzutun.

Niemand sollte in seiner Vergangenheit gefangen sein. Jedenfalls nicht, wenn man so jung war wie Ben.

Sie fragte sich, ob sie wirklich an seiner Tür klingeln wollte. Ben würde überrascht sein. Er würde wahrscheinlich stottern, wenn er seinen Gästen erklären müsste, warum seine Ex-Schwiegermutter am Heiligabend vor der Tür stand, statt in ihrem Heim zu sitzen. Ob die Kinder sie noch erkennen würden? Wohl kaum.

Wahrscheinlich würde man sie in die Küche verbannen, wo sie sich wie ein Fremdkörper auf der Party fühlen würde, was sie ja auch war. Sie kannte ja außer Ben niemanden von den Gästen, die sich da gerade so herrlich amüsierten.

Maria dachte an Georg. Er hatte ihr gezeigt, dass man keine Zeit vergeuden sollte, dass es wichtig war, die bedeutenden Dinge nicht auf morgen zu verschieben, dass man über sich hinauswachsen müsse, wenn man sein Ziel erreichen wollte. Niemals aufgeben. Ein hoher Einsatz verspricht manchmal auch einen großen Gewinn. So viel hatte sie von ihm gelernt. Und für diese Lektion war sie ihm dankbar.

Es begann zu schneien. Zarte Flocken tanzten vom Himmel, und es war Maria, als höre sie einen sachten hellen Gesang um sich herum, der aus den verschneiten Bäumen zu kommen schien. Wie schön das Leben doch war.

Mit einem zufriedenen Seufzer wandte sie sich von Bens Haus ab. Nein, sie würde ihn nicht stören. Er hatte alles Recht der Welt auf eine eigene Zukunft, ohne die Dinge, die schmerzten. Und mit ihr würden Vergangenheit und Schmerz wieder in sein und das Leben der Kinder treten. Das aber wollte sie nicht.

Still wünschte sie Ben, Max und Frieda Glück. Und auch seiner Neuen.

Maria trat auf die menschenleere Straße. Autos mit einer dicken Schneemütze standen am Fahrbahnrand. Das Licht der Straßenlampen schien gelbwarm in die Nacht hinein und ließ den Schnee auf dem Boden wie Abertausende Diamanten glitzern, während die Flocken durch die Nacht tanzten.

Welch herrliche Ruhe lag über der Welt. Welch unendlicher Friede. Gerade überlegte sie sich, in welche Richtung ihr Weg sie denn nun führen könnte, als sie eine Gestalt im Schneegestöber erblickte. Es war ein Engel!

Maria wusste, was das für sie bedeutete.

Anders als vor zwei Tagen gedachte sie dieses Mal nicht fortzulaufen.

Lächelnd ging sie ihm entgegen, während er ihr mit seinen opalglänzenden Flügeln und dem herrlichen Gewand gemessenen Schritts entgegenkam. Dabei verbanden sich die eben noch zarten Stimmen in der Nacht zu einem Chor, dessen Schönheit ihn zu tragen schien.

Da erkannte sie ihn!

»Georg? Georg!«, rief sie und lief ihrem Freund entgegen.

Als sie ihn erreicht hatte, schaute sie an ihm rauf und runter. »Was ist passiert? Sie sehen so … anders aus.« Ihr Blick fiel auf die einfachen Sandalen an seinen Füßen. »Und wo sind die Stiefel?« Georg lächelte. »Sogar der Bart ist fort.« Sie schluckte. »Sie sehen wunderschön aus, Georg.«

»Du«, unterbrach er sie. »Ich denke, nach all den Abenteuern sollten wir es mit Du versuchen.«

Sie lächelte ihn an. »Ach, Georg, ich hätte dich fast nicht erkannt. Was haben sie nur mit dir gemacht?«

Ein wenig peinlich berührt schaute er zu Boden. »Ich glaube, es war eine Art Upgrade.«

»Ein was?«

»Der Chef, … er wollte wohl wissen, ob ich etwas kapiert habe. Man gab mir ein paar kleinere Sonderaufträge.«

»Sonderaufträge?«

»Ja, einer in einem Krankenhaus und einer am Bahnsteig. Nichts Besonderes.«

»Und? Ist alles gut gegangen?«

Georg lächelte. »Hätte gar nicht besser laufen können.«

Anerkennend legte Maria den Kopf zur Seite und betrachtete ihn erneut. »Der Chef scheint wirklich sehr zufrieden gewesen zu sein.«

Georg strahlte sie an. »Dank dir, Maria, habe ich eine Menge verstanden. Und das hier ist das Ergebnis.« Er drehte sich einmal um sich selbst, damit Maria ihn mit seinen glitzernden Flügeln bewundern konnte. »Irgendetwas muss ich wohl richtig gemacht haben.«

»Das habe ich immer gewusst«, versicherte Maria ihm. »Man darf einen Engel nie nach dem ersten Eindruck beurteilen.«

Sie lachten.

Dann aber wurde Maria ernst, weil es keinen Grund mehr gab, die unvermeidlichen Dinge aufzuschieben. »Wollen wir?«, fragte sie ihren Freund Georg.

»Was?«

»Nun, nach oben, denke ich.«

»Ich habe mein Handy vergessen«, bedauerte er, dabei zwinkerte er ihr zu.

Überrascht schaute Maria ihn an. Tatsächlich, er hatte das Glitzerding nicht bei sich. »Aber dann weißt du ja gar nicht, wohin du mich bringen sollst.«

»Ich bin auch nicht mehr in der Abholung.«

»Haben sie dich etwa in die Registratur versetzt?« Maria wollte sich grade empören, doch Georg beruhigte sie.

»Dank dir wurde ich befördert.«

»Befördert?«

»Ja. Zwar nicht gleich zum Erzengel, aber so ungefähr.« Der Schneeschauer um sie herum nahm zu.

»Du bist nicht meinetwegen hier?«

Er nahm ihre kalten Hände in seine. »Doch, Maria. Ich

bin nur deinetwegen hier. Denn du machst gerade einen schrecklichen Fehler.« Er blickte zu dem Haus, in dessen Fenster die Leute tanzten.

Maria schüttelte ihren Kopf. »Nein, es ist kein Fehler. Ich möchte mich Ben nicht aufdrängen. Er soll neu anfangen dürfen.«

Georg grinste.

Das machte Maria nervös. »Was ist?«, wollte sie unsicher wissen. Doch statt einer Antwort reichte Georg ihr die zerknickte Postkarte mit Bens Adresse.

»Du hattest sie an der Tankstelle verloren. – Es ist die Neunzehn, liebe Freundin. Nicht die Sechzehn.« Georg schaute von dem Haus, aus dem die Partymusik kam, zu einem Haus auf der anderen Straßenseite hinüber. Es war ein rotes Holzhaus und erinnerte Maria an das Bullerbü aus Leas Kindheit. Sie hatte ihrer Tochter die Geschichten oft vorgelesen und gemeinsam davon geträumt, einmal in so einem Haus leben zu können.

»Die Neunzehn?«

Georg nickte.

Maria schaute zu dem tief verschneiten Garten hinüber, der still dalag. Eine dicke Schneehaube bedeckte die Bäume, eine Schaukel und ein Fahrrad vor der Veranda. Ein schiefer Schneemann mit rotem Wollschal um den dicken Hals stand hinterm Zaun. Jemand hatte seine Karottennase angeknabbert.

In einem der Fenster nahe der Tür stand eine flackernde Kerze. Sanft lächelte Georg. »Ich glaube, die Kerze ist für dich.« Er schob Maria näher zum Zaun. »Willst du es dir nicht doch noch einmal überlegen? Bestimmt freuen sie sich, dass du gekommen bist.«

»Ich weiß nicht«, murmelte Maria.

Da entdeckte Maria zwei Kindergesichter an einem der Fenster im ersten Stock, und ihr Herz machte einen kleinen Hüpfer.

❄

»Schau mal, Max«, nuschelte Frieda, während sie dem Schokoweihnachtsmann die Mütze abbiss. »Da steht jemand und guckt.«

Hundemüde schlurfte Max zum Fenster seines Zimmers. Sie hatten die ganze Nacht bei dieser Caro gebacken und Kakao getrunken. Yvettes Mutter war eigentlich recht nett, musste er zugeben. Und die Kipferl waren absolut superfantastisch gewesen. Nur als sie vor dem Fernseher eingeschlafen war und angefangen hatte zu schnarchen, sodass er und Frieda den Film gar nicht verstehen konnten, wurde es doof. Sie hatten die Caro dann mit einer Decke zugedeckt und sich ihrerseits in Caros riesiges Bett gelegt, bis der Papa sie abgeholt hatte. Dass Yvette dieses Jahr nicht mit ihnen feiern würde, fanden sie nicht sonderlich schlimm.

Viel schlimmer war, dass sie jetzt schon seit Stunden hier oben auf die Bescherung warten mussten, weil Papa den Baum unbedingt noch schmücken wollte und das Essen noch nicht fertig war. Max war sich nicht sicher, ob er noch lange wach bleiben konnte. Herzhaft gähnend ging er zu Frieda ans Fenster und beugte sich über ihren Rücken, um mit ihr in den Garten hinauszuspähen.

»Warum guckt die so komisch?«, wollte seine kleine Schwester wissen, doch Max antwortete nicht. Er kniff die Augen ein wenig zusammen, um besser sehen zu können. Die Frau dort unten kam ihm sehr bekannt vor.

»Papa!«, brüllte er, plötzlich hellwach. Er flitzte aus seinem Zimmer. »Papa!«

Frieda ließ den halben Schokomann zu Boden fallen, nahm Mister Clarence und rannte ihrem großen Bruder hinterher. »Warte auf mich!«

❄

Gerade stand Ben im Wohnzimmer auf der Leiter und versuchte zum dritten Mal, den Rauschgoldengel auf der Spitze des Weihnachtsbaums zu platzieren, als er beim Schrei seines Sohnes heftig zusammenzuckte. Nur knapp konnte er verhindern, von der Leiter zu stürzen. Schon hörte er die Kinder die Treppe herunterpoltern.

»Was ist passiert?«, rief er und sah noch, wie Max und Frieda am Wohnzimmer vorbeiflitzten. Schnell kletterte Ben von der Leiter. Der Engel konnte warten. Etwas Schreckliches musste passiert sein. Besorgt folgte er seinen Kindern in den Flur, wo die beiden bereits in der offenen Tür standen.

Eisiger Wind trieb Schneeflocken in den Flur.

❄

Maria stand vor den Stufen der Veranda und schaute die beiden Kinder an. »Hallo«, sagte sie vorsichtig.

»Bist du unsere Oma?«, fragte die Kleine mit schokoladenverschmiertem Mund und dem Plüschteddy im Arm.

Maria musste schlucken. Frieda sah ihrer Mutter unglaublich ähnlich. Sie nickte.

»Hab ich dir doch gerade gesagt«, raunte Max seiner kleinen Schwester zu und kam einen Schritt vor. »Du bist die verlorene Oma, richtig?«

»Die Kerze ist für dich«, erklärte die Kleine und wies zu dem Windlicht im Fenster.

»Unsere Mama hat immer gesagt, dass zu Weihnachten das Licht den Engeln den Weg weist«, erklärte der Junge naseweis.

Er war groß geworden. »Das stimmt«, sagte Maria leise.

Da erschien Ben in der Tür.

An seiner Seite aber stand nicht Yvette, sondern eine Frau, die Maria hier um alles in der Welt nicht erwartet hätte. »Anna?« Sie traute ihren Augen kaum. »Wie kommen Sie denn hierher?«

Anna strich eine Haarsträhne aus ihrem Gesicht. »Ach, liebe Frau Lindhorst, das ist eine sehr, sehr lange Geschichte.«

Fragend schaute Maria Ben an. »Wo ist denn die andere, diese Yvette?«

Er trat hinaus und umarmte Maria. »Wir haben uns solche Sorgen um dich gemacht!«

»Ja?«

Er nahm ihr die Reisetasche ab. »Möchtest du nicht hereinkommen? Wie Anna schon sagte, die Geschichte ist sehr lang.« Er lächelte, als er ihr die Stufen zur Veranda hinaufhalf. »Und außerdem möchte ich Weihnachten nicht im Garten feiern, wenn möglich.«

Drinnen half Ben Maria aus dem Mantel.

»Und euer Skiurlaub?«

»Oh, den verschieben wir einfach auf das nächste Jahr. Und du kommst dann mit, Maria.«

»Aber deine Verlobte?«

Er lächelte. Aus irgendeinem Grund schien er nicht unglücklich darüber, dass statt dieser Yvette jetzt Anna hier war. Maria gefiel es auch besser.

Fragend sah Maria Anna nach, die in die Küche ging, aus der es herrlich duftete. »Und wie kommt sie hierher?«, wollte Maria von Ben wissen.

»Wir haben dich gesucht, Maria. Zwei Tage und Nächte sind wir umhergefahren und haben dich gesucht«, sagte er und umarmte sie noch einmal. »Ich bin so froh, dass du wieder da bist.«

Nun griffen die Kinder nach Marias Händen und zogen sie ins Wohnzimmer, wo der deckenhohe Weihnachtsbaum stand, auf dessen Spitze, ein wenig schief, jener Rauschgoldengel saß, den ihre Familie schon seit Generationen besaß. Die alten Glaskugeln glitzerten im Licht der Kerzen und erfüllten den Raum mit einem festlichen Zauber.

»Gefällt er dir?«, wollte Max wissen.

Sprachlos nickte Maria, und ein wundersames Gefühl wärmte ihr Herz, als sie hinter dem Baum einen Engelsflügel hervorlugen sah. Georg schaute zwischen den Zweigen zu ihr herüber und zwinkerte ihr zu.

»Wunderschön«, hauchte sie.

Da warf Georg ihr einen Handkuss zu und … verschwand.

ENDE